機関車先生

新装版

伊集院 静

講談社

目次

機関車先生

「ばあちゃん、もう春《はる》は来《き》とるんかな」

ヨウはかまどに薪《まき》をくべているるい婆《ばあ》さんに蒲団《ふとん》の中《なか》からちいさな顔《かお》だけを出《だ》して聞《き》いた。るい婆さんはもやのたちこめる暗《くら》い土間《どま》の隅《すみ》にしゃがんだままゆっくりとふりむいて、

「春の夢《ゆめ》でも見《み》たんかや」

と日焼《ひや》けした顔から白《しろ》い歯《は》をのぞかせて言《い》うと、こくりとうなずいた孫娘《まごむすめ》に、

「ああ、もうとっくに日向《ひな》ッ原《ぱら》じゃ春の歌《うた》がはじまっとるぞ」

とうれしそうに笑《わら》いかけた。

ヨウはおおきな目《め》をかがやかせて、蒲団を跳《は》ね上《あ》げて立《た》ち上《あ》がると、土間のサンダルをつっかけ寝間着《ねまき》のまま外《そと》へ走《はし》り出《だ》した。

「こらっ、顔を洗《あら》ってから行《い》かんか」

背後《はいご》で聞《き》こえる、るい婆《ばあ》さんの声《こえ》にヨウは首《くび》を横《よこ》にふりながら、島《しま》の南西《なんせい》を見下《みお》ろせる裏手《うらて》の段々畑《だんだんばたけ》までの畔道《あぜみち》をかけ上《あ》がって行《い》った。

昨日《きのう》まではぬかるんでいた道《みち》をヨウは犬《いぬ》のように跳《は》ねながら走《はし》る。イモ畑《ばたけ》を越《こ》え蜜《み》柑《かん》の木《き》の下《した》を抜《ぬ》けて、牛《うし》のモグがいる小屋《こや》の前《まえ》にたどり着《つ》くと、ヨウは立《た》ち止《ど》まって朝陽《あさひ》に光《ひか》る海《うみ》を見下ろした。

半月余《はんつきあま》り続《つづ》いた雨《あめ》が上《あ》がった瀬戸内海《せとないかい》は無数《むすう》の波頭《なみがしら》が西《にし》へむかう鳥《とり》の群《む》れのように踊《おど》っていた。ヨウは肩《かた》で息《いき》をしながらおおきな目《め》を少《すこ》しずつ下《さ》げて行く。海原《うなばら》にむかって突《つ》き出《だ》した皇子岬《みこみさき》、左手《ひだりて》にとんがり帽子《ぼうし》のように頭《あたま》を見《み》せる岬《みさき》の白《しろ》い岩肌《いわはだ》が草《くさ》のひろがる緑《みどり》にかわると、そこだけ円形《えんけい》のステージのように丸《まる》くなった草原《そうげん》、日向《ひな》ッ原《ぱら》が見えた。

「モグ、見てごらんよ。春《はる》が来《き》とるよ。日向ッ原に、いっぺんに春が来とるよ」

ヨウは大声《おおごえ》で叫《さけ》んだ。

日向ッ原はまるで花《はな》たちが一夜《いちや》のうちに開花《かいか》したかのように菜《な》の花《はな》とれんげが一面《いちめん》に咲《さ》いていた。春風《はるかぜ》の織《お》ったじゅうたんがヨウの目にあざやかに映《うつ》った。

「やっぱり夢《ゆめ》で見たとおりだよ、モグ」

ヨウはその場《ば》で飛《と》び跳《は》ねると、いつものように口《くち》をもぐもぐとさせているモグの首に抱《だ》きついた。モグは喉《のど》を鳴《な》らしてから、ヨウの身体《からだ》を釣《つ》り上《あ》げるように首を回《まわ》した。

ヨウはモグの首に回した手《て》を離《はな》すと牛小屋《うしごや》の前の地面《じめん》に膝《ひざ》をつけ、西の雑木林《ぞうきばやし》から鳥居《とりい》のてっぺんとかやぶき屋根《やね》を見せている来目神社《くめじんじゃ》にむかって両手《りょうて》を合《あ》わせ、祈《いの》りはじめた。

「どうぞ皇子《おうじ》さま……」

その声《こえ》は初《はじ》めの言葉《ことば》だけは聞《き》き取《と》れたが、あとは春風にかき消《け》された。ただ懸命《けんめい》に祈る少女《しょうじょ》の背中《せなか》に可愛《かわい》く結《むす》ばれた真《ま》っ赤《か》な帯紐《おびひも》の端《はし》だけが揺《ゆ》れていた。

葉名島《はなじま》の春は瀬戸内海を行《い》き交《か》う船《ふね》の舳先《へさき》を撫《な》でて流《なが》れる東《ひがし》の風《かぜ》が皇子岬から吹《ふ》き上《あ》げるとはじまる。

波歌《なみうた》を乗《の》せた海風《うみかぜ》が日向ッ原の花たちにやさしくそよぐと、海も陸《りく》も万弁《まんべん》の花《はな》びらを敷《し》きつめたように光《ひか》りかがやき出《だ》す。

水《みず》はぬるみ、海色《うみいろ》はあざやかな青《あお》に染《そ》まり、船乗《ふなの》りたちは、春じゃぞ、春が来たぞ、と歌《うた》う潮騒《しおさい》の声を聞《き》きながら春の空《そら》を見上《みあ》げる。昨日までの寒風《かんぷう》に凍《こご》えるように飛《と》んでいた鳥たちは羽根《はね》をのびやかにひろげ空高《そらたか》く舞《ま》い上《あ》がる。

島《しま》のあちこちから蜜柑《みかん》の香《かお》りが漂《ただよ》い、冷《つめ》たかった木々《きぎ》の色《いろ》がにぎやかな春《はる》の色にかわる。老人《ろうじん》たちの顔《かお》に精気《せいき》がよみがえり、子供《こども》たちの背丈《せたけ》が少《すこ》し伸《の》びたように見《み》える。瀬戸内《せとうち》の春は季節《きせつ》を迎《むか》えるたびに、島で生《い》きるすべてのものたちに何《なに》か新《あたら》しいことがはじまるような予感《よかん》を抱《いだ》かせる。

その朝《あさ》、桟橋《さんばし》に着《つ》いたばかりの連絡船《れんらくせん》からひとりの男《おとこ》が島に降《お》り立《た》った。もう何年《なんねん》も着続《きつづ》けていることがよくわかる色褪《いろあ》せた薄茶色《うすちゃいろ》の古《ふる》い外套《がいとう》から丸太棒《まるたんぼう》のような腕《うで》をのぞかせて、男は両手《りょうて》にかかえた、これもまた年代《ねんだい》ものの革鞄《かわかばん》を地面《じめん》に置《お》くと、ポケットの中《なか》からちいさな紙切《かみき》れを取《と》り出《だ》し、目《め》の前《まえ》にある葉名島《はなじま》の家々《いえいえ》とそこからさらに空《そら》にむかって続《つづ》く山《やま》の頂《いただ》きを見上《みあ》げた。

山とは言《い》っても二百メートルほどの高《たか》さの丘《おか》のようなものだが、島の人々《ひとびと》がぽんぽん山と呼《よ》ぶ来目山《くめざん》はどこか堂々《どうどう》としたところがあった。

男は春の陽《ひ》にかがやく山の緑《みどり》をまぶしそうに見てから、島をぐるりと見回《みまわ》した。そして山の中腹《ちゅうふく》にわずかに見えた白《しろ》い柱《はしら》の上《うえ》の日《ひ》の丸《まる》の旗《はた》に気《き》づいて、かすかに微笑《ほほえ》んだ。

「おい、兄《にい》さん。そんなとこでぼけっと突《つ》っ立《た》ってんな。邪魔《じゃま》だ、邪魔だ」

ハチマキをした若《わか》い男が荷《に》を積《つ》んだリヤカーを押《お》しながら怒鳴《どな》った。

「ほら婆《ばあ》さんも、どけ。美作《みまさか》さんの家の荷《に》の邪魔になろうが」

若い男が威張《いば》りちらすように言《い》って通《とお》り過《す》ぎようとした。男はおおきな革鞄をひょいとかかえて道《みち》を開《あ》けると、ぺこりと頭《あたま》を下《さ》げた。勢《いきお》い良《よ》く走《はし》るリヤカーにぶつかりそうになった老婆《ろうば》がよろけそうになった。転《ころ》ぶ寸前《すんぜん》の老婆の身体《からだ》を男は素早《すばや》くかかえあげると、驚《おどろ》いたように顔《かお》を上《あ》げた老婆に笑《わら》いかけた。

「おや、すみませんのう」

老婆が礼《れい》を言った。男は笑ったままぺこりと頭を下げた。

「けっ、何《なに》が美作の家じゃ、あの馬鹿《ばか》ったれどもが、まったく」

老婆は吐《は》き捨《す》てるように言ってから、

「島のお人《ひと》じゃないの、あんたは。どこへ行《い》きなさる」

と男に聞いた。男はおおきな手《て》で山の中腹にある小学校《しょうがっこう》の校舎《こうしゃ》を指《ゆび》さした。

「おう学校《がっこう》へ行きなさるかね」

男は黙《だま》ってうなずいた。

二人《ふたり》のそばを眼鏡《めがね》をかけた男がひとり気難《きむずか》しい顔で歩《ある》いてきた。

「相原《あいはら》さん、お帰《かえ》りんさい。どうじゃったかの奥《おく》さんの容体《ようたい》は？」

と老婆《ろうば》が声《こえ》をかけた。

相原《あいはら》と呼《よ》ばれた男《おとこ》は立《た》ち止《ど》まると、

「それがまだ、よくはないんです。先月《せんげつ》よりは少《すこ》し元気《げんき》にはなってましたが……」

と眼鏡《めがね》の奥《おく》の目《め》を曇《くも》らせて言《い》った。

「そうかね。心配《しんぱい》じゃの、わしも奥《おく》さんが良《よ》うなるように祈《いの》っとりますから」

「ありがとうございます。ではお先《さき》に」

相原整《ひとし》は立《た》ちつくしていたおおきな男の方《ほう》へもちらりと目をやって会釈《えしゃく》した。男も丁寧《ていねい》に頭《あたま》を下《さ》げた。

「これを、どうぞ」

見《み》ると、老婆が男の手《て》に蜜柑《みかん》をふたつ差《さ》し出《だ》していた。

「どうぞ召《め》し上《あ》がって下《くだ》され。わしのとこの蜜柑は島《しま》で一番甘《いちばんあま》いからの」

男はふたつの蜜柑をうれしそうに見つめると、笑《わら》って頭を下げた。

蜜柑を積《つ》んだ荷車《にぐるま》が車輪《しゃりん》をきしませて坂道《さかみち》を降《お》りてきた。男は手の中《なか》の蜜柑を外套《がいとう》のポケットにしまいこむと、またぺこりと老婆に頭を下げ、革鞄《かわかばん》をかかえて歩《ある》き出《だ》した。

葉名島《はなじま》でただひとつの小学校《しょうがっこう》である水見色《みずみいろ》小学校の校長《こうちょう》・佐古周一郎《さこしゅういちろう》は、その日《ひ》は朝《あさ》から落着《おちつ》かなかった。

朝の授業《じゅぎょう》をはじめるとほどなく連絡船《れんらくせん》が桟橋《さんばし》へ近《ちか》づいたことを告《つ》げる汽笛《きてき》の音《おと》が聞《き》こえた。周一郎は思《おも》わず窓《まど》の方へ歩《あゆ》み寄《よ》って、海《うみ》を見てしまった。

光《ひか》る朝の海に白《しろ》い連絡船が浮《う》かんでいるのを見つけると、彼《かれ》はしばし見とれていた。はっと我《われ》に返《かえ》ると、生徒《せいと》たちも立《た》ち上《あ》がって海の方を見ていた。

「こらっ、何《なに》をしてるんですか」

彼はあわてて教壇《きょうだん》に戻《もど》った。

「先生《せんせい》、誰《だれ》か連絡船に乗《の》ってくるのか」

四年生《ねんせい》になったばかりの西本修平《にしもとしゅうへい》が言った。

「えっ、いいえ、そうではありませんが……。こらっ、修平、くるのかという言《い》い方《かた》があるか」

周一郎は唇《くちびる》を突《つ》き出《だ》して修平を睨《にら》んだ。

ヨウは校長先生と修平のやりとりを見ていて、なんとなく、今朝《けさ》の連絡船で誰か自《じ》分《ぶん》たちにとって大切《たいせつ》な人《ひと》がやって来《き》ている気《き》がした。

「妙子《たえこ》、しばらく自習《じしゅう》じゃ。ちゃんと皆《みんな》を見ててくれよ」

周一郎《しゅういちろう》は最年長《さいねんちょう》の井口妙子《いぐちたえこ》に言《い》って校長室《こうちょうしつ》に戻《もど》ろうとした。

「なんだ、また自習《じしゅう》か。なら青空教室《あおぞらきょうしつ》がええのう」

修平《しゅうへい》が不満《ふまん》そうに言った。

「修平、学校《がっこう》は遊《あそ》ぶとこじゃないぞ」

周一郎が言った。

「けど、渡辺先生《わたなべせんせい》はまだ帰《かえ》ってこんだろう」

修平がうつむいて言った。

「校長先生」

急《きゅう》にかん高《だか》い声《こえ》がした。見《み》ると四年生《ねんせい》の丘野洋子《おかのようこ》がじっと周一郎を見上《みあ》げていた。

「な、なんだ？　洋子」

周一郎は洋子のおおきな目《め》で見つめられると時々《ときどき》たじろいでしまうことがある。

「連絡船《れんらくせん》で新《あたら》しい先生が来《く》るのと違《ちが》うの？」

周一郎は目を見開《みひら》いて洋子を見返《みかえ》した。

思《おも》わず口《くち》ごもった周一郎に、

「やっぱり、そうなんだ。新しい先生が来るんだ。ヨウはそんな気《き》がしたんだ」

「本当《ほんとう》か、ヨウ」

修平が目をかがやかせた。

「新しい先生が来るんですか、今日《きょう》」

妙子がもう一度《いちど》周一郎に聞《き》いた。

「は、はい。その予定《よてい》ですが」

周一郎が言うと、子供《こども》たちが一斉《いっせい》に拍手《はくしゅ》した。

「その予定ですが、まだよくわかりません」

「どうして桟橋《さんばし》まで迎《むか》えに行《い》かんのじゃ」

修平が言った。

「だから、それはその人《ひと》が手紙《てがみ》で」

そこまで話《はな》して周一郎は、とにかくしばらく自習、と告《つ》げて教室を出《で》た。

洋子の一言《ひとこと》で教室の中《なか》は空気《くうき》がふくらんだように賑《にぎ》やかになった。

佐古《さこ》周一郎は校長室に戻ると顔《かお》に手《て》を当《あ》ててため息《いき》をついた。指先《ゆびさき》が汗《あせ》で光《ひか》っていた。それから椅子《いす》に腰掛《こしか》けると、目《め》の前《まえ》の地球儀《ちきゅうぎ》とその脇《わき》にぽつんと置《お》いてある狸《たぬき》の剝製《はくせい》を見つめた。豆狸《まめだぬき》のつぶらな目が、きょとんとした顔で周一郎を見ていた。

「もうすぐやって来る」

周一郎はシャツのボタンをかけ直《なお》して、薄《うす》くなった白髪《しらが》の頭《あたま》を撫《な》でた。

机《つくえ》の上《うえ》に置《お》かれた真新《まあたら》しい木札《きふだ》に記《しる》した墨文字《すみもじ》の名前《なまえ》が陽差《ひざ》しに反射《はんしゃ》していた。

吉岡誠吾《よしおかせいご》。

周一郎《しゅういちろう》はここ数日間何度《すうじつかんなんど》となくつぶやいた名前を恋文《こいぶみ》を読《よ》み返《かえ》すようにまた読んでみた。

すると一ヵ月前《げつまえ》の、本土《ほんど》の浦津市教育委員会《うらつしきよういくいいんかい》でのやりとりを思《おも》い起《お》こした。

「佐古《さこ》さん。お気持《きも》ちはよくわかりますが、いくらなんでもそんな人《ひと》を呼《よ》ぶことはないんじゃないですか。いえね、ですから、県《けん》の方《ほう》も市《し》の教育委員会でも方々《ほうぼう》へ連絡《れんらく》して代《かわ》りの先生《せんせい》を探《さが》してるとこなんですよ」

「それはよくわかっております。しかし春休《はるやす》みがあければ新学期《しんがっき》がはじまります。今《こん》春《しゅん》は二名《めい》の新入生《しんにゅうせい》を迎《むか》えます。私《わたし》が臨時《りんじ》の先生をこちらへお願《ねが》いしたのは一月初《がつはじ》めのことです。この爺《じい》さんだけでは新入生が可哀相《かわいそう》ですし、第一《だいいち》、生徒《せいと》の親《おや》の中《なか》にも、島《しま》の学校《がっこう》だからなかなか先生が来《こ》ないんだろうと口《くち》にする者《もの》もいます」

「佐古さん。私たちは島の学校だからと差別《さべつ》は決《けっ》してしていませんよ」

「ええ、それもよくわかっています。ですからその、先生が見《み》つかるまでの間《あいだ》だけ許《きょ》可《か》をいただきたいのです。その方《かた》はこれまで教育を続《つづ》けてこられた人です。人柄《ひとがら》は私が保証《ほしょう》いたします。新任《しんにん》の先生が来《こ》られるまでの間で結構《けっこう》です。春《はる》そうそう先生がいない状態《じょうたい》では、生徒たちが可哀相です。やはり皆《みな》さんは離島《りとう》だという理由《りゆう》で……」

「わかりました、わかりました。それでは新任の先生が見つかるまでの代用教員《だいようきょういん》ということで……、仕方《しかた》ありませんね」

「そうですか、ありがたい。これで生徒たちも大喜《おおよろこ》びです」

「そうでしょうか、本当《ほんとう》にそんな人に……教育ができるのでしょうか……」

市の教育委員の眉《まゆ》をひそめた顔《かお》が浮《う》かんだ。

去年《きょねん》の暮《く》れに、水見色小学校《みずみいろしょうがっこう》のただひとりの先生である渡辺《わたなべ》先生が病気《びょうき》で倒《たお》れたまま浦津市の中央病院《ちゅうおうびょういん》へ入院《にゅういん》した。当初《とうしょ》思っていたより病状《びょうじょう》が思わしくなく、三学期《がっき》は周一郎ひとりで五人《にん》の生徒の授業《じゅぎょう》をこなしたが、二人《ふたり》の新入生を迎える春までに新任の先生が着任《ちゃくにん》する見込《みこ》みはなかった。

「校長《こうちょう》の爺さんではつまらん、つまらん」

と修平《しゅうへい》は愚痴《ぐち》をこぼしていた。

周一郎は彼《かれ》の知《し》り得《う》る学校や旧友《きゅうゆう》へ手紙《てがみ》を書《か》いて臨時の先生を探したが、敗戦後十数年《はいせんごじゅうすうねん》しか経《た》っていない日本《にほん》では、どこの小学校も教員不足《ぶそく》で悩《なや》んでいた。ましてやこんな離島の学校へ来《き》てくれる人がいることの方が珍《めずら》しかった。

そんな時《とき》ふと浮かんだのが、吉岡文子《ふみこ》の顔と彼女《かのじょ》から届《とど》いた手紙の文面《ぶんめん》だった……。

修平《しゅうへい》は素足《すあし》のまま教室《きょうしつ》の窓《まど》から校庭《こうてい》へ飛《と》び降《お》りると校長室《こうちょうしつ》の窓の下《した》を足音《あしおと》をさせないように歩《ある》いて、そのまま運動場《うんどうじょう》を走《はし》り抜《ぬ》けた。六人《にん》の生徒《せいと》たちが窓から顔《かお》を出《だ》して修平の姿《すがた》を見《み》ていた。彼《かれ》は一度《いちど》皆《みんな》の方《ほう》をふりむいてうなずくと、正門《せいもん》から桟橋《さんばし》へ続《つづ》く坂道《さかみち》に消《き》えて行《い》った。

「ねえ、洋子《ようこ》は本当《ほんとう》に先生《せんせい》が来《く》る気《き》がするの？」

妙子《たえこ》が言《い》った。

「うん、ヨウは今朝《けさ》夢《ゆめ》で見たもの」

「また夢の話《はなし》か。おまえの夢はうそばかりだろうが」

五年生《ねんせい》の美作満《みまさかみつる》が言った。

「うそじゃないって」

ヨウが大声《おおごえ》で言った。

「空飛《そらと》ぶ円盤《えんばん》を見たとか、海《うみ》の上《うえ》を歩いとる男《おとこ》がおったとか、皆でたらめじゃ」

「満、洋子のことそんなに言わんで。私《わたし》は洋子の話をうそとは思《おも》っとらんから」

六年生《ねんせい》の妙子が怒《おこ》って言った。

「だからおまえらは馬鹿《ばか》なんじゃ。科学《かがく》で考《かんが》えるのがかしこい人間《にんげん》のやり方《かた》じゃ」

「科学で考える言うわりには算数《さんすう》ができんじゃない」

妙子が満の気にしているところをついた。

「何《なん》じゃと、もう一回《いっかい》言うてみいや。わしは美作の家《いえ》の跡取《あとと》りじゃぞ。わしに逆《さか》らうと葉名島《はなじま》では生《い》きて行けんぞ」

「生きて行けんでもいいがね。私は中学《ちゅうがく》になったらこの島《しま》を出《で》て、浦津《うらつ》の町《まち》で働《はたら》くのだから」

妙子も負《ま》けてはいない。

「あ、修平が戻《もど》ってきた」

ヨウは風《かぜ》を切《き》ってこちらへむかって来《く》る修平の姿《すがた》を見つけて叫《さけ》んだ。

「来《き》たぞ、来たぞ」

修平が手《て》をふりながら走ってきた。

「こらっ、修平。おまえいつの間《ま》に教室を出て行ったか」

校長室から大声が聞《き》こえた。

「校長先生、今《いま》、蜜柑畑《みかんばたけ》の道《みち》を登《のぼ》ってきよるぞ。おおきな先生じゃ」

修平が窓から首《くび》を出した周一郎《しゅういちろう》に言った。

「そ、そうか」

「修平《しゅうへい》、どんな人《ひと》？」

ヨウが首《くび》を出《だ》して聞《き》いた。

「おおきい、おおきい。満《みつる》のところの素平《そっぺい》よりおおきいぞ」

修平の言《い》った素平とは、葉名島《はなじま》の網元《あみもと》である美作《みまさか》の家《いえ》の奉公人《ほうこうにん》で島《しま》で一番《いちばん》の大男《おおおとこ》のことであった。

「だと思《おも》った」

ヨウはうれしそうにうなずいた。

誠吾《せいご》は春風《はるかぜ》に吹《ふ》かれながら小学校《しょうがっこう》へ続《つづ》く坂道《さかみち》を登《のぼ》っていた。

生《う》まれて初《はじ》めてふれる瀬戸内海《せとないかい》の風《かぜ》は彼《かれ》をやさしくつつんでくれる気《き》がした。北海道《ほっかいどう》の静内《しずない》を出《で》てから、三日《みっか》の汽車《きしゃ》の旅《たび》の後《あと》に連絡船《れんらくせん》に乗《の》り、やがて前方《ぜんぽう》に見《み》えた島影《しまかげ》は春霞《はるがす》みの水平線《すいへいせん》に青《あお》く浮《う》かんでいた。その姿《すがた》は彼が幼《おさな》い頃《ころ》から胸《むね》の奥《おく》でずっと思《おも》い続《つづ》けていた島影より、はるかに美《うつく》しかった。

「葉名島《はなじま》は、それは綺麗《きれい》なとこよ」

母《はは》の文子《ふみこ》が口癖《くちぐせ》のように語《かた》っていた島が近《ちか》づくにつれて、誠吾の胸は高鳴《たかな》った。母が生まれ育《そだ》ち、そして死《し》んだ父《ちち》と出逢《であ》った島である。

桟橋《さんばし》で声《こえ》を交《か》わした老婆《ろうば》の言葉《ことば》には、母の言葉に似《に》たやわらかな言《い》い回《まわ》しが感《かん》じられた。

浦津《うらつ》の駅《えき》まで迎《むか》えに行《い》くと報《しら》せてきた佐古周一郎《さこしゅういちろう》の好意《こうい》を断《ことわ》ったのは、誠吾にとって葉名島を訪《おとず》れることが彼自身《じしん》のこれから先《さき》の人生《じんせい》に大切《たいせつ》な旅になると思っていたからであった。自分《じぶん》でも無謀《むぼう》なことを引《ひ》き受《う》けた気がする。しかし佐古周一郎の思わぬ手紙《てがみ》にこころ動《うご》かされ、葉名島の子供《こども》たちに勉強《べんきょう》を教《おし》えてみたいと願《ねが》ったのは誠吾自身だった。ひとりでできる限《かぎ》りのことをしてみよう、と誠吾は思った。

彼は坂道の途中《とちゅう》で汽笛《きてき》の音《おと》に海《うみ》をふりかえった。春《はる》の海は高《たか》く昇《のぼ》った陽差《ひざ》しに紺碧《こんぺき》にかがやいていた。波《なみ》を蹴立《けた》てて連絡船が進《すす》んでいた。白《しろ》い波の尾《お》が銀《ぎん》の帯《おび》を流《なが》したように揺《ゆ》れる。

「ひょっとしてここは自分がずっと探《さが》していた土地《とち》なのかも知《し》れない……」

誠吾はそうこころのうちでつぶやいた。

その時《とき》、背後《はいご》で誰《だれ》かが自分を見ているような気配《けはい》がした。ふりむくと蜜柑《みかん》の木蔭《こかげ》からひとりの少年《しょうねん》が誠吾をじっと見つめて立《た》っていた。いきなりふりむいた誠吾に驚《おどろ》いたのか、少年は思わず後《あと》ずさった。誠吾はじっと少年を見た。

——何《なに》をしてるんだろうか。

少年《しょうねん》は素足《すあし》だった。北海道《ほっかいどう》で育《そだ》った彼《かれ》にとって、この季節《きせつ》に素足の少年を見《み》るのは初《はじ》めての経験《けいけん》だった。彼は少年に笑《わら》いかけた。すると少年はあわてて坂道《さかみち》を小学校《しょうがっこう》の方《ほう》に駆《か》け出《だ》して行《い》った。

「いや、お待《ま》ちしておりました。校長《こうちょう》の佐古周一郎《さこしゅういちろう》です。北海道からお見えになるとご返事《へんじ》をいただいてずいぶんと時間《じかん》がかかるのだろうと思《おも》っていましたが、昨日浦津《きのううらつ》から電報《でんぽう》を受《う》け取《と》って驚《おどろ》きました。こんなに早《はや》く来《き》ていただけるとは……。ご覧《らん》のとおりの離島《りとう》でございます。新任《しんにん》の先生《せんせい》もなかなか来てもらえません。あなたのお便《たよ》りをいただいた時《とき》は本当《ほんとう》にうれしゅうございました」

ヨウと修平《しゅうへい》は校長室《こうちょうしつ》の扉《とびら》に空《あ》いたふし穴《あな》から中《なか》の様子《ようす》をのぞいていた。校長先生の話《はなし》を聞《き》きながらその先生は直立姿勢《ちょくりつしせい》のまま深々《ふかぶか》と礼《れい》をして、話を聞くたびに何度《なんど》もおおきくうなずくだけだった。

「まあ長旅《ながたび》でお疲《つか》れになったでしょう。どうぞお楽《らく》に」

手《て》を差《さ》し出《だ》した校長先生の言葉《ことば》にも、またおおきくうなずいて、椅子《いす》にまでお辞儀《じぎ》して腰掛《こしか》けた。

ヨウは顔《かお》がはっきり見えないので、ふし穴にもっと顔を近《ちか》づけた。その拍子《ひょうし》に扉が揺《ゆ》れておおきな音《おと》がした。

「こらっ、何をそこでのぞいてる」

校長先生の言葉にヨウと修平は転《ころ》がるように教室《きょうしつ》に戻《もど》った。

「ねえ、どんな先生だった」

妙子《たえこ》が修平に聞いた。

「それが校長が何を話《はな》しても、首《くび》をこくりと曲《ま》げるだけなんじゃ。〝いや、お待ちしておりました〟でこくり。〝お便り本当にうれしゅうございました〟でこくり、椅子に座《すわ》る時も、椅子にむかってこくりじゃ」

修平が首をかしげて言《い》った。

「怖《こわ》い先生？」

二年生《ねんせい》の関景子《せきけいこ》が言った。

「ぜんぜん怖くないよ」

ヨウが笑って言った。

「怖い声《こえ》をしてなかった？」

「新《あたら》しい先生は、口《くち》をきかんのじゃ」

修平《しゅうへい》が言《い》った。

「口《くち》をきかんのか」

満《みつる》がすっとんきょうな声《こえ》で言った。

「うん、何《なに》を聞《き》いても、こくりだけじゃ」

「口を……きかん先生《せんせい》」

一年生《ねんせい》になったばかりの宇多村隆司《うだむらたかし》が言った。

皆《みな》腕《うで》を組《く》んで新《あたら》しい先生の奇妙《きみょう》な仕種《しぐさ》について考《かんが》え出《だ》した。

「口をきかん先生か……」

すると隆司と同《おな》じように今年学校《ことしがっこう》へ入《はい》ってきた田中美保子《たなかみほこ》が教室《きょうしつ》のうしろの壁《かべ》をさし突然大声《とつぜんおおごえ》で、

「キカンシャセンセイ」

と叫《さけ》んだ。

「キカンシャセンセイ?」

六人《にん》が一斉《いっせい》に声をそろえて美保子の指《ゆび》さした方《ほう》を見《み》た。そこには白煙《はくえん》を上《あ》げて疾走《しっそう》するD－51蒸気機関車《じょうききかんしゃ》の雄壮《ゆうそう》な写真《しゃしん》がかけてあった。

「機関車先生か」

「そうじゃの。身体《からだ》もおおきいし、力持《ちからも》ちみたいじゃし、ぴったりじゃ。その通《とお》りじゃ。新しい先生は、機関車先生じゃ」

すると修平が先生の歩《ある》き方《かた》を真似《まね》ながら首《くび》をこくりこくりとふって、シュシュポポーと言いながら教室の中《なか》を回《まわ》りはじめた。

ヨウも美保子が言った機関車先生という名前《なまえ》に満足《まんぞく》そうにうなずいて、ふし穴《あな》から見えたおおきな機関車先生の手《て》を思《おも》い浮《う》かべた。

ヨウは春休《はるやす》みの間《あいだ》にふたつの不思議《ふしぎ》な夢《ゆめ》を見た。

ひとつはいつものように自転車《じてんしゃ》に乗《の》って空《そら》を飛《と》んでいて、ヨウの夢の中の天敵《てんてき》であるマントを着《き》たいじわるむささびに追《お》われている夢である。彼女《かのじょ》を救《すく》ってくれる狸《たぬき》のポンはなかなかあらわれなかった。ポン、ポン早《はや》く助《たす》けに来《き》て、と叫んでもポンは姿《すがた》を見せなかった。すると三日月《みかづき》のむこうからおおきな十字《じゅうじ》のかたちの光《ひかり》とともに銀色《ぎんいろ》の若者《わかもの》があらわれて、いじわるむささびを一撃《いちげき》のもとに星《ほし》の彼方《かなた》へ放《ほう》り投《な》げてくれたのである。ヨウはお礼《れい》を言おうと思って、銀色の若者を見上《みあ》げた。しかし彼《かれ》は、あっという間《ま》に三日月の方へ飛《と》び去《さ》ったのだった。周囲《しゅうい》にはちいさな無数《むすう》の光が散《ち》らばっていた。ヨウはその光のひとつを手に取《と》ってみた。それは六角形《ろっかくけい》や八角形《はっかくけい》の透《す》き通《とお》ったガラスのようなものだった。

「光《ひかり》の結晶《けっしょう》だわ」

ヨウはその結晶を胸《むね》のポケットにしまい込《こ》んだ。

そうして朝目覚《あさめざ》めると、すぐに寝間着《ねまき》の中《なか》を探《さが》したが、何《なに》もなかった。それでもどこかにないかと蒲団《ふとん》を返《かえ》していると、

「何をしておる」

とるい婆《ばあ》さんに聞《き》かれた。

「空《そら》で拾《ひろ》った光の石《いし》がなくなってしもうた」

「また空を飛《と》ぶ夢《ゆめ》を見《み》たのか」

ヨウはつまらなそうな顔《かお》でうなずいた。

もうひとつは日向《ひな》ッ原《ぱら》で身体《からだ》のおおきな人《ひと》がひとり空を見上《みあ》げているのを見た夢だった。葉名島《はなじま》では見かけたことのないおおきな人で、ヨウはその人がずっと空を見上げているので自分《じぶん》も空を見上げてみた。空はちょうどお陽《ひ》さまが沈《しず》んだばかりで西《にし》の方《ほう》が紫色《むらさきいろ》に染《そ》まっていて、東《ひがし》の方に一番星《いちばんぼし》がきらめいていた。よく見るとその人の肩《かた》の上《うえ》でちいさな影《かげ》がひとつ飛《と》び跳《は》ねていた。ポンだった。

「ポン」

ヨウはポンの名前《なまえ》を呼《よ》んだ。しかしポンはその人がよほど気《き》に入《い》っているとみえて、ちっともヨウのことに気《き》づいてくれなかった。ポン、ポンと声《こえ》を出《だ》しているうちに目《め》が覚《さ》めた。

三月《がつ》の中旬《ちゅうじゅん》からずっと雨《あめ》が続《つづ》いていたからヨウは日向ッ原に出《で》かけて、その人のことをたしかめることもできなかった。

それからしばらく空を飛ぶ夢もその人の夢も見なかったが、今朝方《けさがた》その人が夢にあらわれた。その人は日向ッ原に立《た》って海《うみ》を見つめていた。皇子岬《みこみさき》の彼方《かなた》にある水平線《すいへいせん》をじっと眺《なが》めていた。前《まえ》の夢と違《ちが》うのは、その人の足元《あしもと》に菜《な》の花《はな》やれんげが咲《さ》いて揺《ゆ》れていたことだった。

――いつの間《ま》に菜の花もれんげも咲いたんだろうか。

ヨウは不思議《ふしぎ》に思《おも》ったが、それでもなんとなく楽《たの》しくなって、好《す》きな歌《うた》を歌いはじめた。

♪空飛べ自転車《じてんしゃ》　花《はな》いちもんめ
星《ほし》のクレヨン　お船《ふね》を描《か》いて
私《わたし》と皇子《おうじ》さま　海へ出て行《い》くの♪

ヨウの歌声《うたごえ》に気《き》づいて、その人《ひと》がふりむいた。胸《むね》がどきどきした。顔《かお》は夕映《ゆうば》えに反《はん》射《しゃ》してよく見《み》えなかった。

「こんにちは」

ヨウが言《い》うと、その人はかすかに笑《わら》い、ヨウに手招《てまね》きした。うれしくなって走《はし》り出《だ》すと、パチパチと何《なに》かがはじける音《おと》で目《め》が覚《さ》めた。顔を上《あ》げるとるい婆《ばあ》さんがかまどに薪《まき》をくべていた。

ヨウは夢《ゆめ》のことを忘《わす》れないようにと、もう一度《いちど》目を閉《と》じた。その人のことはぼんやりとしか思《おも》い出《だ》せなかったが、日向ッ原《ひなたぱら》に咲《さ》いていた菜《な》の花《はな》とれんげの花《はな》はあざやかに思い出せた。春《はる》が来《き》たのだと思った。だから今朝方《けさがた》、

「もう春は来とるんかな」

とヨウはかまどの前《まえ》のるい婆さんに聞《き》いた。

「来たぞ」

満《みつる》が廊下側《ろうかがわ》の窓《まど》から首《くび》を引《ひ》っ込《こ》めて席《せき》に戻《もど》った。ヨウは目が覚めたように背筋《せすじ》を伸《の》ばして膝《ひざ》の上《うえ》に手《て》を置《お》いた。

ガラガラと戸《と》が開《あ》いた。

教室《きようしつ》に入《はい》ってきた校長先生《こうちようせんせい》の顔《かお》が子供《こども》のようにニコニコしていた。

「どうぞ吉岡《よしおか》先生」

声《こえ》がいつもよりかん高《だか》かった。皆《みな》が戸の方《ほう》を息《いき》をのんで見つめた。返事《へんじ》はなかった。しかし鴨居《かもい》にぶつかりそうなほど背《せ》の高《たか》い先生があらわれると、七人《にん》の生徒《せいと》は身体《からだ》がおおきいのに目を丸《まる》くした。

「ええ皆《みな》さん、先《さき》ほど少《すこ》しだけお話《はなし》をしました新《あたら》しい先生が、今朝《けさ》の連絡船《れんらくせん》で見えました。先生は皆さんの顔が早《はや》く見たいと、北海道《ほっかいどう》から汽車《きしや》に乗《の》って真《ま》っ直《す》ぐ水見色小学校《みずみいろしようがっこう》へ来《き》て下《くだ》さいました。ご紹介《しようかい》します、吉岡誠吾《せいご》先生です」

皆口《くち》をつぐんだままじっと先生を見上《みあ》げていた。先生も直立不動《ちよくりつふどう》で立《た》っていた。

「こら、何《なに》をぼおっとしてるんだ。ご挨拶《あいさつ》をせんか」

急《きゆう》に校長先生に言われて、皆ばらばらに挨拶した。

「ちゃんと声を揃《そろ》えて」

「先生、こんにちは」

すると先生の結《むす》んでいた 唇《くちびる》から白《しろ》い歯《は》がこぼれて、深々《ふかぶか》と皆に一礼《いちれい》をした。そうして黒板《こくばん》の方に近寄《ちかよ》るとチョークを手にして、

——ぼくのなまえは、吉岡誠吾《よしおかせいご》です。

と綺麗《きれい》な字《じ》で自己紹介《じこしょうかい》をした。

皆《みな》きょとんとして、まだひと言《こと》も話《はなし》をしない先生《せんせい》を見《み》ていた。先生は手《て》にしたチョークで自分《じぶん》の胸《むね》を指《ゆび》さしてから、また黒板《こくばん》にむかった。

——ぼくはこどものとき病気《びょうき》をして、話《はなし》をすることができません。でもみなさんといっしょにしっかり勉強《べんきょう》します。どうぞよろしく。

皆驚《おどろ》いていた。それぞれが顔《かお》を見合《みあ》わせては吉岡先生と校長《こうちょう》先生を見返《みかえ》していた。

「吉岡先生は皆《みな》さんと同《おな》じ位《くらい》の歳《とし》に病気をなさいました。それでお話をすることができません。でも吉岡先生はしっかり勉強なさって立派《りっぱ》な先生になられました。皆さんも吉岡先生に負《ま》けないようにしっかり勉強して下《くだ》さいね」

誰《だれ》も返事《へんじ》ができなかった。

すると一年生《ねんせい》の美保子《みほこ》が吉岡先生を指さして、

「キカンシャセンセイ」

と大声《おおごえ》を出《だ》した。先生も校長先生も驚いて美保子の方《ほう》を見た。

「美保子、なんと言《い》うたんだ、今《いま》？」

校長先生が聞《き》いた。

「美保子は、機関車先生《きかんしゃせんせい》と言ったんだよ」

ヨウが言った。

「キカンシャセンセイ？」

「そう、先生はおおきくて強《つよ》そうだから、あの機関車みたいだって皆が名前《なまえ》をつけたの」

ヨウは教室《きょうしつ》のうしろの写真《しゃしん》を指さして言った。

「ほおっ、機関車ね」

校長先生は感心《かんしん》したようにD－51の写真を見てから、

「こら、失礼《しつれい》じゃないか」

と言った。

すると吉岡先生はおおきな手を横《よこ》にふってから、皆の方をぐるりと見回《みまわ》して、自分の胸を指さしてから黒板に、

――機関車先生《きかんしゃせんせい》です。ありがとう。

と書《か》いて、もう一度《いちど》皆を見て丁寧《ていねい》に頭《あたま》を下《さ》げた。

美保子が拍手《はくしゅ》すると全員《ぜんいん》が拍手した。校長先生までが拍手した。見ると機関車先生までが拍手をしていた。

ヨウは機関車先生《きかんしゃせんせい》がひとりひとりの顔《かお》をたしかめるように見《み》ているのに気《き》づいて、はずかしくなってうつむいた。ゆっくりと顔を上《あ》げると、機関車先生の目《め》がじっと自《じ》分《ぶん》を見つめていた。

やさしそうな目だった。

「夢《ゆめ》の中《なか》の人《ひと》が、やっぱりあらわれた」

とヨウは胸《むね》の中でつぶやいた。

葉名島《はなじま》は東西《とうざい》七キロメートル、南北《なんぼく》が四キロメートルの算盤《そろばん》の珠《たま》のかたちをした、瀬戸内海《せとないかい》では中《ちゅう》くらいの大《おお》きさの島《しま》である。関門海峡《かんもんかいきょう》に流《なが》れこんで対馬海流《つしまかいりゅう》が周防灘《すおうなだ》となった内海《うちうみ》に浮《う》かんでいる。晴《は》れた日《ひ》には島の西《にし》から九州《きゅうしゅう》の国東半島《くにさきはんとう》が見渡《みわた》せる。東《ひがし》は紀伊水道《きいすいどう》まで続《つづ》く瀬戸内《せとうち》の潮流《ちょうりゅう》が流れ、南《みなみ》は豊後水道《ぶんごすいどう》にむかって岬《みさき》が遠《とお》く太平洋《たいへいよう》の海原《うなばら》へ突《つ》き出《で》ている。北《きた》は本州《ほんしゅう》の浦津市《うらつし》の方角《ほうがく》になり、浦津《うらつ》の港《みなと》から連絡船《れんらくせん》で二時間《じかん》余《あま》りの距離《きょり》にある離島《りとう》であった。

秋《あき》の台風《たいふう》シーズンを除《のぞ》いてはおだやかな気候《きこう》に抱擁《ほうよう》され、島の周囲《しゅうい》には大小《だいしょう》二十ばかりの名《な》もない小島《こじま》が点在《てんざい》している。潮流は海《うみ》の幸《さち》を葉名島の漁民《ぎょみん》たちに与《あた》え、温暖《おんだん》な気候は島の段々畑《だんだんばたけ》にそよぐ蜜柑《みかん》の木々《きぎ》に最良《さいりょう》の甘味《あまみ》を授《さず》けていた。

　漁業《ぎょぎょう》を主《おも》な暮《くら》しの糧《かて》として島の男《おとこ》たちは海へ漕《こ》ぎ出《だ》し、近頃《ちかごろ》では東《ひがし》シナ海《かい》までへも出《で》かけていた。女《おんな》たちは狭《せま》い傾斜地《けいしゃち》を明治《めいじ》の時代《じだい》から墾耕《こんこう》して、関西方面《かんさいほうめん》でも有名《ゆうめい》な〝葉名《はな》みかん〟を栽培《さいばい》していた。漁業で留守《るす》がちな男たちを含《ふく》めて島は六十戸《こ》余り百二十人《にん》の人《ひと》が暮《くら》していた。

　学校《がっこう》も水見色小学校《みずみいろしょうがっこう》があるだけで、戦前《せんぜん》は中学校《ちゅうがっこう》もあったが今《いま》では島の子供《こども》たちは中学生《ちゅうがくせい》になると浦津市の寮《りょう》に入《はい》って学校へ通《かよ》っている。中学《ちゅうがく》、高校《こうこう》を卒業《そつぎょう》した若者《わかもの》たちは浦津で就職《しゅうしょく》したり遠く大阪《おおさか》、名古屋《なごや》へ働《はたら》きに行《い》くものが多《おお》かった。

　島の中央《ちゅうおう》にある来目山《くめざん》は、遠く聖徳太子《しょうとくたいし》の時代に軍《ぐん》の将《しょう》となり新羅征討《しらぎせいとう》の途中《とちゅう》に病死《びょうし》したとされる来目皇子《くめのみこ》を葬《ほうむ》った場所《ばしょ》として、神社《じんじゃ》の奥《おく》に祠《ほこら》が祀《まつ》ってある。その皇子の名を取《と》って南西《なんせい》に突き出た岬は、皇子岬《みさき》と名付《なづ》けられている。西の岬が激《はげ》しい潮流に洗《あら》われて岩壁《がんぺき》になっているのに比《くら》べると北側《きたがわ》には葉名浜《はなはま》と呼《よ》ばれる美《うつく》しい白砂《しらすな》の浜《はま》があり、その浜の切《き》れる北に連絡船の出入《ではい》りする桟橋《さんばし》と葉名島の漁船《ぎょせん》が帰《かえ》ってくる新港《しんこう》がある。桟橋と新港から来目山へ続《つづ》く二本《ほん》の道《みち》が島のメインストリートで五十戸《こ》余りの家々《いえいえ》が軒《のき》を並《なら》べている。メインストリートから島の東側《ひがしがわ》へ抜《ぬ》ける道を行くと、五戸《こ》余りの家《いえ》がぽつんととり残《のこ》されたようにあった。五戸は皆《みな》、平《たいら》という姓《せい》である。源平合戦《げんぺいがっせん》の折《おり》の平家《へいけ》の落武者《おちむしゃ》の子孫《しそん》と言《い》われている。また葉名島《はなじま》で唯一《ゆいいつ》の網元《あみもと》である美作家《みまさかけ》は村上水軍《むらかみすいぐん》の末裔《まつえい》と現代《げんだい》の当主《とうしゅ》・美作重太郎《しげたろう》は自認《じにん》している。

日本《にほん》の地図《ちず》では米粒《こめつぶ》ほどにしか見《み》えないこの島《しま》もつい十数年程前《じゅうすうねんほどまえ》に終結《しゅうけつ》した太平洋《たいへいよう》戦争《せんそう》の傷跡《きずあと》は深《ふか》く、半数近《はんすうちか》くの男《おとこ》たちが出征《しゅっせい》し残《のこ》る半数《はんすう》も軍事産業《ぐんじさんぎょう》に徴用《ちょうよう》されて亡《な》くなっていた。

しかし島で生《う》まれた戦争を知《し》らない子供《こども》たちは、どの顔《かお》も海風《うみかぜ》のようにのびやかである。

「先生《せんせい》のお住《すま》いは、阿部《あべ》よねと申《もう》します島で産婦人科《さんふじんか》をやっております女医《じょい》さんの家《いえ》の二階《かい》です」

周一郎《しゅういちろう》は誠吾《せいご》と二人《ふたり》でゆっくりと坂道《さかみち》を下《お》りながら話《はな》した。

「まあ産婦人科と言いましても、産婆《さんば》でございます。しかし産婆とはいえ、これが盲《もう》腸《ちょう》の手術《しゅじゅつ》もこなしますし外科《げか》もできれば内科《ないか》も眼科《がんか》も耳《みみ》も鼻《はな》も診《み》ます。ようはこの島でたったひとりの医者《いしゃ》でございます。女《おんな》ではありますが腕《うで》はたしかなんです、これが、はい。ただちょっと難点《なんてん》がありまして……」

周一郎が言うと、誠吾が心配《しんぱい》そうに見返《みかえ》した。

「いいえ、そんなにだいそれたことではありません。ちょっと歳《とし》の割《わり》にというか、女の割に元気《げんき》過《す》ぎるんですな。酒《さけ》が入《はい》りますと、これがさらに元気になる。昔《むかし》は可愛《かわい》い女でございましたんですが、葉名島小町《はなじまこまち》なんて浦津《うらつ》では呼《よ》ばれまして、私《わたし》も……、いや失礼《しつれい》」

誠吾が笑《わら》うと、

「今日《きょう》は私、ちょっと変《へん》だな。どうしてこんなにぺらぺら話してしまうんだろう」

と周一郎が頭《あたま》を掻《か》いた。

やがて道《みち》がなだらかになり、両側《りょうがわ》に屋根《やね》を低《ひく》くした家々《いえいえ》が見えてきた。

「ご苦労《くろう》さんでございます」

すれ違《ちが》う老婆《ろうば》たちが周一郎に挨拶《あいさつ》しながらお辞儀《じぎ》をして行《い》く。

見ると二十メートルくらい前方《ぜんぽう》で先刻《さっき》からひとりの少年《しょうねん》が軒下《のきした》に干《ほ》してある網《あみ》や用《よう》水桶《すいおけ》に身《み》を隠《かく》しながら周一郎と誠吾の方《ほう》をうかがっていた。修平《しゅうへい》である。

誠吾が気《き》づいて修平に手《て》をふると、彼《かれ》はあわてて路地《ろじ》に身を隠した。

「何《なに》かありましたか、吉岡《よしおか》先生」

周一郎が前方を見た。誠吾は首《くび》を横《よこ》にふった。

「島は今《いま》男たちが漁《りょう》に出《で》ていて、年寄《としよ》りと女子供《おんなこども》しか残っていません。あと一ヵ月《げつ》もすれば船《ふね》も戻《もど》ってまいります。そうすると賑《にぎ》わいます。しかしそれもつかの間《ま》のことでまた船は出《で》て行《い》きます。生徒《せいと》たちの父親《ちちおや》もほとんどが漁師《りょうし》です。それは今日《きょう》お渡《わた》しした資料《しりょう》に皆書《みんなか》いてございますので……。やあ、着《つ》きました。ここが吉岡先生《よしおかせんせい》のお住《すま》いです」

立《た》ち止《ど》まると、軒下《のきした》に〝阿部《あべ》産婦人科《さんふじんか》　阿部よね〟と記《しる》された古《ふる》い看板《かんばん》が見《み》えた。島《しま》の建物《たてもの》にしては珍《めずら》しく二階建《かいだて》の造《つく》りで二階の窓《まど》が開《あ》け放《はな》ってあった。そのガラス窓《まど》に瀬戸内海《せとないかい》に反射《はんしゃ》した朱色《しゅいろ》の夕陽《ゆうひ》がかがやいていた。

「阿部先生、阿部先生、お連《つ》れしましたよ」

周一郎《しゅういちろう》が戸《と》を開けて大声《おおごえ》を出《だ》した。返事《へんじ》がなかった。

「阿部先生、よねさん、よねさん」

周一郎がさらに大声を上《あ》げた。すると阿部医院《いいん》のむかいの家《いえ》の脇《わき》の路地《ろじ》から修平《しゅうへい》が飛《と》び出《で》てきて、

「それじゃ聞《き》こえんがの。よね先生よ、よね婆《ばあ》さーん、よねババアはおるか」

と修平は最後《さいご》はよねのことを呼《よ》び捨《す》てにして怒鳴《どな》った。

「こら、何《なん》ということ言《い》う」

周一郎が叱《しか》った。しかし修平は跳《は》ねるように後《あと》ずさると、また大声で、

「よねババアー、客《きゃく》だぞ」

と叫《さけ》んだ。

「何《なに》がババアーじゃ、修平」

驚《おどろ》くほどおおきな声《こえ》がした。見ると左手《ひだりて》に羽根《はね》をむしり取《と》られた鶏《にわとり》を一羽《わ》、右手《みぎて》に酒《さけ》の一升壜《いっしょうびん》を持《も》った阿部よねがいつの間にかあらわれて立っていた。修平はよねの大声に圧倒《あっとう》されて地面《じめん》にしゃがみ込《こ》んでいた。

「び、びっくりしたじゃねぇか」

修平がよねを見上《みあ》げて言った。

「修平、そのへらず口《ぐち》がきけなくなるように縫《ぬ》いつけてやろうか」

「い、いらん」

修平はあわてて坂道《さかみち》を駆《か》けて行った。笑《わら》い声《ごえ》がした。よねのうしろに両手《りようて》に葱《ねぎ》と大《だい》根《こん》を持った井口妙子《いぐちたえこ》が白《しろ》い歯《は》を見せて走《はし》り去《さ》る修平を見ていた。

「こんにちは、吉岡先生」

妙子の声に誠吾がペコリと頭《あたま》を下《さ》げた。

「阿部先生、ご紹介《しょうかい》します。こちらが今回水見色小学校《こんかいみずみいろしょうがっこう》へ来《き》て下《くだ》さいました……」

「わかっとるわ周一郎さん。吉岡誠吾さんじゃろ。どうも初《はじ》めまして、阿部よねです。見《み》ての通《とお》りのボロ家《や》ですが、どうぞ気兼《きが》ねなしで使《つこ》うて下《くだ》さい。酒《さけ》はたっぷりありますから。ところで、吉岡先生《よしおかせんせい》はいける口《くち》かの？」

よねが笑《わら》って言《い》うと、周一郎《しゅういちろう》が、

「これ、そういうことではなくて」

と眉《まゆ》をひそめた。

「そういうことも、こういうことも、まずは酒盛《さかも》りじゃて、吉岡先生」

誠吾《せいご》がうなずくと、よねはじっと誠吾の顔《かお》を見つめた。

「よう似《に》とるわ。目元《めもと》が文子《ふみこ》さんにそっくりだわ」

とうれしそうに言った。

「そう、阿部《あべ》先生の家《いえ》に住《す》むの。よかったわ」

ヨウは牛《うし》のモグの手綱《たづな》をひきながら修平《しゅうへい》に言った。

「何《なに》がよかったんじゃ」

修平が口を尖《とが》らせて言った。

「だって今《いま》までの先生は皆《みんな》満《みつる》の家の離《はな》れに住んだじゃないの。満の家はなんか入《はい》りにくいもん」

「そんなことあるもんか。満の家ならお菓子《かし》もくれるし、庭《にわ》も広《ひろ》いし綺麗《きれい》じゃないか。よねババアの家はもう一回台風《いっかいたいふう》が来《き》たら倒《たお》れてしまうぞ。それにあんな口《くち》やかましい婆《ばあ》さんがいては誰《だれ》も寄《よ》りつきはせん。きっと機関車《きかんしゃ》は酒を飲《の》んだよねババアに叱《しか》られてばかりおるぞ」

「そうかな。私《わたし》は阿部先生の家の方《ほう》が遊《あそ》びに行《い》きやすいよ」

「ヨウは、よねババアの本当《ほんとう》の姿《すがた》を知《し》らんからそう言うんじゃ」

「修平はいたずらばっかりするから叱られるのよ」

「いや、そうじゃない。酒は人《ひと》を変《か》えるとうちの婆様《ばあさま》が言うとった。虎《とら》になるんだぞ。人が虎になるんだぞ」

「馬鹿《ばか》みたい」

「本当じゃて」

「修平はちょっとおかしいよね、モグ」

小屋《こや》の前《まえ》に着《つ》くと、ヨウはモグを小屋の中《なか》に入《い》れて横木《よこぎ》をかけた。モグは横木からおおきな顔《かお》をのぞかせて、黒《くろ》い瞳《ひとみ》でヨウをじっと見ていた。

「モグ、今夜《こんや》は満月《まんげつ》よ。夜遅《よるおそ》くまで起《お》きてちゃだめだよ。昼寝《ひるね》ばっかりしてるい婆《ばあ》さんに叱られるからね」

ヨウがモグの鼻先《はなさき》を撫《な》でながら言《い》うと、

「こいつ夜中《よなか》に遊《あそ》びに行《い》くのか」

と修平《しゅうへい》が聞《き》いた。

「遊びになんか行かないよ。モグは月《つき》を見《み》るのが好《す》きなだけよ」

「変《へん》な牛《うし》だな。おまえとよう似《に》とるな」

「私《わたし》の顔《かお》はモグと似《に》てないよ」

「いや、目《め》の玉《たま》のおおきなところはそっくりじゃぞ」

「そう」

ヨウはくすぐったそうな顔をして首《くび》をすくめた。

二人《ふたり》の後方《こうほう》に見える皇子岬《みこみさき》の彼方《かなた》に春《はる》の陽《ひ》が水平線《すいへいせん》を黄金色《こがねいろ》に染《そ》めながら沈《しず》もうとしていた。

その夜《よる》の阿部医院《あべいいん》の居間《いま》は賑《にぎ》やかだった。

「これ、下戸《げこ》という人《ひと》にそんなに酒《さけ》をすすめるな」

周一郎《しゅういちろう》はよねが手《て》にした酒壜《さかびん》を取《と》りながら言った。

「下戸ではないて、酒を知《し》らんだけだから」

ほろ酔《よ》い加減《かげん》のよねが周一郎の酒壜を取《と》り返《かえ》そうとする。顔を赤《あか》らめた誠吾《せいご》が笑《わら》って二人を見ている。

「吉岡先生《よしおかせんせい》はこの島《しま》が気《き》に入《い》りましたか」

よねが誠吾を見て聞《き》いた。誠吾はうなずいた。

「そうですか。そりゃよかった。ならずっといてもらいたいの。乾杯《かんぱい》しましょうや。乾杯を」

「乾杯はわしがするから」

「爺《じい》さんに言うとりはせん」

「爺さんとは、よう言うてくれたの」

「爺さんを爺さんと呼《よ》んで何《なに》が悪《わる》い」

「ほんとに歳《とし》を取るごとに口《くち》が悪くなる婆《ばあ》さんじゃ」

「婆さんとは誰《だれ》のことじゃ。誰のことじゃろうかの、妙子《たえこ》。ここに婆さんはおるかの？」

「よさんか、子供《こども》の前《まえ》で」

その時《とき》、表《おもて》の方《ほう》から女《おんな》の声《こえ》がした。

誠吾が気《き》づいてそちらの方をむくと、妙子が立《た》ち上《あ》がって玄関《げんかん》へ行《い》った。

「潤三《じゅんぞう》さんのお母《かあ》さんが来《き》てらっしゃる」

妙子《たえこ》の言葉《ことば》によねが柱時計《はしらどけい》を見《み》た。周一郎《しゅういちろう》が玄関《げんかん》へ行《い》って、野良着姿《のらぎすがた》の女《おんな》と戻《もど》ってきた。

「どうした節子《せつこ》、祖母《ばあ》さまの具合《ぐあい》でも悪《わる》うなったか」

藤尾《ふじお》節子《せつこ》は切羽《せっぱ》詰《つま》ったような顔《かお》をしてよねを見つめてから、急《きゅう》に泣《な》き崩《くず》れた。周一郎が妙子に家《いえ》に帰《かえ》るようにうながした。誠吾《せいご》も立《た》ち上《あ》がった。

「泣いてちゃわからん。どうした」

「このままじゃ家も畑《はたけ》もなくなってしまいます。網元《あみもと》さんに呼《よ》ばれて一昨年《おととし》父《とう》ちゃんの船《ふね》の修理《しゅうり》に借《か》りた金《かね》を返《かえ》せないんなら、家の蜜柑畑《みかんばたけ》を皆《みんな》よこせと言《い》われました」

「重太郎《しげたろう》がそう言うたのか。あの馬鹿《ばか》ったれが」

「春先《はるさき》から何度《なんど》か金の催促《さいそく》をされとったんですが、義兄《にい》さんところが去年《きょねん》浦津《うらつ》の方《ほう》で仕事《しごと》が上手《うま》く行かんかったから、うちの人《ひと》が水揚《みずあ》げの半分《はんぶん》をそっちに回《まわ》したもんで網元さんに返済《へんさい》できんでしたもんで……」

「じゃ事情《じじょう》がわかっとるんだから、もうしばらく待《ま》ってもらえばよかろう」

「はい、待ってもええが利息分《りそくぶん》は蜜柑畑をよこせ言うて」

「重太郎が言うたのか」

「はい、夕方《ゆうがた》呼ばれまして……」

そこまで言って節子はまた泣きながら、

「それができなんだら、浦津におる娘《むすめ》を呑《の》み屋《や》で働《はたら》かせるぞって……」

と言った。

「あいつ……。よし、わしが掛《か》けおうてやる」

よねが立ち上がろうとした。すると周一郎がなだめるように、

「まあ待ちなさい。阿部先生《あべせんせい》。藤尾さん、私《わたし》から美作《みまさか》さんに話《はな》しますから」

と言った。

「明日《あした》の出荷分《しゅつかぶん》から蜜柑は網元さんの方へ運《はこ》んでくるようにて。そうなるとうちの家は、食《た》べて行けんようになります」

女は手拭《てぬぐ》いで顔をおおってかぶりをふった。誠吾は黙《だま》って、小刻《こきざ》みに震《ふる》えている女の肩《かた》を見ていた。

周一郎は節子をなだめて帰した後《あと》、ほどなく居眠《いねむ》りをはじめたよねを寝《ね》かしつけて誠吾の部屋《へや》へ上《あ》がってきた。

「なんだかみっともないところをお見せしましたな」

周一郎は桟橋《さんばし》の見える窓《まど》から海《うみ》を眺《なが》めて言った。

「こんなちいさな島《しま》でもいろんなことがあります。泣《な》いたり笑《わら》ったりが人間《にんげん》なのでしょうが、どうも泣くような立場《たちば》になるものは泣いてばかりの方《ほう》に行《い》くんですね。けれど泣いてばかりじゃいけない。人間にはお腹《なか》の底《そこ》から笑えることがあるんだ。それが生《い》きるってことなんだということを、私《わたし》は子供《こども》たちにちゃんと教《おし》えてやりたいんです。おや、今夜《こんや》はまた綺麗《きれい》な月《つき》ですね」

誠吾《せいご》も窓辺《まどべ》に寄《よ》った。

「吉岡先生《よしおかせんせい》。私はね、たくさんの教《おし》え子《ご》たちを戦争《せんそう》へ行かせたんですよ。戦争が愚《おろ》かなことはこころの半分《はんぶん》でわかっていました。それでもお国《くに》のために戦地《せんち》へ行けと言《い》ったんです。それは恥《はじ》と言うより罪《つみ》でした。私は自分自身《じぶんじしん》を見《み》て、つくづく人間は愚かなものだと思《おも》います。愚かなことをする人間をつくらないことが肝心《かんじん》です。裸《はだか》の王様《おうさま》を裸と言えるようにあの子供たちは育《そだ》って欲《ほ》しいと思っています。それだけでいいと思っているんです」

周一郎《しゅういちろう》が誠吾を見た。誠吾も周一郎を見返《みかえ》した。周一郎が手《て》を差《さ》し出《だ》した。誠吾がその手を握《にぎ》った。握った誠吾の手を周一郎が強《つよ》く握《にぎ》り返《かえ》した。

ヨウは学校《がっこう》へ続《つづ》く坂道《さかみち》を歩《ある》きながら、朝食《ちょうしょく》の時《とき》にるい婆《ばあ》さんに言われた言葉《ことば》を思《おも》い出《だ》していた。

「なしてそんなに花《はな》を摘《つ》んできた？　誰《だれ》かに差《さ》し上《あ》げるんか」

「うん」

ヨウが少《すこ》し頬《ほお》を赤《あか》らめたのに気《き》づいたのか、るい婆さんは、

「なら、おまえもよう顔《かお》を洗《あろ》うて行け」

と笑った。

「なぜじゃ」

「女児《おなご》は綺麗にせんとな」

「どうしてじゃ」

「そうすればおまえが差し上げる花も綺麗に見えるもんじゃ」

ヨウはるい婆さんの顔をじっと見上《みあ》げた。それから急《きゅう》に立《た》ち上《あ》がると水屋《みずや》の横《よこ》の柱《はしら》に掛《か》けてある半分《はんぶん》くすんだちいさな鏡《かがみ》をのぞいた。口元《くちもと》に付《つ》いた御飯粒《ごはんつぶ》を取《と》ってから、

「うち綺麗かの、ばあちゃん」

と言った。

「さあどうかの……、毎日《まいにち》ちゃんと顔を洗《あら》えばべっぴんになるじゃろ」

ヨウは土間《どま》へ走《はし》って桶《おけ》の水《みず》で顔《かお》を洗《あら》った。洗った顔を寝間着《ねまき》の袖《そで》で拭《ふ》いて、また御《ご》飯《はん》を食《た》べはじめた。るい婆《ばあ》さんはそんな孫《まご》の様子《ようす》をじっと見《み》ていた……。

ヨウは坂道《さかみち》の途中《とちゅう》で立《た》ち止《ど》まると、水音《みずおと》に気《き》づいて蜜柑畑《みかんばたけ》の脇《わき》を流《なが》れる小川《おがわ》の方《ほう》へ駆《か》け出《だ》した。そうして畔道《あぜみち》にかがむと、水面《すいめん》に映《うつ》る自分《じぶん》の顔をのぞいた。おおきな目《め》が水の中《なか》で揺《ゆ》れていた。ヨウは片手《かたて》で水をすくうと顔を洗った。波紋《はもん》が消《き》えると、青《あお》空《ぞら》の中に前髪《まえがみ》が垂《た》れ下《さ》がった顔が揺れていた。

「何《なに》をしとるんじゃ、おまえ」

ふいに背後《はいご》で声《こえ》がした。修平《しゅうへい》だった。

「何もしとりはせん」

ヨウは怒《おこ》ったように言《い》った。

畔道に置《お》いた鞄《かばん》かられんげの花《はな》がこぼれ出《だ》していた。修平は小首《こくび》をかしげて学校《がっこう》の方へ走《はし》り出《だ》した。ヨウはあわてて花を鞄に入《い》れると修平を追《お》い駆《か》けた。正門《せいもん》が見える と、いつもは校長先生《こうちょうせんせい》ひとりが立っている場所《ばしょ》に機関車《きかんしゃ》先生が一緒《いっしょ》に立っていた。先生の姿《すがた》を見つけると、ヨウはなぜか緊張《きんちょう》して本当《ほんとう》は顔を上《あ》げて手《て》をふりたかったのだが、そうすることができなかった。

皆《みな》いつもより早《はや》く登校《とうこう》してきた。朝礼《ちょうれい》がはじまって校庭《こうてい》で朝《あさ》の体操《たいそう》をした。機関車先生の体操《たいそう》する姿がヨウにはひどくまぶしく見えた。
一時間目《じかんめ》は全員《ぜんいん》に用紙《ようし》が配《くば》られた。
「テストか？」
修平が口《くち》を尖《とが》らせて言った。
「テストじゃない。自分のことをその用紙に書《か》いて吉岡《よしおか》先生に教《おし》えてあげるんです」
周一郎《しゅういちろう》が言った。用紙にはこう書いてあった。
名前《なまえ》
年《ねん》れい
すきなもの
きらいなもの
自分《じぶん》の話《はなし》
大《おお》きくなったらしたいこと
同《おな》じことを機関車先生が黒板《こくばん》に書いた。
名前《なまえ》　吉岡誠吾《よしおかせいご》
年《ねん》れい　30歳《さい》
すきなもの　海《うみ》、花《はな》、動物《どうぶつ》。

きらいなもの　ありません。

そして黒板《こくばん》に日本《にほん》地図《ちず》を描《か》いて、北海道《ほっかいどう》の地図の中《なか》に赤《あか》いチョークでちいさな家《いえ》と馬《うま》の絵《え》を描いた。

「北海道は寒《さむ》いのか、先生《せんせい》」

修平《しゅうへい》が聞《き》いた。先生がうなずいた。

「雪《ゆき》がたくさん降《ふ》るんでしょう」

妙子《たえこ》が聞くと、先生は手《て》を頭《あたま》の上《うえ》に上《あ》げて雪の高《たか》さをしめした。

「さあ皆《みんな》も書《か》いて」

校長《こうちょう》先生の言葉《ことば》にヨウは鉛筆《えんぴつ》を舐《な》めながら自分《じぶん》のことを書《か》きはじめた。

妙子の両《りょう》隣《どなり》の席《せき》に座《すわ》る美保子《みほこ》と隆司《たかし》が書《か》き方《かた》を妙子に教《おそ》わっている。

「好《す》きなものはたくさんあるからの」

修平が腕《うで》組《ぐ》みをして言《い》った。

「皆書けばいいんだ。修平、黙《だま》って書きなさい」

「書《か》き切《き》れんかも知《し》れん」

「なら用紙《ようし》の裏《うら》にも書きなさい。こらっ、黙ってやりなさい」

妙子から発表《はっぴょう》がはじまった。

「名前《なまえ》は井口《いぐち》妙子。六月で十二歳《さい》になります。好きなものは、葉名島《はなじま》の海《うみ》と歌《うた》を歌《うた》うことです。嫌《きら》いなものは、ヘビです。私《わたし》の家はお父《とう》さんが漁師《りょうし》をしています。今《いま》は東《ひがし》シナ海《かい》へ漁《りょう》に行《い》っています。お母《かあ》さんは漁業組合《ぎょぎょうくみあい》の加工研修《かこうけんしゅう》で今浦津《うらつ》へ出《で》かけてます。兄《にい》さんがひとりと姉《ねえ》さんがひとりで、兄さんは遠洋漁業《えんようぎょぎょう》の船《ふね》に乗《の》って、姉さんは浦津の会社《かいしゃ》に勤《つと》めています。おおきくなったら、私は看護婦《かんごふ》さんになりたいと思《おも》っています。だから中学《ちゅうがく》を卒業《そつぎょう》したら看護学校《かんごがっこう》へ行こうと思います。先生は歌が好きですか」

妙子は最後《さいご》にそう質問《しつもん》してから、あわてて口《くち》に手《て》を当《あ》てて、

「ごめんなさい」

と申《もう》し訳《わけ》なさそうな顔《かお》をして言った。

機関車《きかんしゃ》先生は手を横《よこ》にふって、すぐに黒板に、

——歌《うた》は大好《だいす》きです。

と書いた。

「どうやって歌うんじゃ」

修平が言った。

機関車先生《きかんしやせんせい》は指《ゆび》を胸《むね》に当《あ》て、胸から喉元《のどもと》の方《ほう》へゆっくりと手《て》をひろげるようにしてから自分《じぶん》の耳《みみ》に手をそえて何《なに》かを聞《き》く仕種《しぐさ》をした。

「こころの中《なか》で歌《うた》うのね」

ヨウが大声《おおごえ》で言《い》った。

「こころの中でか？」

修平《しゅうへい》がヨウの方《ほう》をふりむいて言った。すると機関車先生はおおきくうなずいた。

「そうだよ。ヨウも声《こえ》を出《だ》さないで歌うことができるもの」

ヨウが修平に言った。

「わかる、私《わたし》も時々《ときどき》する」

妙子《たえこ》が言った。修平は頭《あたま》をかしげていた。

満《みつる》が自己紹介《じこしょうかい》をした。

「美作満《みまさか》です。十歳《さい》です。好《す》きなものはラジオ放送《ほうそう》で、特《とく》にドラマが好きです。本《ほん》を読《よ》むのも好きです。科学《かがく》の本は頭が良《よ》くなるから好きです。嫌《きら》いなものは、クモ、トカゲ、ニンジン。家《いえ》は島《しま》の網元《あみもと》をしています。おおきくなったら大学《だいがく》へ行《い》って勉強《べんきょう》して学者《がくしゃ》になろうと思《おも》います。いろんな学者がありますが、科学者《かがくしゃ》になります。先生は科学者の人《ひと》に会《あ》ったことはありますか？」

機関車先生は感心《かんしん》したような目《め》をして、会ったことはありません、と黒板《こくばん》に書《か》いてから、しっかり勉強してください、と書《か》き加《くわ》えた。すると校長《こうちょう》先生が、

「吉岡《よしおか》先生のお父《とう》さんは海洋学《かいようがく》の偉《えら》い先生だったんですよ、美作君《くん》」

と言った。機関車先生は驚《おどろ》いて校長先生を見《み》た。

「カイヨウガク？」

満が聞くと、

「海《うみ》のいろんなことを勉強する科学者です」

と校長先生は言った。

「潜水艦《せんすいかん》に乗《の》って海の底《そこ》に潜《もぐ》るのか？」

修平が聞いた。

「そんなことやいろんなことをする人だ」

満はうなずいて席《せき》に座《すわ》った。

修平が立《た》ち上《あ》がった。

「西本《にしもと》修平。九歳。好きなものは船《ふね》。それも外国《がいこく》へ行けるおおきな船。それに野球《やきゅう》。キャッチボールが大好《だいす》きです。嫌いなものは勉強と宿題《しゅくだい》とテスト。父《とう》ちゃんは妙子のとこと同《おな》じで魚《さかな》を獲《と》りに行っとる。母《かあ》ちゃんとばあちゃんは畑《はたけ》に出《で》とる。浦津《うらつ》の中学《ちゅうがく》

へ行《い》ったら野球部《やきゅうぶ》があるから、そこでピッチャーをやる。島《しま》じゃ野球《やきゅう》の相手《あいて》がおらんから、それが困《こま》る。機関車先生《きかんしゃせんせい》、キャッチボールをしてくれるか」

「修平《しゅうへい》、くれるか、ではのうて、くださいますかじゃろ」

校長先生《こうちょう》の声《こえ》に修平がぺろりと舌《した》を出《だ》した。機関車先生は白《しろ》い歯《は》を見《み》せながら、

――私《わたし》も野球《やきゅう》は大好《だいす》きです。

と書《か》いた。

修平が手《て》を叩《たた》いて喜《よろこ》んだ。

ヨウはなぜ自分《じぶん》がこんなに緊張《きんちょう》しているのかわからなかった。それでも話《はな》しはじめると自分でもびっくりするくらいいろんなことが話せた。

「丘野洋子《おかのようこ》。九歳《さい》。好《す》きなものは空飛《そらと》ぶ自転車《じてんしゃ》と狸《たぬき》のポンと来目山《くめざん》の皇子《おうじ》さまと、今《こ》年《とし》になってからは銀色《ぎんいろ》のおおきな人《ひと》。嫌《きら》いなものはマントを着《き》たむささび……」

ヨウが話《はな》し出《だ》すと機関車先生は目《め》を丸《まる》くして話《はなし》を聞《き》いていた。

「先生、丘野の話はちんぷんかんぷんでわからんでしょう。こいつ少《すこ》しおかしいんです」

満《みつる》が口《くち》をはさんだ。

「満、何《なに》を言《い》うか。黙《だま》って洋子の話を聞きなさい」

　ヨウが心配顔《しんぱいがお》で機関車先生を見ると、先生はおおきくうなずき手を差《さ》し出《だ》して話を続《つづ》けるようにうながした。

「ヨウはおおきくなったら夢《ゆめ》の中《なか》で見たいろんなものに、ひとつひとつ会《あ》いに行《い》こうと思《おも》ってる。ヨウが夢で見たことは少しずつ本当《ほんとう》のことになってるから、きっと皆《みんな》会えるはずだよ。先生が島にやって来《く》るのも夢で見たよ。それから空飛ぶ円盤《えんばん》のことも海《うみ》の上《うえ》を歩《ある》いている人のことも皆きっと本当になると思うの。先生はヨウの話を信《しん》じてくれますか？」

「信じるはずない」

　満が小声《こごえ》で言った。

　機関車先生は、

――信《しん》じますよ。きっと会《あ》えます。

　と黒板《こくばん》に書いてから、

――葉名島《はなじま》も地球《ちきゅう》という星《ほし》の中《なか》にあります。たくさんの星が夜《よる》になると見《み》えるでしょう。私《わたし》たちと同《おな》じように暮《くら》している星がきっとあります。

　と書いておおきくうなずいた。

「葉名島には皇子《おうじ》さまが昔《むかし》いたんです。るい婆《ばあ》がそう言いました。知《し》ってますか、先生」

機関車先生《きかんしゃせんせい》は少《すこ》し考《かんが》えるような素振《そぶ》りをしていた。

「吉岡《よしおか》先生、丘野《おかの》は来目《くめ》神社《じんじゃ》に祀《まつ》ってある来目皇子《くめのみこ》の話《はなし》をしておるのです」

と校長《こうちょう》先生が言《い》うと、興味深《きょうみぶか》そうにうなずいた。

二年生《ねんせい》の景子《けいこ》が好《す》きな花《はな》の名前《なまえ》を知《し》る限《かぎ》り話《はな》し、新入生《しんにゅうせい》の隆司《たかし》が鳩《はと》の話をし、美保《みほ》子《こ》が風船《ふうせん》が大好《だいす》きだと、それぞれ自分《じぶん》たちのことを機関車先生に紹介《しょうかい》した。

二時間目《じかんめ》は音楽《おんがく》の時間《じかん》だった。

一番喜《いちばんよろこ》んだのは妙子《たえこ》だった。校長先生の弾《ひ》くぎこちないオルガンの音色《ねいろ》と比《くら》べると、機関車先生の演奏《えんそう》するオルガンはとても上手《じょうず》だった。

機関車先生は水見色小学校《みずみいろしょうがっこう》の校歌《こうか》をまず最初《さいしょ》に演奏した。皆《みな》その伴奏《ばんそう》に合《あ》わせて歌《うた》い出《だ》した。合唱《がっしょう》が終《お》わると、まだ校歌を覚《おぼ》えていない美保子と隆司に校長先生が歌《うた》を教《おし》えはじめた。機関車先生は妙子と満《みつる》の二人《ふたり》を隣《となり》の体育室《たいいくしつ》を兼《か》ねた講堂《こうどう》へ連《つ》れて行《い》き、〝おぼろ月夜《づきよ》〟を伴奏した。歌が苦手《にがて》な満の音程《おんてい》が狂《くる》うと、先生は正《ただ》しい音《おと》をゆっくりと弾いて満の声《こえ》が合うまで丁寧《ていねい》にくり返《かえ》し教えた。やがて二人の声が合いはじめると、妙子には機関車先生が声を上《あ》げて一緒《いっしょ》に歌っているように思《おも》えた。

次《つぎ》にヨウと修平《しゅうへい》と景子の三人《にん》が〝海《うみ》〟を歌った。そうして最後《さいご》に全員《ぜんいん》でまた校歌を歌った。それは渡辺《わたなべ》先生の音楽の時間には経験《けいけん》しなかったような、瑞々《みずみず》しい合唱だった。

体操《たいそう》の時間に先生が皆の前《まえ》で見《み》せてくれた見事《みごと》な宙返《ちゅうがえ》りや倒立《とうりつ》に、満たちは目《め》を丸《まる》くしていた。

校長先生と機関車先生の二人ではじまった授業《じゅぎょう》は子供《こども》たちには何《なに》もかも新鮮《しんせん》だった。

機関車先生の噂《うわさ》が島中《しまじゅう》に伝《つた》わるのに時間はかからなかった。

「今度《こんど》学校《がっこう》へ来《き》なすった先生は人《ひと》の良《よ》さそうなお人じゃね」

「それがあの先生、口《くち》がきけんいうことらしいが、本当《ほんとう》じゃろうか」

「まさか、それじゃ勉強《べんきょう》を教えられんで」

「いや本当らしい」

「けど、校長さんはここ二、三日《にち》えらくにこにこされとるから、やはりええ先生が来て下《くだ》すったのじゃ」

そんな会話《かいわ》が数日後《すうじつご》には、

「やっぱり口がきけんらしい。離島《りとう》ということで浦津《うらつ》の連中《れんちゅう》はいい加減《かげん》な人をよこしたんじゃ」

「私《わたし》も阿部《あべ》先生《せんせい》のところで挨拶《あいさつ》したんじゃが返事《へんじ》をせんところをみると、やはり口《くち》がきけんいう話《はなし》はほんまらしいね」

「私にはいい人《ひと》に見《み》えるがの」

「いい人と島《しま》の子供《こども》の勉強《べんきょう》のことは別《べつ》じゃ」

「佐古《さこ》先生に聞《き》いてみた方《ほう》がええじゃろ」

「網元《あみもと》さんに話《はな》した方がええのと違《ちが》うかの」

噂《うわさ》は網元の美作重太郎《みまさかしげたろう》の耳《みみ》に届《とど》いた。

「それは本当《ほんとう》のことかや。ちょっと満《みつる》を呼《よ》んでこい」

父《ちち》に呼ばれた満は、

「口はきけんよ。けど……」

と機関車《きかんしゃ》先生のことを父に言《い》おうとしたが、重太郎は、

「葉名島《はなじま》に口《くち》がきけん人間《にんげん》をよこしおったんか、浦津《うらつ》の連中《れんちゅう》は」

と手《て》にしていた湯呑茶碗《ゆのみぢゃわん》を机《つくえ》に叩《たた》きつけた。

「素平《そっぺい》、素平」

重太郎の怒鳴《どな》り声《ごえ》が屋敷《やしき》の中《なか》に響《ひび》いた。

「は、はい。旦那様《だんなさま》、な、なんの御用《ごよう》で」

「すぐに佐古校長《こうちょう》を呼んでこい」

こめかみを震《ふる》わせ、口髭《くちひげ》が立《た》つほど怒《いか》り狂《くる》った主人《しゅじん》の様子《ようす》に、素平は佐古周一郎《しゅういちろう》の家《いえ》へむかって走《はし》り出《だ》した。

「美作さん、それはあんたの誤解《ごかい》じゃ」

佐古周一郎は島の網元の美作重太郎にむかって大声《おおごえ》で言った。

「何《なに》が誤解じゃ、現《げん》に口がきけんのじゃろうが、その……」

「吉岡誠吾《よしおかせいご》先生です」

「その吉岡いう男《おとこ》は」

「口がきけんいうても、子供たちの教育《きょういく》はちゃんとできるんです」

「どうやって口がきけん人間が子供にものを教《おし》えるんじゃ。俺《おれ》たちを、葉名島の者《もの》を馬鹿《ばか》にしとるんか、あんたは」

「じゃ明日《あす》にでも学校《がっこう》の方へ見学《けんがく》に来《き》てもらえばわかります。吉岡先生の授業《じゅぎょう》を実際《じっさい》その目《め》で見てもらえば誤解ということがわかるはずです」

周一郎はきっぱりと重太郎に言った。

翌朝《よくあさ》の水見色小学校《みずみいろしょうがっこう》には、生徒《せいと》の数《かず》より大勢《おおぜい》の大人《おとな》たちが集《あつ》まった。

誠吾《せいご》は校庭《こうてい》に集まった大人たちを見《み》ていた。

「まあ普通通《ふつうどお》りにやってもらえばそれでかまいませんから、父兄参観《ふけいさんかん》が少《すこ》し早《はや》まったようなものです」

周一郎《しゅういちろう》は誠吾に説明《せつめい》した。

誠吾は周一郎の目《め》がどことなく心配《しんぱい》そうな表情《ひょうじょう》をしているのに気《き》づいていた。

こんなに急《きゅう》に父兄参観があるはずはなかったし、校庭に集まっている大人たちの態度《たいど》には刺々《とげとげ》しい雰囲気《ふんいき》がうかがえた。

誠吾は右手《みぎて》の指先《ゆびさき》を左胸《ひだりむね》にあて、弧《こ》を描《えが》くようにその指《ゆび》を右胸《みぎむね》に持《も》ってきて、にっこりと笑《わら》った。

「何《なん》ですか、吉岡先生《よしおかせんせい》」

周一郎が驚《おどろ》いた顔《かお》で誠吾を見た。誠吾は手《て》にした伝言板《でんごんばん》に、

――手話《しゅわ》です。

と書《か》いた。

手話のことは周一郎も知《し》っていたが、誠吾のした手話の意味《いみ》がわからなかった。

――大丈夫《だいじょうぶ》です。

と書いて今《いま》しがたと同《おな》じ仕種《しぐさ》をしてから、外《そと》にいる父兄たちを指《ゆび》さして教室《きょうしつ》に招《まね》き入《い》れるように周一郎にうながした。

周一郎は怪訝《けげん》そうな顔をして立《た》ち上《あ》がると、校庭に集まっていた父兄たちを教室に呼《よ》び入《い》れた。

ヨウは朝食《ちょうしょく》の時《とき》にるい婆《ばあ》さんが、

「何《なに》か今日《きょう》は学校《がっこう》であるのけ？」

と聞《き》いたので、

「何《なに》もないよ」

と返事《へんじ》をした。

「なしてか、婆《ばあ》ちゃん」

「昨夜《ゆんべ》、網元《あみもと》さんのとこの使《つか》いの者《もの》が子供《こども》を学校に出《だ》しとる家《いえ》の者は今日学校へ集まるように報《しら》せてきた」

「何も聞いとりはせんが……」

「そうか、なんや戦争《せんそう》の終《おわ》った日《ひ》みたいなこと言《い》うてきたの……」

登校《とうこう》の途中《とちゅう》で修平《しゅうへい》に出逢《であ》うと、

「今日は母《かあ》ちゃんが学校へ勉強《べんきょう》を見にくるんじゃ、珍《めずら》しいこともあるもんじゃ」

と首《くび》をひねって言《い》っていた。

校長先生《こうちょうせんせい》の鳴《な》らす鐘《かね》で教室《きょうしつ》に入《はい》った。すぐに大人《おとな》たちも入ってきた。何《なに》かどこかが変《へん》な気《き》がした。ヨウはもう一度《いちど》教室のうしろをふり返《かえ》って、目《め》を丸《まる》くした。一番隅《いちばんすみ》っこに野良着姿《のらぎすがた》のるい婆《ばあ》さんが笑《わら》って立《た》っていた。今《いま》まで一度だってるい婆さんが学校《がっこう》に来《き》てくれたことはない。

——きっと私《わたし》が毎晩《まいばん》機関車《きかんしゃ》先生の話《はなし》を婆《ばあ》ちゃんにしたからだ……。

とヨウは思《おも》った。

「えらくその先生を気《き》に入《い》っとるが、嫁《よめ》さんにでももらってもらうのか」

るい婆さんが昨夜《ゆんべ》蒲団《ふとん》の中《なか》で言った時《とき》、ヨウの胸《むね》はどきんとおおきな音《おと》を立てた。

機関車先生が校長先生と一緒《いっしょ》に入ってきた。機関車先生は目を閉《と》じて頭《あたま》をかしげ、右《みぎ》こぶしをこめかみにあてた後《あと》、頭を起《お》こしながらこぶしをあごのあたりまで下《お》ろして、目を開《あ》けた。そして左右《さゆう》のひとさし指《ゆび》を胸《むね》の前《まえ》で向《む》かい合《あ》わせて折《お》り曲《ま》げた。

「おはようございます」

ヨウたちは二日前《ふつかまえ》に機関車先生から教《おそ》わった手話《しゅわ》の〝おはよう〟の仕種《しぐさ》をしながら大声《おおごえ》で挨拶《あいさつ》した。

「父兄《ふけい》の皆《みな》さん。今日《きょう》はお忙《いそが》しいところをわざわざお集《あつ》まりいただきましてありがとうございます。今度《こんど》水見色小学校《みずみいろしょうがっこう》で臨時《りんじ》の教鞭《きょうべん》をとっていただくことになりました吉《よし》岡誠吾《おかせいご》先生です」

機関車先生はおおきくお辞儀《じぎ》をした。校長先生は機関車先生に、よろしくお願《ねが》いします、と言って大人たちのいるうしろに歩《ある》いて行《い》った。

一時間目《じかんめ》は国語《こくご》の時間《じかん》だった。

機関車先生は黒板《こくばん》にさらさらと絵《え》を描《か》きはじめた。それはおおきな一本《ぽん》の木《き》だった。

どこかで見《み》たような木だった。木のそばにたくさんの鳥《とり》を描き、蝶《ちょう》や虫《むし》の絵を描いた。それから青《あお》いチョークで水平線《すいへいせん》を黒板一杯《いっぱい》に長《なが》く引《ひ》きその海《うみ》に船《ふね》を浮《う》かべた。

「山《やま》の木じゃ」

修平《しゅうへい》が大声《おおごえ》で言った。

山の木、とは来目山《くめざん》の中腹《ちゅうふく》に葉名島《はなじま》を見下《みお》ろすようにそびえているおおきな樫《かし》の木のことだった。島《しま》でこの木のことを知《し》らない人間《にんげん》はいなかった。

機関車先生は最後《さいご》に木の下《した》に、ひとりの少年《しょうねん》を描いた。

「誰《だれ》じゃ、あの子供《こども》は？」

満《みつる》が言った。

機関車先生《きかんしゃせんせい》は少年《しょうねん》のそばに〝イブン〟と書《か》いた。

「イブンっていう名前《なまえ》か。変《へん》な名前じゃの」

修平《しゅうへい》がぶつぶつ言《い》ってる間《あいだ》に、機関車先生はおおきな文字《もじ》で〝かしの木《き》とイブン〟と書いて、机《つくえ》の上《うえ》に置《お》いてあった紙芝居《かみしばい》の絵《え》を立《た》てた。

そこには黒板《こくばん》の樫《かし》の木と同《おな》じかたちの木が丁寧《ていねい》に色《いろ》を塗《ぬ》って描《か》かれてあった。

機関車先生は妙子《たえこ》を手招《てまね》くと、古《ふる》い本《ほん》を渡《わた》して指《ゆび》で何事《なにごと》かを話《はな》した。妙子は笑《わら》ってうなずくと、教壇《きょうだん》に立って、

「かしの木とイブン。昔々《むかしむかし》、北《きた》の海《うみ》に浮《う》かぶ島《しま》の丘《おか》の上におおきな一本《ぽん》のかしの木が立っていました。その木のそばにイブンという名前の男《おとこ》の子《こ》がひとり住《す》んでいました……」

と物語《ものがたり》を大声《おおごえ》で読《よ》みはじめた。すぐ隣《となり》で機関車先生が一枚目《まいめ》の絵をめくった。

ヨウはその絵の中《なか》の海の色や漁《りょう》へ出《で》かける大人《おとな》たちを見送《みおく》る島の人《ひと》たちが葉名島《はなじま》で見《み》る光景《こうけい》とそっくりなのに驚《おどろ》いた。他《ほか》の子供《こども》たちも同じ気持《きも》ちなのか、皆黙《みなだま》って次《つぎ》の絵があらわれるのを身《み》を乗《の》り出《だ》して待《ま》っていた。

妙子の声《こえ》が教室《きょうしつ》に響《ひび》いていた。

「イブンは島の人と何《なに》も話《はなし》ができない少年でした。そのかわりに鳥《とり》や動物《どうぶつ》や、大好《だいす》き

なかしの木と話ができました。島の大人たちは口《くち》がきけないイブンを馬鹿《ばか》にしていました。でも子供たちはイブンが好《す》きでした。イブンと一緒《いっしょ》にいると、こころが楽《たの》しくなるんです。鳥や動物と遊《あそ》べるからです。ある日《ひ》、島の長者《ちょうじゃ》がもっとたくさんの魚《さかな》が獲《と》れるように、もっとおおきな船《ふね》をこしらえると言《い》い出《だ》しました。丘の上のかしの木を切《き》れ。イブンは、この木を切ってはダメだ。この木は島の大切《たいせつ》な木だから、とかしの木にすがって離《はな》れませんでした。それでも長者に命令《めいれい》された島の大人たちは木を切ろうとしました。しかし、かしの木の幹《みき》に巻《ま》きついたたくさんの蔓《つる》が斧《おの》の刃先《はさき》にからんで容易《ようい》に切れません。明日《あした》はもっとおおきな斧を持《も》ってこよう、と大人たちは引き揚《あ》げました。その夜《よる》イブンはかしの木にすがって泣《な》きました。イブン泣くのはおよし、私《わたし》は大丈夫《だいじょうぶ》さ。ほらいつものように歌《うた》おう、とかしの木はイブンに歌《うた》を歌ってくれました。ところがかしの木が急《きゅう》に歌うのを止《や》めました。見上《みあ》げると空《そら》には星《ほし》が失《う》せ、薄気味《うすきみ》の悪《わる》い雲《くも》と風《かぜ》が流《なが》れていました。大変《たいへん》だ、イブン。すぐに島の人たちを起《お》こしなさい。もうすぐ津波《つなみ》がやってくる。イブン、すぐに知《し》らせてきなさい。皆この丘に上《のぼ》ってきなさいと、そうして私の蔓で身体《からだ》をくりつけなさいと……。イブンは丘から駆《か》け下《お》りると島の人たちの家《いえ》の扉《とびら》を叩《たた》いて起こしました。島の大人たちは漁師《りょうし》たちでしたから空を見上げ生《なま》ぬるい夜風《よかぜ》と波音《なみおと》に異変《いへん》をさとり、津波だ、津波だと叫《さけ》んで丘《おか》の上《うえ》に上《のぼ》りました。島《しま》の全員《ぜんいん》がかしの木《き》に登《のぼ》って蔓《つる》で身体《からだ》をくりつけました。それは今《いま》まで誰《だれ》も見《み》たことのない空《そら》を真黒《まつくろ》にするおおきな津波《つなみ》でした。島全部《ぜんぶ》を波《なみ》がさらってしまいそうでした。しかし大昔《おおむかし》から島の土深《つちふか》くに根《ね》を下《お》ろしていたかしの木はびくともしませんでした。やがて夜《よ》が明《あ》けて海《うみ》がまたおだやかになった時《とき》、島の人《ひと》たちは自分《じぶん》たちが助《たす》かったことがわかりました。見るとかしの木には島の人たちだけではなく鳥《とり》や狐《きつね》や狸《たぬき》も一緒《いっしょ》にいました。助《たす》かった、イブンのおかげだ。大人《おとな》たちがイブンにお礼《れい》を言《い》おうと彼《かれ》を探《さが》しましたが、イブンの姿《すがた》はどこにも見当《みあた》りませんでした……」

妙子《たえこ》の朗読《ろうどく》が終《おわ》った後《あと》、皆《みな》しばらく黙《だま》っていた。

するとうしろから、パチパチと拍手《はくしゅ》の音《おと》が聞《き》こえてきた。ふりむくと、るい婆《ばあ》さんが笑《わら》いながら手《て》を叩《たた》いていた。子供《こども》たちも我《われ》に返《かえ》ったように一斉《いっせい》に拍手した。

景子《けいこ》が立《た》ち上《あ》がって、

「イブンは死《し》んでしもうたの？」

と泣《な》き出《だ》しそうな顔《かお》で機関車先生《きかんしゃせんせい》を見上《みあ》げた。すると機関車先生は首《くび》を横《よこ》にふって笑《わら》った。

「そんな津波じゃ助からんわ」

満《みつる》が言った。

「そうじゃそうじゃ、海は怖《こわ》いからの」

と修平《しゅうへい》が言った。

「死んでないよ、イブンは」

ヨウが立ち上がって言った。

「じゃ、どこへ行《い》ったんじゃ」

満が言った。

「死んでなんかいない」

美保子《みほこ》が大声《おおごえ》で言った。

「じゃ、どこにおるんじゃ」

修平が機関車先生に聞いた。教室《きょうしつ》がシーンとした。

「他所《よそ》の島へ行ったんじゃ」

おおきな声《こえ》がうしろから聞こえた。見るとるい婆さんが子供たちを見回《みまわ》して、

「他所の島の人を助けに行ったに決《き》まっておろうが」

と唇《くちびる》を突《つ》き出《だ》して言いながら、

「わしはこの話《はなし》をわしの爺様《じいさま》から聞いたぞ。葉名島《はなじま》にも大昔におおきな津波が来《き》たと

な。同《おな》じかしの木《き》じゃねえか、来目山《くめざん》と。のう網元《あみもと》さん」

「わ、わしは知《し》らん」

美作重太郎《みまさかしげたろう》は不機嫌《ふきげん》そうに言《い》った。

「俺《おれ》、死《し》んだ婆様《ばあさま》に聞《き》いた」

満《みつる》がぽつりと言った。

「そうか他《ほか》の島《しま》に行《い》ったんだ。葉名島《はなじま》にも来《こ》ないかな、仲良《なかよ》くしてあげるのに」

ヨウが言った。景子《けいこ》も隆司《たかし》までが声《こえ》を揃《そろ》えてヨウと同じことを言った。明るい婆《ばあ》さんがお辞儀《じぎ》をして教室《きょうしつ》を出《で》て行った。隆司の母親《ははおや》があとに続《つづ》いた。

「こ、こんな不吉《ふきつ》な話《はなし》を子供《こども》にしおって」

重太郎が怒鳴《どな》った。子供たちが呆気《あっけ》にとられた顔《かお》で重太郎の顔を見《み》た。

満と修平《しゅうへい》が日向《ひな》ッ原《ぱら》を先頭《せんとう》になって走《はし》って行く。二人《ふたり》の後《あと》を隆司が追《お》い駆《か》けている。

皇子岬《みこみさき》のむこうに水平線《すいへいせん》が霞《かす》んで見える。妙子《たえこ》が美保子《みほこ》の手《て》を取《と》って歩《ある》いて行く。そのうしろを景子が花《はな》を見つけて摘《つ》んで行く。夏《なつ》にむかう海風《うみかぜ》が日向ッ原のむこうから崖《がけ》を舞《ま》い上《あ》がるようにして吹《ふ》き上《あ》げ、子供たちの髪《かみ》を撫《な》でて流《なが》れていた。ヨウひとりが背後《はいご》から話をしながら歩いてくる機関車先生《きかんしゃせんせい》と校長《こうちょう》先生のそばにいた。

「やはり家族《かぞく》が揃《そろ》うと、子供たちも元気《げんき》になりますな」

周一郎《しゅういちろう》が誠吾《せいご》に言った。

数日前《すうじつまえ》から沿海漁業《えんかいぎょぎょう》に出《で》かけていた男《おとこ》たちが島に帰《かえ》ってきはじめた。男たちを迎《むか》えた家族の表情《ひょうじょう》も明《あか》るくなり、島はいっぺんに賑《にぎ》やかになった。

教室で勉強《べんきょう》していても船《ふね》の汽笛《きてき》が聞こえると、子供たちは窓《まど》の外《そと》を見た。

誠吾も彼《かれ》らの顔がかがやくのがよくわかった。

「父《とう》ちゃんの船だ」

美保子が窓際《まどぎわ》に立《た》って叫《さけ》ぶ。

「そうじゃ、あれは田中《たなか》の家《いえ》の船じゃの」

満が言う。

あざやかな色《いろ》を重《かさ》ねた大漁旗《たいりょうばた》が潮風《しおかぜ》になびいていた。桟橋《さんばし》に群《むら》がる島の人《ひと》たちが光《ひか》って見えた。

いつもなら早《はや》く家の灯《あか》りを消《け》す町《まち》の家々《いえいえ》に夜遅《よるおそ》くまで窓灯《まどあか》りが点《とも》っていた。

誠吾の下宿《げしゅく》の二階《かい》にも、島の活気《かっき》が伝《つた》わって来《き》た。

船《ふね》が戻《もど》ってきている日《ひ》は、普段《ふだん》より少《すこ》し早目《はやめ》に授業《じゅぎょう》を終《お》えてやるのが島《しま》の慣《なら》わしだった。

「明日《あした》は青空教室《あおぞらきょうしつ》」

校長先生《こうちょうせんせい》が言《い》った時《とき》、皆大喜《みなおおよろこ》びをした。

だから今日《きょう》は来目山《くめざん》まで遠足《えんそく》ということになった。

前《まえ》を行《い》く子供《こども》たちの身体《からだ》がふくらんだように見《み》える。

誠吾《せいご》は父《ちち》のことを知《し》らないから、彼等《かれら》の喜《よろこ》びがどれほどのものかはわからなかった。もし少年《しょうねん》の時代《じだい》に父が一度《いちど》でも家《いえ》に戻ってきてくれたら、どんなにか楽《たの》しかったろうと思《おも》う。父に手《て》を取《と》られて歩《ある》く他《ほか》の少年《しょうねん》たちのうしろ姿《すがた》をうらやましいと思ったことが何度《なんど》もあった。

「おまえがしっかりせねばお父《とう》さんも悲《かな》しまれるよ」

母《はは》の文子《ふみこ》はいつも誠吾にそう言いきかせた。

わかってるよとうなずきながらも、少年の誠吾にはそれが淋《さび》しかった。

口《くち》がきけないと年長《ねんちょう》の子供から、からかわれたり苛《いじ》められたりした時、父がいてくれたらと思ったことが度々《たびたび》あった。

父が死《し》んだことを報《しら》されたのは十歳《さい》の時だった。

終戦《しゅうせん》になって仙台《せんだい》から北海道《ほっかいどう》へ移《うつ》った。仙台に比《くら》べると冬《ふゆ》の寒《さむ》さは厳《きび》しかった。

「春《はる》が来《こ》ない冬はないのだよ」

母は口癖《くちぐせ》のように言っていた。

札幌《さっぽろ》の学校《がっこう》へ通《かよ》いはじめてから、同《おな》じ境遇《きょうぐう》の人《ひと》たちに逢《あ》うようになった。独《ひと》りで生《い》きることだけを考《かんが》えていた自分《じぶん》が、先生や友《とも》だちに胸《むね》の内《うち》を手話《しゅわ》や伝言板《でんごんばん》で素直《すなお》に話《はな》せるようになった。

「これからの日本《にほん》をつくるのは教育《きょういく》だよ。子供たちが新《あたら》しい日本をつくるんだよ」

学校の先生の言葉《ことば》に誠吾は教育者《きょういくしゃ》になろうと決心《けっしん》した。身体《からだ》の障害《しょうがい》を乗《の》り越《こ》えて、立派《りっぱ》な教育者になることが自分自身《じぶんじしん》にも打《う》ち克《か》つことだと思った。

だから目《め》の前《まえ》の波打《なみう》つ草《くさ》っ原《ぱら》の中《なか》で楽しそうに遊《あそ》んでいる子供たちが誠吾の新しい道《みち》を開《ひら》いてくれる天使《てんし》のように見えた。子供たちの彼方《かなた》にひろがる瀬戸内海《せとないかい》が白波《しらなみ》を立《た》てかがやいていた。

「海《うみ》はいいですな、吉岡《よしおか》先生」

草《くさ》むらに腰《こし》かけた周一郎《しゅういちろう》が海を見つめてつぶやいた。誠吾もうなずいた。

「昨日《きのう》、文子さんから、いや先生の母上《ははうえ》から手紙《てがみ》をいただきました。雪解《ゆきど》けの水《みず》がことのほか美《うつく》しい、と書《か》いてありました。静内《しずない》という町《まち》は綺麗《きれい》なところらしいですね。私《わたし》、一度《いちど》この子《こ》たちに雪《ゆき》を見《み》せてやりたいなあ、驚《おどろ》くだろうな。たまに雪がちらつく年《とし》もあるんですけどね。背丈《せたけ》より高《たか》く積《つ》もる雪なんて見たことないんですものね……。私にはふたつ夢《ゆめ》がありましてね、ひとつはこの子たちを汽車《きしゃ》に乗《の》せて、いろんな町を見せてやりたいんです。世界はこのちいさな島だけじゃないということを教えてやりたいんです。実《じつ》は私、子供《こども》の頃《ころ》、機関士《きかんし》になるのが夢だったんです。本当言《ほんとうい》うと私が運転《うんてん》する機関車《きかんしゃ》で子供たちを旅《たび》に連《つ》れて行《い》ってやりたいんです。おかしな夢でしょう？　笑《わら》われますよね」

誠吾《せいご》は真顔《まがお》で首《くび》を横《よこ》にふった。

「そうですか、夢っていうのは単純《たんじゅん》な方《ほう》が夢らしくていいですものね。先生《せんせい》は子供の頃は何《なに》になりたいと思《おも》ってたんですか」

誠吾は水平線《すいへいせん》に浮《う》かぶ船《ふね》を指《ゆび》さして舵《かじ》を回《まわ》す仕種《しぐさ》をした。

「船長《せんちょう》ですか、いいですね」

周一郎《しゅういちろう》はうなずきながら水平線を見ていた。誠吾は胸《むね》のポケットからちいさな伝言《でんごん》板《ばん》を取《と》り出《だ》して、

「もうひとつの夢は？」

と書いた。

すると周一郎は急《きゅう》に顔《かお》を赤《あか》らめて、

「恋人《こいびと》に逢《あ》いたくてね」

と言った。

誠吾は目《め》を丸《まる》くして周一郎を見返《みかえ》した。

「いや違《ちが》うんですよ。恋人といってもまるで違うもんなんです。何《なん》と申《もう》しますか……、まあいいです。こっちの方がもっと笑われてしまうような話《はなし》だから」

周一郎は照《て》れ笑《わら》いをしながら頭《あたま》を掻《か》いた。

「私、先生にこの島に来《き》ていただいて本当に良《よ》かったと思ってます。三日前《みっかまえ》に先生が子供たちに話をして下《くだ》さった〝かしの木《き》とイブン〟の話、良かったな。あれは本当は先生がお書きになった話じゃないんですか」

誠吾はバイバイをするように手《て》を横にちいさくふった。

「少《すこ》し違いますか。そうとは思えないな」

周一郎は小首《こくび》をかしげて笑った。

誠吾が伝言板に何《なに》かを書いて差《さ》し出《だ》した。

「父《ちち》のことをご存知《ぞんじ》ですか？」

周一郎《しゅういちろう》が誠吾《せいご》の顔《かお》を見《み》た。誠吾は真剣《しんけん》な顔で周一郎を見つめていた。

「教《おし》えて下《くだ》さい」

誠吾が書《か》き加《くわ》えた。

「そうですか、母上《ははうえ》は父上《ちちうえ》のことはあまりお話《はなし》になってませんか……」

誠吾がうなずいた。

「わかりました」

周一郎がおおきくうなずいた。

その時《とき》、日向《ひな》ッ原《ぱら》のむこうから修平《しゅうへい》が、

「先生《せんせい》、校長《こうちょう》先生、大変《たいへん》じゃ」

と大声《おおごえ》を上《あ》げて走《はし》ってきた。

「何《なん》じゃ、どうした修平」

「校長先生、タ、タ、タヌキがおったぞ」

「な、なに、タヌキ」

周一郎が頭《あたま》のてっぺんから抜《ぬ》けたようなかん高《だか》い声《こえ》で言《い》った。

「ど、どこに？」

周一郎は立《た》ち上《あ》がった。

「崖《がけ》のところで、トンビと喧嘩《けんか》をしとるぞ」

「ど、どこの崖じゃ」

周一郎は走《はし》り出《だ》していた。周一郎の狼狽《ろうばい》ぶりに誠吾も後《あと》に続《つづ》いた。修平が誠吾に、

「校長先生の豆狸《まめだぬき》がおったんじゃ」

と大声で言った。

周一郎はどこにそんな体力《たいりょく》があったのかと思《おも》えるほどの速《はや》さで日向ッ原を駆《か》けて行《い》く。

崖《がけ》っぷちから子供《こども》たちが顔をのぞかせていた。

「これ危《あぶ》ない。もう少《すこ》し下《さ》がっとれ」

「校長先生、ほら、あそこの岩《いわ》の間《あいだ》」

ヨウが崖の途中《とちゅう》にある岩を指《ゆび》さした。

そこに一匹《ぴき》の狸《たぬき》が身《み》をかがめて空《そら》を見上《みあ》げていた。狸の目《め》が上空《じょうくう》でおおきな羽《はね》をひろげている一羽《わ》の鳶《とんび》を追《お》っていた。

「追われて、あそこへ逃《に》げたんじゃな」

周一郎が身を乗《の》り出《だ》した。誠吾が周一郎の腕《うで》をつかまえた。

「落《お》っこちちゃうよ、校長先生」

「けど豆狸《まめだぬき》が、わしのこ、こいびとが……」

周一郎《しゅういちろう》がせつなそうな声《こえ》を出《だ》した。

「むこうへ行《い》け。このいじわるトンビ」

ヨウが鳶《とんび》にむかって怒鳴《どな》った。しかし鳶は体勢《たいせい》を整《ととの》えると、豆狸にむかって急降下《きゅうこうか》して行《い》った。

キィーッと狸《たぬき》が悲鳴《ひめい》のような声を上《あ》げた。

鳶は羽《はね》をひろげ鋭《するど》い爪先《つまさき》を立《た》てて狸に襲《おそ》いかかっている。

その時誠吾《ときせいご》が岩《いわ》をつたいながら崖《がけ》を降《お》りて行った。そうして岩のそばまで行くと腰《こし》の手拭《てぬぐ》いを鞭《むち》のようにして鳶を払《はら》った。鳶はそれでも誠吾に抵抗《ていこう》した。誠吾の手拭いが風《かぜ》を切《き》るような音《おと》を立てると、鳶は驚《おどろ》いて崖の下方《かほう》に降下《こうか》して行った。

誠吾は狸を捕《とら》えようとした。しかし狸は牙《きば》を剝《む》いて誠吾を威嚇《いかく》した。それでも誠吾は狸に手《て》を伸《の》ばした。狸が誠吾の腕《うで》に嚙《か》みついた瞬間《しゅんかん》、彼《かれ》は狸の首根《くびね》っ子《こ》をつかんで抱《だ》き寄《よ》せた。

誠吾が崖から上がってくると、周一郎が、

「あ、ありがとう吉岡先生《よしおかせんせい》。ありがとう」

と礼《れい》を言《い》った。

「血《ち》が出《で》とる」

ヨウが言った。

見《み》ると狸の背中《せなか》と脇腹《わきばら》に血がにじんでいた。

「本当《ほんとう》じゃ、トンビにやられたんじゃ」

修平《しゅうへい》が怒《おこ》ったように言った。

「違《ちが》うよ、機関車《きかんしゃ》先生の手《て》だよ」

誠吾の手首《てくび》からも血が流《なが》れていた。

皆《みな》が学校《がっこう》へ戻《もど》ると、豆狸は以前《いぜん》からこの学校にあった飼育小屋《しいくごや》に入《い》れられ、校長先《こうちょう》生が怪我《けが》の治療《ちりょう》をした。機関車先生の怪我の治療は妙子《たえこ》とヨウがした。

「痛《いた》くないの」

ヨウが聞《き》いても誠吾は笑《わら》っていた。

その夜《よる》、阿部医院《あべいいん》に周一郎が訪《たず》ねてきた。

「一杯《いっぱい》やるか」

阿部よねが周一郎の顔《かお》を見《み》てうれしそうに言った。

「いいですね。今夜《こんや》は私《わたし》も飲《の》みたい気分《きぶん》ですから」

周一郎《しゅういちろう》が言《い》った。

「何《なに》かいいことでもあったのか」

「はい。これがもういいことでなくて、何《なん》であろうか」

周一郎が狸《たぬき》のことをよねに話《はな》した。よねは満足《まんぞく》そうにうなずいた。

「おーい、吉岡先生《よしおかせんせい》。校長《こうちょう》が来《き》たぞ」

よねが二階《かい》にむかって声《こえ》を上《あ》げた。

宴会《えんかい》になった。

「これはまた美味《うま》い鯛《たい》じゃの」

「薬代代《くすりだいが》わりに持《も》ってきよった」

「そうか、薬代より高《たか》いぞ、この鯛は」

「たまには役得《やくとく》もないとの。それで狸の方《ほう》は怪我《けが》はいいのか」

「たいしたことはない。あれはメスの狸じゃ。腹《はら》に子《こ》がおる。ということはじゃぞ」

「父親《ちちおや》がどこかにおるということだな」

「そうじゃ。わしはもうこの島《しま》の豆狸《まめだぬき》は全滅《ぜんめつ》したかと思《おも》うとった。学術的《がくじゅつてき》にも豆狸は貴重《きちょう》な動物《どうぶつ》だ。豆狸が生息《せいそく》する日本《にほん》の最南端《さいなんたん》がこの葉名島《はなじま》じゃ。生息地図《せいそくちず》からこの島の名前《なまえ》が消《き》えるところだったわ。わしはうれしい。吉岡先生、本当《ほんとう》にありがとうございました」

「もうわかった。耄碌《もうろく》したように何度《なんど》も同《おな》じことを言うな」

「何と言われようと、わしはうれしい」

よねは呆《あき》れ顔《がお》で周一郎を見《み》ていた。楽《たの》しい宴会だった。珍《めずら》しく周一郎が歌《うた》を歌った。

ほどなくして酔《よ》いが回《まわ》った周一郎が引《ひ》き揚《あ》げますと言って立《た》ち上《あ》がった。足元《あしもと》がおぼつかなかった。

誠吾《せいご》が周一郎を抱《だ》きかかえて表《おもて》へ送《おく》って行《い》った。

「もう大丈夫《だいじょうぶ》です。少《すこ》し夜風《よかぜ》に当《あた》りましょうか、吉岡先生」

周一郎が言った。

二人《ふたり》は桟橋《さんばし》に続《つづ》く坂道《さかみち》を下《お》りて磯《いそ》に出《で》た。目《め》の前《まえ》に葉名浜《はなはま》がひろがっていた。周一郎は岩《いわ》の上《うえ》に腰《こし》を下ろした。誠吾も隣《となり》に座《すわ》った。

「いや、今日《きょう》は本当にありがとうございました。実《じつ》は私《わたし》、あの豆狸の研究《けんきゅう》をずっとしておったんです。暇《ひま》があると来目山《くめざん》に登《のぼ》って、あれを探《さが》し続《つづ》けてました。もう三年姿《ねんすがた》を見ませんでした。年寄《としよ》りが恋人《こいびと》を探しとったようなものですよ。うれしいな」

二人が座っている岩から一艘《そう》の小舟《こぶね》が浮《う》かんでいるのが見えた。小舟はじっと動《うご》かなかった。

周一郎《しゅういちろう》はその舟《ふね》を見《み》ながら話《はな》し出《だ》した。

「昼間《ひるま》、話《はなし》が途中《とちゅう》になってました先生《せんせい》の父上《ちちうえ》のことですが、お話《はな》ししましょう……。私《わたし》と先生の母上《ははうえ》、文子《ふみこ》さんとは同《おな》じ歳《とし》なんです。私たちは尋常《じんじょう》小学校《しょうがっこう》で机《つくえ》を並《なら》べていました。二人《ふたり》とも浦津《うらつ》の上《うえ》の学校《がっこう》へすすんだんです。文子さんは女学校《じょがっこう》へ、私は旧《きゅう》制《せい》の浦津中《うらつちゅう》へ進学《しんがく》しました。あの頃《ころ》、島《しま》から上の学校へ行《い》く者《もの》はまれでした。あなたのおじいさんはあの頃、美作《みまさか》と並ぶ葉名島《はなじま》の大《おお》きな網元《あみもと》でしたからね。文子さんは私と違《ちが》って大変頭《たいへんあたま》が良《よ》かった。奨学金《しょうがくきん》を国《くに》から受《う》けていた女学校の生徒《せいと》は母上ひとりだったんです。あれは私が大阪《おおさか》の大学《だいがく》の試験《しけん》を受けに行った春《はる》でしたから、二人とも十七歳《さい》でした。日本《にほん》は昭和《しょうわ》に年号《ねんごう》が変《か》わって国全体《ぜんたい》が軍国主義《ぐんこくしゅぎ》になっていく時代《じだい》でした。それでも私たちは希望《きぼう》に燃《も》えていました。いい友《とも》だちにも浦津で出逢《であ》っていました。吉岡辰弥《よしおかたつや》君《くん》は私の生涯《しょうがい》の友《とも》でした。萩《はぎ》の町《まち》から浦津へ来《き》て私同様《どうよう》に下宿《げしゅく》をし中学《ちゅうがっ》校《こう》へ通《かよ》っていた辰弥君と私は、同じ釜《かま》の飯《めし》を食《た》べ合《あ》う仲《なか》でした。彼《かれ》は海軍兵学校《かいぐんへいがっこう》へ入《にゅう》学《がく》が決《き》まっていました。あの春、辰弥君と文子さんは私の下宿で初《はじ》めて出逢いました。ひと目《め》見てお互《たが》いのことを認《みと》め合《あ》ったんでしょう。私が試験を終《お》えて戻《もど》ってきたら、二人がプラットホームで出迎《でむか》えてくれました。窓《まど》から私に手《て》をふる二人を見ていて、きっと二人は恋愛《れんあい》をしてるなと思《おも》いました。辰弥君は江田島《えたじま》へ、私は大阪へと離《はな》ればなれになりましたが、手紙《てがみ》だけはやりとりをしていました。彼は海洋学《かいようがく》の才能《さいのう》を認められて南洋《なんよう》へ航海《こうかい》に行くようになりました。たまに浦津へ帰《かえ》ってくると、洋裁《ようさい》の見習《みなら》いに浦津へ出《で》てきていた文子さんと三人《にん》で遊《あそ》びました。文子さんは通《とお》りを歩《ある》いていても人《ひと》が立《た》ち止《ど》まってふりかえるほど美《うつく》しかった。正直言《しょうじきい》って、吉岡がうらやましいと思ったこともありました。二人が結婚《けっこん》をすることを私に告《つ》げたのは、浦津の夏祭《なつまつ》りの宵《よい》でした。私も大賛成《だいさんせい》しました。文子さんの父上のところへ辰弥君が訪《たず》ねて行ったのは数日後《すうじつご》のことでした。文子さんのお父《とう》さんは大変に愛国心《あいこくしん》の強《つよ》い方《かた》で、海軍《かいぐん》の軍服《ぐんぷく》を着《き》た辰弥君が家《いえ》にあらわれた時《とき》は大喜《おおよろこ》びでした。ところがその夜《よる》お父さんと辰弥君がある事《こと》で衝突《しょうとつ》してしまい、お父さんは激怒《げきど》し辰弥君に二度《にど》とこの島へ来《く》るなと言われました……」

　周一郎はそこまで話すと、ちいさなため息《いき》をついて海《うみ》を眺《なが》めた。先刻《さっき》の小舟《こぶね》が葉名《はな》浜《はま》に揚《あ》がり、船頭《せんどう》の黒《くろ》い影《かげ》がひとつゆっくりと舟尻《ふなじり》を押《お》し上《あ》げた。

　波《なみ》の音《おと》だけが周囲《しゅうい》に聞《き》こえていた。

「ある事と言うのは、その時の日本が進《すす》もうとしていた国の在《あ》り方《かた》についてでした。二人の論《ろん》

満州事変《まんしゅうじへん》が前年《ぜんねん》に勃発《ぼっぱつ》し日本軍《にほんぐん》はアジアに向《む》けて勢力《せいりょく》をひろげていました。

争《そう》は最後《さいご》には米英軍《べいえいぐん》と戦争《せんそう》になったらというところまでいきました。辰弥君《たつやくん》はお父《とう》さんにはっきりと、日本《にほん》は国力《こくりょく》の差《さ》で必《かなら》ず敗《やぶ》れる、と言《い》い切《き》りました。真《ま》っ直《す》ぐな性格《せいかく》でしたからね、辰弥君は。国民《こくみん》の誰《だれ》も口《くち》にできないことを彼《かれ》は言ってしまったんです。結婚《けっこん》の話《はなし》は勿論《もちろん》立《た》ち消《き》えてしまいました。それでもそれから二度《ど》ばかり辰弥君はお父さんの家《いえ》へお詫《わ》びと文子《ふみこ》さんとの結婚の申《もう》し込《こ》みに行《い》かれました。その度《たび》に玄関《げんかん》先《さき》で追《お》い返《かえ》されました。可哀相《かわいそう》でした。私《わたし》もひどく叱《しか》られました。何《なに》しろ島《しま》の実力者《じつりょくしゃ》でしたからね。文子さんは家から外《そと》へ出《で》ることを許《ゆる》されなくなりました。私はこっそり辰弥君の手紙《てがみ》を文子さんに渡《わた》し、その返事《へんじ》を彼に戻《もど》していました。文子さんの気持《きも》ちは辰弥君だけにむいていたんですね。二人《ふたり》は駆《か》け落《お》ちをすることを決《き》めたんです。あの当時《とうじ》そんなことをするのはとても勇気《ゆうき》がいることでした。その年《とし》の冬《ふゆ》、辰弥君は文子さんを迎《むか》えに葉名島《はなじま》へ来《き》ました。私と島の漁師《りょうし》が二人を舟《ふね》に乗《の》せて夜《よる》の葉名浜《はなはま》から出《だ》しました」

周一郎《しゅういちろう》はそこまで言っておおきくため息《いき》をついた。

誠吾《せいご》は葉名浜を見《み》つめていた。遠《とお》い日《ひ》、若《わか》い父《ちち》と母《はは》がこの浜《はま》を出て行く姿《すがた》が浮《う》かんだ。

母が、

——私は島には二度《にど》と戻れないから……。

と言っていた言葉《ことば》の意味《いみ》がようやく誠吾には理解《りかい》できた。

「このことを知《し》っているのは私と文子さんと亡《な》くなったあなたの父上《ちちうえ》……、そしてあの老人《ろうじん》だけですよ」

周一郎が舟から荷《に》を背負《せお》って、こちらにむかって来《く》る黒《くろ》い影《かげ》を指《ゆび》さした。

「作造《さくぞう》という男《おとこ》で文子さんの家で働《はたら》いていた男です。少《すこ》し変《か》わり者《もの》ですが、やさしい男です」

黒い影が少しずつ近寄《ちかよ》ってきた。おおきな身体《からだ》をしていた。

月明《つきあか》りにかすかに顔《かお》が浮かんだ。

「作造さん、お疲《つか》れさんでしたの。どうでしたか、今夜《こんや》は」

周一郎が声《こえ》をかけた。

作造はちいさくうなずいて、誠吾の顔を一瞥《いちべつ》して通《とお》り過《す》ぎた。

「あなたのおじいさんは戦争がはじまる前《まえ》に満州《まんしゅう》へ行かれて、戦争が終《おわ》ってからもまだこの島へは戻って見えません。お元気《げんき》ならあなたを見てきっと喜《よろこ》ばれたでしょう。あの時代《じだい》はそうするしかなかったと言えばそれまででしょうが、愚《おろ》かなものですね、人間《にんげん》というのは……」

周一郎《しゅういちろう》の言葉《ことば》が波音《なみおと》にまぎれていった。

校長室《こうちょうしつ》の裏手《うらて》にある豆狸《まめだぬき》の小屋《こや》に、二年生《ねんせい》の景子《けいこ》が名付《なづ》けた〝ハナコの家《いえ》〟という表札《ひょうさつ》がかけられた土曜日《どようび》の昼下《ひるさ》がり、佐古周一郎《さこしゅういちろう》は浦津《うらつ》の中学校《ちゅうがっこう》へ行《い》っている藤尾潤三《ふじおじゅんぞう》からの手紙《てがみ》を読《よ》んでいた。

潤三は水見色小学校《みずみいろしょうがっこう》を二年前《ねんまえ》に卒業《そつぎょう》して、今《いま》は浦津市《うらつし》の寮《りょう》から中学《ちゅうがく》へ通《かよ》っている教《おし》え子《ご》である。

手紙の内容《ないよう》は、自分《じぶん》は中学を卒業してからできれば高校《こうこう》へ進学《しんがく》したいのだが、家《いえ》のことを考《かんが》えるとすぐに就職《しゅうしょく》すべきなのだろうか、という相談《そうだん》であった。学業《がくぎょう》の成績《せいせき》が優秀《ゆうしゅう》で中学の担任《たんにん》に奨学金《しょうがくきん》をもらえる試験《しけん》を受《う》けてみてはどうかと言《い》われていることと、もっと勉強《べんきょう》したいという彼《かれ》の気持《きも》ちが十数枚《じゅうすうまい》の便箋《びんせん》に丁寧《ていねい》な文字《もじ》で書《か》いてあった。

葉名島《はなじま》の男《おとこ》の子《こ》は中学校を卒業するとほとんどが父親《ちちおや》の船《ふね》に乗《の》るか、漁業会社《ぎょぎょうがいしゃ》に就職をする。勉強が嫌《きら》いなわけではないが、彼等《かれら》は子供《こども》の頃《ころ》からそうなることが自分《じぶん》たちの進《すす》む道《みち》だと思《おも》っていた。

それでもたまに潤三のように向学心《こうがくしん》のある子供があらわれる。周一郎は潤三のような子供になるたけ上《うえ》の学校《がっこう》へ進学させてやれるように取《と》り計《はか》らうのだけど、たいがいは両親《りょうしん》の反対《はんたい》で彼等は高校へ行くことを断念《だんねん》することが多《おお》かった。

潤三は周一郎がこれまで教《おし》えた子供の中《なか》でも群《ぐん》を抜《ぬ》いて頭《あたま》が良《よ》かった。特《とく》に理数系《りすうけい》の学科《がっか》が小学生《しょうがくせい》とは思えないほど理解《りかい》が早《はや》かった。浦津の中学校の成績もいつも一番《いちばん》で、今年《ことし》の春《はる》の卒業式《そつぎょうしき》に在校生《ざいこうせい》を代表《だいひょう》して送辞《そうじ》を読まされたと報告《ほうこく》を受けていた。できることなら高校、大学《だいがく》と進学させて、潤三の学才《がくさい》を伸《の》ばしてやりたい気《き》がした。

周一郎は半月前《はんつきまえ》に阿部医院《あべいいん》に網元《あみもと》の美作家《みまさかけ》からの借金《しゃっきん》のことで泣《な》きついてきていた藤尾の母《はは》の顔《かお》を思《おも》い浮《う》かべた。彼《かれ》は美作重太郎《しげたろう》に会《あ》って、藤尾の家の借金の催促《さいそく》を待《ま》ってもらうように説得《せっとく》していた。

「明日《あした》にでも潤三の母親《ははおや》に話《はな》してみるか」

と周一郎はつぶやいてから、手紙を机《つくえ》の中にしまった。

表《おもて》の方《ほう》から木《き》を打《う》ちつける乾《かわ》いた音《おと》がした。窓《まど》から顔を出《だ》すと、誠吾《せいご》が古《ふる》くなった飛《と》び箱《ばこ》の台《だい》を修理《しゅうり》していた。そのわきで修平《しゅうへい》と洋子《ようこ》が誠吾の作業《さぎょう》をしゃがみ込《こ》んで見《み》ていた。景子はハナコの小屋の前でじっと中の様子《ようす》をのぞいている。

この子《こ》たちも数年《すうねん》すれば潤三と同《おな》じ悩《なや》みを持《も》つようになるかもしれない、と周一郎は思った。

「おーい、景子《けいこ》。あんまりのぞいとると、ハナコが眠《ねむ》れんぞ。ハナコはお腹《なか》に赤《あか》ん坊《ぼう》がおるから、そっとしといてやれよ」

周一郎《しゅういちろう》が言《い》うと、景子は笑《わら》ってうなずいた。

「修平《しゅうへい》も洋子《ようこ》も早《はや》く家《いえ》に戻《もど》れや」

修平は舌《した》をぺろりと出《だ》して立《た》ち上《あ》がると、修理《しゅうり》を終《お》えた飛《と》び箱《ばこ》を器用《きよう》に飛《と》び越《こ》えて校門《こうもん》の方《ほう》へ走《はし》り出《だ》した。

誠吾《せいご》が笑っていた。洋子も飛び箱を越《こ》えようとしたが、途中《とちゅう》で引《ひ》っかかってあやうく転倒《てんとう》しそうになった。洋子の身体《からだ》を誠吾がかかえ上《あ》げた。洋子は驚《おどろ》いたように目《め》を丸《まる》くして誠吾を見上《みあ》げると、頬《ほお》を赤《あか》く染《そ》めてうつむいた。それから洋子は景子の手《て》を引いて走り出した。

「吉岡先生《よしおかせんせい》。終《お》わりましたか」

周一郎が声《こえ》をかけると誠吾は笑ってうなずいた。

誠吾は水見色小学校《みずみいろしょうがっこう》の古《ふる》くなったいろんなものを修繕《しゅうぜん》しはじめた。雨漏《あまも》りする講堂《こうどう》の屋根《やね》に登《のぼ》って瓦《かわら》の修理をし、台風《たいふう》ではがれていた板壁《いたかべ》を貼《は》り替《か》え、国旗《こっき》の掲揚塔《けいようとう》を塗《ぬ》り替《か》え……、調子《ちょうし》のおかしくなっていたオルガンまでも器用《きよう》になおした。

誠吾が手を加《くわ》えると、すべてのものが息《いき》を吹《ふ》き返《かえ》したようにまぶしく変身《へんしん》していった。

誠吾がいるだけで、周囲《しゅうい》のものが光《ひか》りかがやき出《だ》す。子供《こども》たちもそうだが、周一郎は何《なに》か自分《じぶん》までが元気《げんき》になるように感《かん》じられた。

「お茶《ちゃ》を入《い》れましょう」

周一郎の言葉《ことば》に道具箱《どうぐばこ》をかかえた誠吾が白《しろ》い歯《は》を見《み》せた。

──不思議《ふしぎ》な青年《せいねん》だ……。

と周一郎は誠吾のおおきな背中《せなか》を見つめて思《おも》った。

周一郎は潤三《じゅんぞう》が休《やす》みで島《しま》に戻《もど》ってきた時《とき》、誠吾に逢《あ》わせてやりたいと思った。

日曜日《にちようび》の夜明《よあ》け方《がた》、誠吾は眠《ねむ》っていた自分のまぶたを朱色《しゅいろ》の光《ひかり》が突《つ》き抜《ぬ》けた気《き》がして目覚《めざ》めた。

誠吾は目を見開《みひら》いて、まだ夜《よる》の明《あ》けない窓《まど》の外《そと》を見た。

──何《なん》だろう。

と彼《かれ》は蒲団《ふとん》から起《お》き出《だ》して窓辺《まどべ》に寄《よ》った。夜明《よあ》けにむかう東《ひがし》の空《そら》が紫色《むらさきいろ》に染まろうとしていた。空には明けの明星《みょうじょう》がまたたいていた。窓を開《あ》けると、海風《うみかぜ》が頬を撫《な》でた。

誠吾《せいご》には夜明《よあ》けに鮮烈《せんれつ》な光《ひかり》を感《かん》じて目覚《めざ》めることが子供《こども》の頃《ころ》から何度《なんど》となくあった。少年《しょうねん》の頃、そのことを母《はは》にたずねると、

「かぐや姫《ひめ》にお迎《むか》えでも来《き》て、月《つき》に帰《かえ》って行《い》ったのでしょ」

と言《い》われた。

「母《かあ》さんも見《み》たの？」

と聞《き》くと、

「子供の頃、葉名島《はなじま》でよく見た気《き》がするわ」

と言っていたのを誠吾は空《そら》を仰《あお》ぎ見《み》ているうちに思《おも》い出《だ》した。

誠吾は階下《かいか》の阿部《あべ》よねを起《お》こさないように、そっと外《そと》へ出《で》た。坂道《さかみち》を下《くだ》って桟橋《さんばし》の方《ほう》へ歩《ある》いた。波音《なみおと》がはっきりと聞こえてきた。やがて道《みち》がふた手《て》に分《わ》かれて、誠吾は葉《は》名浜《なはま》へ出る磯《いそ》の径《みち》を進《すす》んだ。背後《はいご》で何《なに》か気配《けはい》がした。彼《かれ》は立《た》ち止《ど》まってふりむいた。

ふたつの流星《りゅうせい》がゆっくりと弧《こ》を描《えが》いて南《みなみ》の水平線《すいへいせん》に落《お》ちて行った。一度《いちど》にふたつの流星を見るのは初《はじ》めてのことだった。それは二羽《わ》の銀《ぎん》の鳥《とり》が飛《と》んで行ったようにも見えた。すると天上《てんじょう》から先刻《さつき》よりおおきな星《ほし》が同《おな》じように南にむかって流《なが》れた。その流星は皇子岬《みこみさき》の方へ落ちていく。見つめていると星がいくつもの星に分解《ぶんかい》して粉雪《こなゆき》のよう

に海《うみ》へ降《ふ》り注《そそ》いだ。一瞬真昼《いっしゅんまひる》になったように空が明《あか》るくなった。

誠吾は磯の径を皇子岬にむかって走《はし》り出《だ》した。何かがそこへ舞《ま》い降《お》りた気がした。

蜜柑畑《みかんばたけ》の木々《きぎ》の間《あいだ》を抜《ぬ》けて、来目山《くめざん》へ続《つづ》く段々畑《だんだんばたけ》の道《みち》を夢中《むちゅう》で走った。

日向《ひな》ッ原《ぱら》に出ると、誠吾は星の落ちていった皇子岬の方を見た。明《あ》けはじめた東《ひがし》の空から紫色《むらさきいろ》と朱色《しゅいろ》を混《ま》ぜ合《あ》わせた雲《くも》が扇《おうぎ》をひろげた形《かたち》にかがやいている。

北海道《ほっかいどう》の静内《しずない》の岬《みさき》で見たことがある夜明けの雲のかがやきとそっくりだった。

誠吾は草原《そうげん》に立って、明けようとする空が織《お》りなす色模様《いろもよう》を眺《なが》めていた。

「先生《せんせい》」

誰《だれ》かが自分《じぶん》を呼《よ》んだ気がした。

ふりむいたが、そこには来目山が紫《むらさき》の影《かげ》になってそびえているだけだった。

誠吾は天上を仰《あお》ぎ見《み》た。また星が舞い降りてくる予感《よかん》がした。

数《すう》メートル先《さき》の草《くさ》むらで何かが動《うご》く音《おと》がした。目《め》を凝《こ》らして見ると、黒《くろ》い影がふたつ、みっつゆっくりと横切《よこぎ》っていた。

「何《なん》だろう」

誠吾は小首《こくび》をかしげて影を見た。

それは数匹《すうひき》の豆狸《まめだぬき》だった。狸《たぬき》たちは跳《は》ねるように並《なら》んで歩いていた。

誠吾《せいご》は怪我《けが》をした狸《たぬき》のお腹《なか》にいる赤《あか》ん坊《ぼう》の父親《ちちおや》がどこかにいると言《い》っていた周一郎《しゅういちろう》の話《はなし》を思《おも》い出《だ》した。

「先生《せんせい》」

また声《こえ》がした。

誠吾は声のした方《ほう》をふりむいた。人《ひと》の気配《けはい》はしなかった。空耳《そらみみ》なのだろうと思った。

「先生、機関車先生《きかんしゃ》」

今度《こんど》ははっきりと聞《き》こえた。

見《み》ると、明星《みょうじょう》の星灯《ほしあか》りが残《のこ》る東《ひがし》の山裾《やますそ》からちいさな影《かげ》がこちらにむかって走《はし》ってくるのがかすかに映《うつ》った。

斜面《しゃめん》を転《ころ》がるように跳《は》ねてくる影は子犬《こいぬ》に似《に》ていた。

「機関車先生」

声が聞こえると、相手《あいて》が四年生《ねんせい》の丘野《おかの》洋子《ようこ》だとわかった。こんな朝早《あさはや》くどうしたのだろう、と思った。洋子は寝間着《ねまき》を着《き》たまま素足《すあし》で駆《か》けてくる。誠吾は洋子が飛《と》んでいるように見えた。危《あぶ》なっかしく思えて、誠吾も走《はし》り出《だ》した。

「先生」

洋子は両手《りょうて》をひろげて誠吾に飛《と》びついてきた。

「やっぱり先生だ。そうじゃないかとヨウは思ってたんだ」

洋子は息《いき》を切《き》らしながら言うと、見上《みあ》げた目《め》をおおきく開《ひら》いて、

「先生も見たんでしょう。空《そら》から降《お》りてきた船《ふね》を」

と興奮《こうふん》したように誠吾の目をのぞいた。

誠吾が笑《わら》ってうなずくと、

「ヨウは知《し》ってたんだ……」

とうれしそうにかたえくぼをこしらえた。

洋子の足元《あしもと》は朝露《あさつゆ》に濡《ぬ》れていた。誠吾は洋子の膝頭《ひざがしら》を手《て》で拭《ぬぐ》いながら、来目山《くめざん》の方へ駆けて行《い》く狸たちを指《ゆび》さした。

「あっ、豆狸《まめだぬき》があんなにいる」

誠吾がうなずくと、洋子は、

「校長《こうちょう》先生に教《おし》えてやんなくちゃ」

と大声《おおごえ》を上《あ》げた。

「ねえ、皇子岬《みこみさき》の先《さき》に行ってみようよ。きっとまだ船がいるよ」

二人《ふたり》は日向《ひな》ッ原《ぱら》を皇子岬の方へ歩《ある》いた。空が明《あ》けはじめて、水平線《すいへいせん》が銀《ぎん》の糸《いと》のよう

に光《ひか》り出《だ》していた。

「早《はや》く早く、でないと夜《よ》が明《あ》けてしまうよ」

洋子《ようこ》は誠吾《せいご》をせき立《た》てた。誠吾は洋子を抱《だ》いて走《はし》った。

岬《みさき》の突端《とったん》に着《つ》くと、荒磯《あらいそ》に波《なみ》しぶきが音《おと》を立《た》てて岩《いわ》を洗《あら》っているだけだった。

「あれ、もういない」

洋子はつまらなさそうに唇《くちびる》を突《つ》き出《だ》して言《い》った。

誠吾は波《なみ》の寄《よ》せる崖下《がけした》の海《うみ》に一艘《そう》の小舟《こぶね》が浮《う》かんでいるのを見《み》つけて、洋子に教《おし》えた。

「違《ちが》うよ、あれは作造爺《さくぞうじい》さんの舟《ふね》だもの」

荒《あ》れる波の間《あいだ》を作造の舟は大《おお》きく上下《じょうげ》しながら漂《ただよ》っていた。

「鯛《たい》を釣《つ》ってんだよ。作造爺さんは葉名島《はなじま》で一番《いちばん》の鯛釣《たいつ》りの名人《めいじん》なんだよ」

洋子の言葉《ことば》に、誠吾は周一郎《しゅういちろう》が話《はな》してくれた父《ちち》と母《はは》の駆《か》け落《お》ちを手助《てだす》けしてくれた作造の舟を見つめていた。舟は波にもまれて木《こ》の葉《は》のように揺《ゆ》れていた。

あの夜《よる》、闇《やみ》の中《なか》でちらっと見た作造の目《め》は動物《けもの》のようにかがやいていた。その後《ご》、葉名浜《はなはま》で見かけた作造は浜《はま》に腰《こし》を下《お》ろしたまま黙《だま》って仕事《しごと》をしていた。島《しま》の他《ほか》の人《ひと》のように誠吾をじろじろと見ることもなかった。

「ねえ、先生《せんせい》も見たんだよね」

洋子が誠吾を見上《みあ》げて言った。

何《なに》を見たと言っているのだろう、と洋子を見つめると、

「明《あ》け方《がた》、銀色《ぎんいろ》の船《ふね》が飛《と》んできたのを見たんでしょう」

とうれしそうに言った。

「ヨウはその船を夢《ゆめ》の中で何度《なんど》も見たんだよ。それに……」

そこまで言って洋子は誠吾の顔《かお》を見て急《きゅう》に頰《ほお》を赤《あか》くした。誠吾がじっと洋子を見つめると彼女《かのじょ》はうつむいて、

「それに先生がこの島に来《く》るのをヨウはわかってたんだよ。ハナコも先生がつかまえたでしょ。それもみんな夢の中で見たことなんだよ。先生は信《しん》じてくれる？　私《わたし》の夢の話《はなし》を」

と言うとおおきな目でまた誠吾を見上げた。誠吾がうなずくと、洋子は鼻《はな》にしわを寄《よ》せて笑《わら》った。

水平線《すいへいせん》から陽《ひ》が昇《のぼ》ったのを見て、誠吾は洋子を送《おく》って家《いえ》に戻《もど》った。

よねは裏庭《うらにわ》で洗濯物《せんたくもの》を干《ほ》していた。

「えらく早いうちから出《で》かけなすったの今朝《けさ》は。どこへ行《い》ってなさった」

誠吾《せいご》は日向《ひな》ッ原《ぱら》のある方角《ほうがく》を指《ゆび》さして、太陽《たいよう》の昇《のぼ》る仕種《しぐさ》をした。

「何《なに》かいいものでもござったか」

誠吾は笑《わら》ってうなずいた。

「早《はや》く朝御飯《あさごはん》を食《た》べなされ。今《いま》しがた佐古《さこ》の爺《じい》さんが先生《せんせい》を探《さが》しに来《き》ましたぞ。また後《あと》で来《く》るそうじゃ」

誠吾はあぶらめの煮付《につ》けと菜《な》の花《はな》のおひたしの朝食《ちょうしょく》を食べると、周一郎《しゅういちろう》の家《いえ》へ行《い》った。

周一郎は庭先《にわさき》で鼻先《はなさき》から下《した》に手拭《てぬぐ》いを巻《ま》いてはたきを片手《かたて》に何か古道具《ふるどうぐ》の埃《ほこり》をはたいていた。

周一郎は誠吾の姿《すがた》を見《み》つけると手拭いを取《と》って、

「やあ吉岡《よしおか》先生、今《いま》そちらへうかがおうと思《おも》っていたところです」

と言《い》った。

誠吾が首《くび》を伸《の》ばすと、

「ひさしぶりに教《おし》え子《ご》と申《もう》し合《あ》い稽古《げいこ》をしようと思いましてね。二年《ねん》も納屋《なや》に置《お》いていたもので埃だらけです」

と剣道《けんどう》の胴具《どうぐ》を持《も》ち上《あ》げた。

誠吾は剣道具《けんどうぐ》を見て笑った。

「吉岡先生、剣道はなさいますか」

周一郎が言うと、誠吾はひとさし指《ゆび》の腹《はら》を上《うえ》に向《む》け、その先《さき》を親指《おやゆび》ではじくようにした。

「そうですか、吉岡先生もたしなまれますか。それは丁度《ちょうど》いい。どうですか、今日《きょう》の午後《ごご》から少《すこ》し稽古《けいこ》をしませんか」

と持《も》っていたはたきを上段《じょうだん》からふり下《お》ろす仕種をした。

その時《とき》、縁側《えんがわ》からひとりの女性《じょせい》が姿を見せた。

「父《とう》さん、そんなものをそこではたいていたら家の中《なか》に埃が入《はい》ってくるでしょう」

頭《あたま》に手拭いをかけて、女性は手《て》にバケツをかかえていた。

「美重子《みえこ》、さっき話《はなし》をしていた吉岡先生だ」

周一郎が女性に言った。

女性はきょとんとした目《め》で生垣《いけがき》の外《そと》に立《た》っている誠吾を見た。それからあわてて頭の手拭いを取ると、バケツを手にしたままお辞儀《じぎ》をした。

「初《はじ》めまして美重子です。いつも父《ちち》がお世話《せわ》になっているそうで……、父さん、こんなところで立《た》ち話《ばなし》をしても……」

「そうだな。どうぞお上《あ》がり下《くだ》さい、吉岡先生《よしおかせんせい》」

誠吾《せいご》は庭先《にわさき》から周一郎《しゅういちろう》の家《いえ》へ上がった。

二人《ふたり》は大掃除《おおそうじ》の最中《さいちゅう》だったのか、家の中《なか》には周一郎の外套《がいとう》や帽子《ぼうし》が新聞紙《しんぶんし》の上《うえ》に並《なら》べてあった。

「吉岡先生は北海道《ほっかいどう》のお生《う》まれなんですってね。私一度《わたしいちど》、北海道に行《い》ったことがあるんです。札幌《さっぽろ》ですけどね」

美重子《みえこ》の目元《めもと》は周一郎に似《に》ていた。

「父《ちち》は学校《がっこう》のこと以外何《いがいなに》もできないんですよ。私が更衣《ころもがえ》をしないと、ずっと冬物《ふゆもの》を着《き》てる人《ひと》なんです」

「私のことなんか放《ほう》っておけ、と言《い》っとるのですよ。こんなじゃじゃ馬《うま》に育《そだ》てたつもりはないのですが、どうもそこいらの男《おとこ》より強《つよ》くなってしまって、嫁《よめ》のもらい手《て》がありません」

「何を言ってるのよ。父《とう》さんこそ誰《だれ》かいい人がいたら、と言ってるんです。父さんがこのままじゃ、私はいつまで経《た》ってもお嫁になんか行けないわ」

誠吾は親子《おやこ》の会話《かいわ》を聞《き》きながら笑《わら》っていた。

「私も教員《きょういん》をしているんですよ。私の生徒《せいと》は皆《みんな》身体《からだ》が不自由《ふじゆう》なんです。でも皆いい子《こ》なんですよ。吉岡先生、一度うちの学園《がくえん》にいらっしゃいませんか」

誠吾はうなずいた。

「〝けやきの学園《がくえん》〟と言いましてね。私の友人《ゆうじん》が園長《えんちょう》をしております。小高《こだか》い丘《おか》の上にありまして、なかなかいいところです」

周一郎が言った。

「ぜひ来《き》て下さい。子供《こども》たちと作《つく》った農園《のうえん》があるんです。美味《おい》しいトマトをご馳走《ちそう》しますわ」

誠吾がうなずいた。すると美重子は、

「じゃ約束《やくそく》ですよ」

と言いながら、胸《むね》の前《まえ》で左手《ひだりて》を握《にぎ》り小指《こゆび》に右手《みぎて》の小指をからめてうれしそうに上下《じょうげ》した。誠吾も同《おな》じ仕種《しぐさ》をして笑った。

「なんだ、おまえは手話《しゅわ》を知《し》ってるのか」

周一郎が美重子を見《み》て言った。

「当《あた》り前《まえ》でしょう」

と美重子は周一郎を指《ゆび》さしてから手話を続《つづ》けた。誠吾が笑った。

その手話は、父はいつまでも私を子供と思《おも》ってるんです、という意味《いみ》だった。

藤尾《ふじお》の家《いえ》に寄《よ》ってから学校《がっこう》へ行《い》くという周一郎《しゅういちろう》と別《わか》れて、誠吾《せいご》は家にむかって坂道《さかみち》を下《お》りていた。

「おい」

路地《ろじ》から若《わか》い男《おとこ》が三人《にん》あらわれて誠吾を呼《よ》び止《と》めた。

「おまえが今度《こんど》、島《しま》の学校へ来《き》たっちゅう男かや」

男たちは皆日焼《みなひや》けした顔《かお》に強靭《きょうじん》そうな身体《からだ》をしていた。頭《あたま》に手拭《てぬぐ》いを巻《ま》いた正面《しょうめん》の男に誠吾はうなずいた。

「おまえ、名前《なまえ》は何《なん》と言《い》うのや」

右手《みぎて》にいた少《すこ》し背《せ》の低《ひく》い男が言った。

「名前は何と言うのか聞《き》いとるがの。なんで返事《へんじ》をせんのじゃ」

左手《ひだりて》の男が嘲笑《あざわら》うように言った。誠吾は男たちの表情《ひょうじょう》を見《み》ていた。

「こいつ本当《ほんとう》に口《くち》がきけんな」

「口がきけんで、どうやって葉名島《はなじま》の子《こ》を教《おし》えるちゅうんじゃ」

「網元《あみもと》さんが怒《おこ》りなさるのも無理《むり》はないの」

「おい」

正面の男が誠吾の胸倉《むなぐら》をつかんだ。

「すぐにこの島から出《で》て行《い》けや」

男の腕力《わんりょく》は海《うみ》で鍛《きた》えているだけに強《つよ》かった。

「わかったか。出て行かんと殴《なぐ》り倒《たお》すぞ」

誠吾は顔を横《よこ》にふった。

「何《なに》を、わしらの言うことがきけんのか。この木偶《でく》が」

男が右手をふり上《あ》げた。その手《て》を誠吾が取《と》った。

い、いた、痛《いた》い、男が顔を歪《ゆが》めた。右《みぎ》の男がぶつかってくるのを誠吾は正面の男の身体を引《ひ》き寄《よ》せて避《さ》けた。重《かさ》なった二人《ふたり》を押《お》し上《あ》げた。二人が地面《じめん》に転《ころ》がった。左手の男が手にしていた薪《まき》で殴《なぐ》りかかった。誠吾はその一撃《いちげき》をかわして、身構《みがま》えた。

「何をしてんのよ、あんたたち」

かん高《だか》い女《おんな》の声《こえ》が聞こえた。

見ると、着物姿《きものすがた》の女がひとり坂《さか》の上《うえ》から誠吾たちを仁王立《におうだ》ちになって見下《みお》ろしていた。

「伸吉《しんきち》、ツネ、千公《せんこう》。なんだ男が三人で一人《ひとり》を相手《あいて》かよ。みっともないことをすんじゃないよ。重太郎《しげたろう》に言われて、昼間《ひるま》っから他所者《よそもの》いびりかよ。承知《しょうち》しないよ。戻《もど》って重太郎《しげたろう》に言《い》っときや、網元《あみもと》なら正々堂々《せいせいどうどう》と喧嘩《けんか》したらどうだって。おまえたちもそんなことしてたら二度《にど》とうちの店《みせ》には入《い》れないからな」

女《おんな》の言葉《ことば》は歯切《はぎ》れが良《よ》かった。

「ちえ、おい木偶《でく》、今日《きょう》はかんべんしてやろう。いいか、早《はや》いとここの島《しま》を出《で》て行《い》くんだぞ」

「生意気《なまいき》言ってんじゃないよ、伸吉《しんきち》」

女が誠吾《せいご》の胸倉《むなぐら》をつかんだ男《おとこ》に怒鳴《どな》った。男たちは舌打《したう》ちして、桟橋《さんばし》の方《ほう》へ走《はし》り去《さ》った。

誠吾は肩口《かたぐち》が裂《さ》けたワイシャツを指《ゆび》で戻《もど》しながら、女に頭《あたま》を下《さ》げた。

「あんたが今度《こんど》来《き》た先生《せんせい》だね。あれは網元の船《ふね》に乗《の》ってる連中《れんちゅう》よ。きっと重太郎に言われて来たんだろう。黙《だま》ってちゃ駄目《だめ》だよ。ちゃんと言《い》い返《かえ》さなきゃ……」

そこまで言ってから女は、

「そうだったね。気《き》にすることはないよ。私《わたし》、桟橋の角《かど》で〝どら〟って飲《の》み屋《や》をやってるよし江《え》よ。二年生《ねんせい》の景子《けいこ》は私の姪《めい》っ子《こ》。あんたの話《はなし》は景子から聞《き》いてるわ。景子は喜《よろこ》んでたわ」

よし江は袂《たもと》から煙草《たばこ》を取《と》り出《だ》すと、それを誠吾に差《さ》し出《だ》して、

「吸《す》う？」

と聞いた。誠吾が顔《かお》を横《よこ》にふると、

「そう、真面目《まじめ》な先生ってわけね」

と煙草をくわえて、美味《うま》そうに煙《けむり》を吐《は》き出《だ》した。

「あんたいい男ね。これはいるの」

と小指《こゆび》を突《つ》き立《た》てた。誠吾は黙っていた。

「ねえ、今度うちの店に飲《の》みに来てよ。あんたのこと気に入《い》っちゃったから」

よし江は上目使《うわめづか》いに誠吾を見《み》てから、片目《かため》をつぶって坂道《さかみち》を下《お》りて行った。

よし江が桟橋の方へ消《き》えると、修平《しゅうへい》と隆司《たかし》が木切《きぎ》れを片手《かたて》に駆《か》け上《のぼ》ってきた。

「機関車《きかんしゃ》、大丈夫《だいじょうぶ》だったか。いざとなったら俺《おれ》たちで助《たす》けてやろうと思《おも》ってたんだ」

修平は隆司にうなずいた。隆司も口《くち》を真一文字《まいちもんじ》にしてうなずいた。

修平はぺこりと頭を下げて首《くび》に巻《ま》きつけた風呂敷《ふろしき》をマントのようにひるがえして坂道を駆け上った。あとに続《つづ》いた隆司は誠吾の前《まえ》でいったん立《た》ち止《ど》まると恥《はず》かしそうにお辞儀《じぎ》をして、同《おな》じように風呂敷をひるがえして修平を追《お》い駆《か》けた。誠吾は苦笑《にがわら》いをしながら二人《ふたり》のうしろ姿《すがた》を見て、坂道を下《た》りて行った。桟橋の方から汽笛《きてき》の音《おと》が聞こえた。見ると三艘《そう》の漁船《ぎょせん》が波《なみ》を蹴《け》立《た》てて島に近《ちか》づこうとしていた。島に帰《かえ》っていた漁船たちが次《つぎ》の漁《りょう》にむかう整備《せいび》を終《お》えて浦津《うらつ》から戻《もど》ってきているところだった。

西本次郎《にしもとじろう》は銚子《ちょうし》の酒《さけ》を盃《さかずき》に注《つ》ぎながら、壁際《かべぎわ》の蒲団《ふとん》で寝《ね》ている赤《あか》ん坊《ぼう》を見《み》ていた。

寝顔《ねがお》をこちらにむけている娘《むすめ》の友子《ともこ》のちいさな目《め》が何《なん》となく死《し》んだおふくろに似《に》ている気《き》がした。

「まだお酒はありますか、あなた」

土間《どま》の方《ほう》から妻《つま》のさきこの声《こえ》がした。

「うん、まだある」

次郎はつい今《いま》しがたまで居《い》た網元《あみもと》の美作家《みまさかけ》で聞《き》いた重太郎《しげたろう》の言葉《ことば》を思《おも》い出《だ》していた。

「このままじゃ、おまえんとこの船《ふね》も引《ひ》き取《と》らにゃならんようになるの。どうじゃ次郎よ。わしのところへ水揚《みずあ》げも皆入《みんない》れるようにしろ。そうしたら今《いま》まで通《どお》りに漁もできるわけじゃし、別《べつ》にかまわんだろう。政《まさ》んとこもさっき挨拶《あいさつ》に来《き》て、そうすることで納得《なっとく》したからの。おまえひとりが意地《いじ》を張《は》ってもしょうがないじゃろ」

「そうじゃて網元さんの言《い》う通《とお》りじゃ。おまえは漁の腕《うで》もあるしの。おまえがその気なら船団《せんだん》の組頭《くみがしら》にしてもええとおっしゃってるしの」

　重太郎のかたわらで素平《そっぺい》が威張《いば》ったように言った。

　次郎が素平を睨《にら》んだ。素平が次郎の視線《しせん》を逸《そ》らすように横《よこ》をむいて、

「金《かね》を借《か》りて返《かえ》さんわけには行《い》かんからの、次郎よ。ちょっと虫《むし》が良過《よす》ぎるんと違《ちが》うか。こっちは今すぐおまえの船を差《さ》し押《お》さえてもええんじゃぞ」

　素平が大声《おおごえ》を出《だ》した。

「まあ待《ま》て素平、どうじゃ漁に出《で》るまでに、ええ返事《へんじ》をくれんか、次郎」

　重太郎の家《いえ》を出る時《とき》に背後《はいご》で素平たちの笑《わら》い声《ごえ》が聞こえていた。

　葉名島《はなじま》の漁師《りょうし》たちの漁業区域《ぎょぎょうくいき》が年々沿海《ねんねんえんかい》から離《はな》れて東《ひがし》シナ海《かい》の方にひろがって行くと、彼等《かれら》が従来持《じゅうらいも》っていた漁船《ぎょせん》では外洋《がいよう》での数週間《すうしゅうかん》におよぶ漁ができなくなっていた。漁民《ぎょみん》たちは網元の美作重太郎から高金利《こうきんり》の金を借りて新《あたら》しい船を手《て》に入れた。

　金利《きんり》に疎《うと》い漁民たちは重太郎への返済《へんさい》が彼等のかせぐお金より上回《うわまわ》っていることに気《き》づかなかった。

　次郎は銚子を指先《ゆびさき》でつまんだ。二合《ごう》の銚子がもう空《から》になっていた。

「母《かあ》ちゃん、父《とう》ちゃんの酒がないぞ」

　いつの間《ま》にか隣《となり》に座《すわ》って頬杖《ほおづえ》をついていた息子《むすこ》の修平《しゅうへい》が声を上《あ》げた。

「ちゃんと、勉強《べんきょう》はしとるか」

次郎《じろう》は息子《むすこ》の頭《あたま》を撫《な》でた。

「誰《だれ》に似《に》たんか、あんまり勉強はせんらしいですよ」

さきこが燗《かん》をつけた銚子《ちょうし》を手《て》にあらわれた。

「けど体育《たいいく》の点《てん》は一番《いちばん》だったぞ」

修平《しゅうへい》が言《い》った。

「そうか、なんでも一番があればええ。けんどこれからの時代《じだい》はよう勉強をせんと生《い》きて行《い》けんぞ、修平」

「うん。でも俺中学《おれちゅうがく》を出《で》たらすぐに父《とう》ちゃんの船《ふね》に乗《の》るから」

「おまえ野球選手《やきゅうせんしゅ》になるんじゃなかったのかい」

「野球選手はチビじゃできんらしい。じゃから俺はやっぱり父ちゃんの船に乗るんじゃ」

「そうか、ならよう身体《からだ》を鍛《きた》えとかんとな」

「父ちゃん、腕相撲《うでずもう》をしようや」

「修平、父ちゃんは疲《つか》れとるから……」

「今度《こんど》はいつ漁《りょう》へ行くのか」

「明後日《あさって》じゃ」

「また大漁《たいりょう》ならええの」

「そうよな」

「わし来目神社《くめじんじゃ》にお参《まい》りに行っとくからの」

「そうか、頼《たの》んだぞ」

表《おもて》の方《ほう》で人《ひと》の声《こえ》がした。さきこが立《た》ち上《あ》がった。

「あなた、藤尾《ふじお》の政《まさ》さんが見《み》えとります」

さきこが言った。

「そうか……、おう政、上《あ》がれや」

「藤尾さん、この間《あいだ》は奥《おく》さんから蜜柑《みかん》をいただいてご馳走《ちそう》さまでした」

「そうじゃてな。早生作《わせづく》りの蜜柑が上手《うま》いこといっとるらしいの」

次郎の言葉《ことば》に藤尾政吉《まさきち》はうなずいたが、その顔《かお》は曇《くも》って見えた。

「家《いえ》の者《もの》は変《か》わりはないか」

「元気《げんき》じゃ。ちいと話《はなし》があるんじゃが」

政吉は次郎の家族《かぞく》をはばかるような目《め》をした。

「そうか。〝どら〟にでも行くか。わしもおまえに話があった」

次郎《じろう》は笑《わら》って立《た》ち上《あ》がった。

船団《せんだん》が島《しま》を出発《しゅっぱつ》して、二週間《しゅうかん》が過《す》ぎた日《ひ》の日曜日《にちようび》。

放課後《ほうかご》の講堂《こうどう》に鋭《するど》い声《こえ》が響《ひび》いていた。

二人《ふたり》の剣士《けんし》がむかい合《あ》って、激《はげ》しい申《もう》し合《あ》い稽古《げいこ》をしていた。二人を見守《みまも》るように面具《めんぐ》を外《はず》した周一郎《しゅういちろう》が立っている。

「どうした潤三《じゅんぞう》、かかって行《い》かんか」

周一郎の声にちいさな剣士がまた金切《かなき》り声《ごえ》を上《あ》げ、上段《じょうだん》に構《かま》えて、じっと正眼《せいがん》の構《かま》えで待《ま》つ相手《あいて》に突進《とっしん》して行った。

竹刀《しない》が風《かぜ》を切《き》る音《おと》がして突進した剣士の面《めん》をおおきな剣士があざやかに打《う》った。面を打たれた剣士が一瞬《いっしゅん》ひるむとおおきな剣士が身体《からだ》をぶつけてきた。もんどり打ってちいさな剣士が壁際《かべぎわ》まで転《ころ》がった。

「それまで」

周一郎の声が響いた。

倒《たお》れた剣士が起《お》き上《あ》がり、相手の前《まえ》に立って丁寧《ていねい》にお辞儀《じぎ》をした。

二人は面具を取《と》った。誠吾《せいご》と潤三である。肩《かた》で息《いき》をしている潤三の額《ひたい》から玉《たま》のような汗《あせ》がしたたり落《お》ちている。

「いや、いいな。潤三もしばらく見《み》ないうちに強《つよ》くなったな」

周一郎が目《め》を細《ほそ》めて潤三を見た。

「それにしても吉岡先生《よしおかせんせい》、素晴《すば》らしいですな」

誠吾が恥《はず》かしそうな目をして、うなじの汗を手拭《てぬぐ》いでぬぐった。

「どこで剣道《けんどう》を学《まな》ばれたんですか」

潤三がまぶしそうに誠吾を見上《みあ》げて言《い》った。

「北海道《ほっかいどう》でずっとなさってたそうだ。吉岡先生の力量《りきりょう》なら全国大会《ぜんこくたいかい》に出場《しゅつじょう》されても通用《つうよう》しますでしょう」

「僕《ぼく》もそう思《おも》います。浦津《うらつ》の警察道場《けいさつどうじょう》で全国大会にいつも出場する先生がいらっしゃいます。その人《ひと》に稽古《けいこ》をつけてもらったことがありますが、吉岡先生はもっと強い気《き》がします」

潤三は興奮《こうふん》したように言った。

講堂の窓《まど》から中《なか》をのぞいていた修平《しゅうへい》と妙子《たえこ》と洋子《ようこ》が顔《かお》を見合《みあ》わせた。

「おい聞《き》いたか、機関車《きかんしゃ》は剣道も強いんじゃな」

「うん。浦津の中学《ちゅうがく》の大会で優勝《ゆうしょう》した潤三さんがまるっきりかなわないものね」

フフフッ、と洋子《ようこ》が笑《わら》った。

「何《なに》がおかしいんじゃ、洋子」

修平《しゅうへい》が洋子に言《い》った。

「ヨウは知《し》ってたもん。機関車先生《きかんしゃせんせい》は本当《ほんとう》は銀色《ぎんいろ》の騎士《きし》なんだもの」

「わけのわからんことを言うな」

その時正門《ときせいもん》の方《ほう》からひとりの女《おんな》が小走《こばし》りに入《はい》ってきて、校舎《こうしゃ》の中《なか》へ飛《と》び込《こ》んで行《い》った。

「校長先生《こうちょうせんせい》、佐古《さこ》校長先生」

女は周一郎《しゅういちろう》の名前《なまえ》をかん高《だか》い声《こえ》で呼《よ》んだ。

「あれ、潤三《じゅんぞう》さんのお母《かあ》さんじゃない」

妙子《たえこ》が女を見《み》て言った。

潤三の母親《ははおや》は険《けわ》しい顔《かお》で声《こえ》を上《あ》げていた。

「校長先生、佐古校長先生」

周一郎が窓《まど》から顔を出《だ》した。

「どうしました、藤尾《ふじお》さん」

「先生、うちの人《ひと》の船《ふね》が昨日《きのう》の夜《よる》から行方《ゆくえ》がわからんようになっとると、今《いま》しがた組《くみ》合《あい》から連絡《れんらく》が……」

節子《せつこ》は汗《あせ》だらけの顔で周一郎を見た。

「政吉《まさきち》の船が」

「はい。一昨日《おととい》の午後《ごご》から船団《せんだん》を離《はな》れたらしいんですが、夕方《ゆうがた》から無線《むせん》の応答《おうとう》がないと言うんで」

節子は手拭《てぬぐ》いを握《にぎ》りしめていた。

「父《とう》ちゃんの船がか」

剣道着姿《けんどうぎすがた》の潤三が母親の節子の顔を見て言った。

「わかった。すぐに漁業組合《ぎょぎょうくみあい》へ行ってみよう」

周一郎は誠吾《せいご》の方をふりむいてちいさくうなずいてから駆《か》け出《だ》した。

桟橋《さんばし》の入口《いりぐち》にある葉名島《はなじま》漁業組合に着《つ》くと組合長《くみあいちょう》と数人《すうにん》の男《おとこ》が地図《ちず》を睨《にら》んでいた。

女子事務員《じょしじむいん》が電話《でんわ》を受《う》けていた。

「組合長、浦津《うらつ》の漁業組合からです」

組合長は受話器《じゅわき》を取《と》ると、

「はい、そうですか。こっちは藤福丸《とうふくまる》と第《だい》二西竜丸《せいりゅうまる》の二艘《そう》です。海上《かいじょう》の状況《じょうきょう》は先程《さきほど》海上保安庁《かいじょうほあんちょう》の方から連絡がありました。はい、わかり次第《しだい》そちらに連絡します。いいえ、何《なに》とぞよろしくお願《ねが》いします」

組合長《くみあいちょう》は電話《でんわ》を切《き》ると、眉間《みけん》にしわを寄《よ》せて目《め》の前《まえ》の地図《ちず》を見《み》つめた。

「組合長、どういう状況《じょうきょう》になっとるんですか」

周一郎《しゅういちろう》が聞《き》いた。

「まだうちの人《ひと》の船《ふね》からは連絡《れんらく》はないんでしょうか」

節子《せつこ》が組合長を見て言《い》った。

「まだ美作《みまさか》の船団《せんだん》にも海上保安庁《かいじょうほあんちょう》の方《ほう》へも、連絡が入《はい》っとりません」

「海《うみ》の様子《ようす》はどうなんですか」

周一郎が地図を見て言った。

「それが昨日《きのう》の朝《あさ》くらいから大《おお》きな時化《しけ》になっておるようで、東《ひがし》シナ海《かい》は暴風域《ぼうふういき》に入っとるそうです」

「船はどのあたりにいるんですか」

「東シナ海の真《ま》ん中《なか》に二艘《そう》ともいるらしいんです」

「一艘じゃないんですか」

「西本《にしもと》の次郎《じろう》さんのとこの第《だい》二西竜丸《せいりゅうまる》が……」

「西本の船もか」

周一郎の声《こえ》に誠吾《せいご》は組合《くみあい》の外《そと》からガラス窓《まど》に顔《かお》をつけて中《なか》をのぞいている修平《しゅうへい》の顔を見た。

「藤福丸《とうふくまる》と第二西竜丸の二艘で一昨日《おととい》から美作の船団と離《はな》れたらしいんです。もうすぐ海上保安庁の巡視船《じゅんしせん》が現場《げんば》に到着《とうちゃく》するそうです。美作の船も付近《ふきん》を捜索《そうさく》しています」

「どうして二艘だけが船団を離れたんですか」

「さあ詳《くわ》しいことはわかりません。いずれにしてもまもなく保安庁からの連絡が入りますから」

「天候《てんこう》はどうなんですか」

「それが……」

組合長のかたわらにいた男《おとこ》が、険《けわ》しい顔で言った。

「えらい時化ってます。今年《ことし》の第《だい》一号《ごう》の台風《たいふう》になると気象庁《きしょうちょう》の方は言ってますから」

台風は夏《なつ》から秋《あき》にかけて日本《にほん》へ来《く》るように思《おも》われているが、日本へ上陸《じょうりく》するような台風の前《まえ》に春先《はるさき》から初夏《しょか》にかけていくつかの台風が発生《はっせい》して南《みなみ》の海を襲《おそ》っている。

「藤尾《ふじお》さんも西本さんも島《しま》ではベテランの船長《せんちょう》ですから、きっとどこかに避難《ひなん》をしていると思います」

た。

「西本《にしもと》の家族《かぞく》はどうしてますか」

組合長《くみあいちょう》が聞《き》いた。

「それが、母親《ははおや》は妹《いもうと》のお産《さん》の手伝《てつだ》いで浦津《うらつ》の方《ほう》へ行《い》っとるらしいんです」

「じゃ修平《しゅうへい》は……」

すると誠吾《せいご》が周一郎《しゅういちろう》の背中《せなか》を叩《たた》いて、自分《じぶん》の家《いえ》の方を指《ゆび》さして、寝《ね》ている仕種《しぐさ》をした。

「阿部先生《あべせんせい》のところに泊《とま》ってるのですか」

周一郎の言葉《ことば》に誠吾がうなずいた。誠吾がちらりと修平を見《み》ると、彼《かれ》は笑《わら》って二人《ふたり》に手《て》をふっていた。

葉名島《はなじま》の海《うみ》もその日《ひ》の夕暮《ゆうぐ》れから荒《あ》れはじめた。

「台風《たいふう》でも来《く》るのかの」

夕食《ゆうしょく》を食《た》べながら修平が言《い》った。

「飯《めし》を食べる時《とき》はぺらぺら喋《しゃべ》るな。ほれ、にんじんを残《のこ》すな、修平」

阿部よねが修平の前《まえ》の皿《さら》を見て言った。

「しまいに食べるから、けどここのおかずはにんじんが多《おお》いのう」

「世話《せわ》になっとって贅沢《ぜいたく》を言うな」

よねが目《め》の前《まえ》の銚子《ちょうし》をふった。

「よし、わしが入《い》れてきてやる。父《とう》ちゃんのをやったことがあるからの」

「ええこころがけじゃ、冷《ひ》やでええぞ」

修平はよねの銚子を手に取《と》って台所《だいどころ》の方へ行った。誠吾は修平のうしろ姿《すがた》を見ていた。

「この島《しま》じゃ、何年《なんねん》に一度《いちど》かは船《ふね》の遭難《そうなん》はあるもんです。残っとるものは祈《いの》るしかない。平気《へいき》にしとることが大事《だいじ》ですわ」

とよねは怒《おこ》ったように言って、にんじんを口《くち》に入れた。

「たっぷり入れたからの」

「そうか、早《はよ》う食べて寝ろ」

「わかった」

夜遅《よるおそ》くになって周一郎がやって来《き》た。

「どうじゃ」

よねが周一郎に聞いた。

「海がえらい荒れとるらしい。美作《みまさか》の船たちも今夜《こんや》の捜索《そうさく》を切《き》り上《あ》げた」

「藤尾《ふじお》の嫁《よめ》はどうしとる」

「組合《くみあい》におる」

誠吾《せいご》が子供《こども》の頭《あたま》を撫《な》でる仕種《しぐさ》をして、ちょっと首《くび》をかしげた。

「潤三《じゅんぞう》も母親《ははおや》のそばに一緒《いっしょ》におる」

「ずっと海《うみ》で育《そだ》って海で暮《くら》した男《おとこ》たちじゃから帰《かえ》ってくるじゃろうて」

よねは外《そと》を吹《ふ》き抜《ぬ》ける風《かぜ》の音《おと》を聞《き》きながら言《い》った。

ラジオの気象情報《きしょうじょうほう》は夜半《やはん》になって、さらに悪《わる》い状況《じょうきょう》になった。

誠吾は二階《かい》の部屋《へや》でずっと天井《てんじょう》を見《み》つめながら、遠《とお》い南《みなみ》の海で荒《あ》れ狂《くる》う波間《なみま》に揺《ゆ》れている二艘《そう》の船《ふね》の姿《すがた》を思《おも》い浮《う》かべていた。

翌日島《よくじつしま》は激《はげ》しい雨《あめ》になった。

漁業組合《ぎょぎょうくみあい》に入《はい》ってくる連絡《れんらく》に良《よ》い報《しら》せはなかった。

妙子《たえこ》と満《みつる》が周一郎《しゅういちろう》に呼《よ》ばれて、船の遭難《そうなん》のことを修平《しゅうへい》の耳《みみ》に入《い》れないように言われた。

放課後《ほうかご》、修平は〝ハナコの家《いえ》〟の中《なか》にいる豆狸《まめだぬき》を見ていた。

景子《けいこ》が煮魚《にざかな》の残《のこ》りと蜜柑《みかん》を餌箱《えさばこ》に入れた。

「もうすぐ生《う》まれるね」

「そうじゃの、腹《はら》が大《おお》きいものな」

「校長先生《こうちょうせんせい》が昨日《きのう》の夜《よる》、ハナコの家族《かぞく》が逢《あ》いに来《き》とると言っとった」

「ほんとか」

「うん、ほら足跡《あしあと》がそこにあるでしょ」

雨に湿《しめ》った小屋《こや》の周《まわ》りにちいさな足跡がついていた。

「何匹《なんびき》くらい生まれるかの」

修平は豆狸を見ながら笑《わら》った。

夕刻《ゆうこく》になって、西本《にしもと》さきこが島に戻《もど》ってきた。さきこは、よねの家へ修平をむかえに来た。

「組合へは行《い》ったか」

よねが言うと、さきこは黙《だま》ってうなずいた。

「まだ連絡はないか」

「この台風《たいふう》が過《す》ぎてから捜索《そうさく》をはじめると言うとりました」

「そうか、妹《いもうと》のお産《さん》は上手《うま》くいったか」

「ええ、男《おとこ》の子《こ》でした」

「とにかく待《ま》つしかない。大丈夫《だいじょうぶ》じゃ。次郎《じろう》はわしがとりあげた男《おとこ》の中でも一番《いちばん》の元《げん》気者《きもの》じゃったから」

「はい、いろいろ世話《せわ》になって」

「あっ、母《かあ》ちゃん、いつ戻《もど》ったんじゃ。子供《こども》は男《おとこ》か女《おんな》か」

「男《おとこ》の子《こ》よ」

「そりゃ、ええ、友子《ともこ》はどうしたんじゃ」

「今《いま》、藤尾《ふじお》さんのおばさんのとこじゃ」

「母ちゃん、わし腹《はら》が減《へ》った」

「夕食《ゆうしょく》はうちでしていきなさい」

「ありがとうございます。藤尾さんの家《いえ》で準備《じゅんび》してくれとるそうですから」

「そうか」

「よかったの。わし、またにんじん食《く》わされるとこじゃった」

「何《なに》を言《い》うか、修平《しゅうへい》」

「では先生《せんせい》、お世話になりました」

「何《なに》かあったらすぐに連絡《れんらく》しなさい」

修平は飛《と》び跳《は》ねながら、さきこの前《まえ》を歩《ある》いていた。

東《ひがし》シナ海《かい》の時化《しけ》がおさまったのは三日後《みっかご》のことだった。

「どこかに流《なが》れ着《つ》いとるんじゃなかろうか」

「そう願《ねが》いたいの」

「韓国船《かんこくせん》も何艘《なんそう》か遭難《そうなん》しとるらしい。韓国《かんこく》の船《ふね》も捜索《そうさく》をしておると言うことじゃ」

漁業組合《ぎょぎょうくみあい》で男たちが話《はな》していた。

無線《むせん》が入《はい》った。

組合員《くみあいいん》が無線機《むせんき》の前に飛んで行《い》った。

——本日午前《ほんじつごぜん》九時《じ》〇七分《ぜろななふん》、東《ひがし》シナ海上《かいじょう》の北緯《ほくい》三十二度《ど》四十分《ぷん》、東経《とうけい》百二十九度《ど》十三分《ぷん》にて海上保安庁巡視船天草《かいじょうほあんちょうじゅんしせんあまくさ》が第《だい》二西竜丸《せいりゅうまる》の船体《せんたい》の一部《いちぶ》と思《おも》われるものを発見《はっけん》。なお付近《ふきん》の海域《かいいき》を捜索中《そうさくちゅう》……。

皆《みな》が顔《かお》を見合《みあ》わせた。

「海《うみ》の真《ま》ん中《なか》じゃないか」

「おい詳《くわ》しいことが浦津《うらつ》の方《ほう》へ入っとるかもしれん。すぐに連絡しろ」

組合長《くみあいちょう》が言った。

それから五日間《いつかかん》捜索は続《つづ》いたが、発見されたのは第二西竜丸のブイだけだった。

「百二十日漂流《にちひょうりゅう》して帰《かえ》ってきた者《もの》もおる」

よねが藤尾と西本《にしもと》の妻《つま》に言った。

「美作《みまさか》の船《ふね》は捜索《そうさく》を打《う》ち切《き》って漁《りょう》をはじめると言《い》うとるのは本当《ほんとう》でしょうか」

節子《せつこ》が言った。

「知《し》らん」

「それじゃ、あんまりじゃないですか」

「海《うみ》の上《うえ》のことは男《おとこ》たちが取《と》り決《き》めることじゃ。女《おんな》が口《くち》をはさまん方《ほう》がええ」

さきこは赤《あか》ん坊《ぼう》の友子《ともこ》を抱《だ》いてじっと畳《たたみ》を見《み》ていた。

「お父《とう》ちゃん、借金《しゃっきん》があるから無理《むり》をしたんじゃないかと思《おも》うんです」

「藤尾《ふじお》さん、あまりいろいろ考《かんが》えないで待《ま》っとりなさい」

「けど美作に高利《こうり》の金《かね》を借《か》りたばっかりに」

誠吾《せいご》が戻《もど》って来《き》た。

「ご苦労《くろう》さん」

誠吾は潤三《じゅんぞう》と修平《しゅうへい》の母親《ははおや》に会釈《えしゃく》した。二人《ふたり》ともずいぶんと顔《かお》がやつれていた。

遭難《そうなん》から半月後《はんつきご》に藤福丸《とうふくまる》の船体《せんたい》の一部《いちぶ》が韓国《かんこく》の黄海沿《こうかいぞ》いに打《う》ち上《あ》げられた。捜索は打ち切られた。

美作の船が島《しま》に戻《もど》ってきたのは、それから一ヵ月後《げつご》のことだった。

島の建楽寺《けんらくじ》で合同葬儀《ごうどうそうぎ》が取《と》り行《おこ》なわれた。

誠吾は周一郎《しゅういちろう》と葬儀に参列《さんれつ》した。

修平は参列者《さんれつしゃ》が焼香《しょうこう》をする間《あいだ》もずっとうつむいたままでいた。

美作重太郎《しげたろう》が最後《さいご》に挨拶《あいさつ》をした。重太郎の挨拶が終《お》わろうとした時《とき》、

「父《とう》ちゃんは、死《し》んどらん」

と大声《おおごえ》が響《ひび》いた。

修平だった。さきこが修平を抱きかかえた。修平はその手《て》を払《はら》って、重太郎の前《まえ》に駆《か》けて行《い》くと、

「父ちゃんは死んどらん。葬式《そうしき》なんかするな。なんで父ちゃんを海に置《お》いて皆《みんな》戻って きたんじゃ」

重太郎が目《め》をむいて修平を見た。

「父ちゃんはこの島で一番強《いちばんつよ》い漁師《りょうし》じゃ。父ちゃんが死んどるはずはない」

修平は数珠《じゅず》を重太郎に投《な》げつけた。そうして素足《すあし》のまま寺《てら》の御堂《みどう》を駆《か》け抜《ぬ》けて門《もん》の方へ走《はし》って行った。

「修平、修平」

さきこが修平を追《お》い駆《か》けて、御堂の階段《かいだん》から名前《なまえ》を呼《よ》んでいた。

「好《す》きなようにさしときなさい」

よねがさきこに言《い》った。

誠吾《せいご》は修平《しゅうへい》の後《あと》を追《お》った。

修平は建楽寺《けんらくじ》から桟橋《さんばし》へむかう坂道《さかみち》を一気《いっき》に下《お》りて行《い》く。誠吾は修平のうしろ姿《すがた》を追《お》い駆《か》けながら葉名浜《はなはま》の磯《いそ》へ出《で》た。

修平は葉名浜に立《た》つと、

「父《とう》ちゃん、父ちゃん」

大声《おおごえ》で叫《さけ》んだ。

島《しま》のほとんどの人《ひと》は葬儀《そうぎ》に出て、葉名浜には誰《だれ》もいなかった。夏《なつ》にむかう海《うみ》はおだやかで光《ひか》りかがやいていた。

「父ちゃん、帰《かえ》ってこい」

修平の声《こえ》が涙声《なみだごえ》に変《か》わっていた。ちいさな背中《せなか》が震《ふる》えている。誠吾は修平にむかって歩《ある》き出《だ》した。誠吾の脇《わき》を追《お》い越《こ》す人がいた。見《み》ると、あの漁師《りょうし》の作造老人《さくぞうろうじん》であった。

「修平」

作造が低《ひく》い声で言った。

修平がふりむいた。

「作爺《さくじい》、父ちゃんは死《し》んどりはせんの。きっと帰ってくるの」

と顔《かお》をくしゃくしゃにして言った。

「泣《な》くな」

「泣いとりはせん。作爺、父ちゃんを探《さが》しに行ってくれ。美作《みまさか》の船《ふね》がすぐに父ちゃんを探しに行かんかったから……」

「それは違《ちが》う。嵐《あらし》の時《とき》に助《たす》けに行ったら美作の船も皆《みんな》やられた。葉名島《はなじま》の漁師《りようし》にそんな者《もの》はおらん」

「父ちゃんは死んどらんの。帰ってくるじゃろう、作爺」

「帰ってはこん」

「うそじゃ」

「うそじゃない」

「うそじゃ、わしが探しに行く。わしがひとりでも探しに行く」

「なら早《はよ》う一人前《いちにんまえ》になれ」

修平は作造に突進《とつしん》して行くと、黒《くろ》い羽織《はお》りをつかんで作造の身体《からだ》を殴《なぐ》りはじめた。

畜生《ちくしよう》、畜生とつぶやきながら修平は作造の羽織りに顔を埋《うず》めて泣きはじめた。

誠吾《せいご》は黙《だま》って海《うみ》を見《み》つめている作造《さくぞう》のうしろ姿《すがた》を見ながら、何《なに》も声《こえ》をかけてやれない自分《じぶん》が口惜《くや》しかった。

のどかな初夏《しょか》の海に連絡船《れんらくせん》がゆっくりと進《すす》んでいた。そのおだやかな風景《ふうけい》は誠吾にはひどく残酷《ざんこく》に見えた。

「人《ひと》はどうして死《し》んでしまうんじゃ、婆《ばあ》ちゃん」

ヨウは昼《ひる》の間干《あいだほ》しておいたぜんまいを筵《むしろ》の上《うえ》で分《わ》けているるい婆《ばあ》さんに聞《き》いた。

「さあ、なして死んでしまうんじゃろうかの、わしにもよくわからん」

「海で死んだら、海の底《そこ》へ行《い》くのか」

「海の底へ行ってから、やはり上の方《ほう》へ行くんじゃろうの」

「上って空《そら》の上か」

「そうじゃ空のずっと上じゃ」

「婆ちゃんもそこへ行くのか」

「さあ、行けるじゃろうか」

るい婆さんはぜんまいを筵の中《なか》に仕舞《しま》いながら孫娘《まごむすめ》の顔《かお》を見た。

「生《い》きとるうちに悪《わる》いことばかりしとったら恐《おそ》ろしいところへ行かされるそうじゃ」

「婆ちゃんは悪いことをしたのか」

「いいことばかりをできる人間《にんげん》はおらん。わしも同《おな》じじゃ」

「じゃ婆ちゃんは恐ろしいとこへ行くのか」

「行きとうはないから祈《いの》っとる」

「祈ると皆上《みんな》へ行けるのか」

「建楽寺《けんらくじ》の和尚《おしょう》はそう言《い》うとった」

「そうか、祈ると恐《こわ》いとこへは行かんと済《す》むのか……」

「そんな心配《しんぱい》をせんで早《はよ》う寝《ね》ろ」

「修平《しゅうへい》が今日《きょう》学校《がっこう》で、修平の父《とう》ちゃんは死んどらん言うて満《みつる》と大喧嘩《おおげんか》をした。修平の父ちゃんはまだ船《ふね》に乗《の》っとるそうじゃ」

「修平がそう思《おも》うとるなら、それでええ」

「ヨウの父ちゃんと母《かあ》ちゃんはどこにおるんじゃろうか」

「夢《ゆめ》の中じゃどこにおった」

「日向《ひな》ッ原《ぱら》やら星《ほし》の上におった」

「ならそこにおるんじゃろ」

「修平《しゅうへい》は父《とう》ちゃんを探《さが》しに行《い》くと言《い》うとる。おおきゅうになったら船《ふね》に乗《の》って行くんじゃと」

「そうか、それもええ」

「ヨウも父ちゃんと母《かあ》ちゃんを探してみたいの」

「探さんでも、夢《ゆめ》で逢《お》うとるのじゃろ」

「夢の父ちゃんと母《かあ》ちゃんは目《め》が覚《さ》めるとおらんようになる」

「欲張《よくば》りじゃの、おまえは」

「うん、ヨウは欲張りじゃ」

るい婆《ばあ》さんは土間《どま》に降《お》りると、桶《おけ》から水《みず》を汲《く》んで顔《かお》を洗《あら》いはじめた。ヨウは蒲団《ふとん》の中《なか》に入《はい》って天井《てんじょう》のランプを見《み》つめた。

すると妙子《たえこ》が泣《な》いていたうしろ姿《すがた》が浮《う》かんできた。

放課後《ほうかご》、学校《がっこう》へ藤尾潤三《ふじおじゅんぞう》と節子《せつこ》が別《わか》れの挨拶《あいさつ》にやって来《き》た。

藤尾の家族《かぞく》は葉名島《はなじま》を出《で》て、浦津《うらつ》の町《まち》へ行くことになった。

玄関《げんかん》の前《まえ》で潤三の母《はは》は周一郎《しゅういちろう》に何度《なんど》も頭《あたま》を下《さ》げていた。

「四十九日《しじゅうくにち》には戻《もど》ってまいりますわ。先生《せんせい》いろいろお世話《せわ》になりました」

潤三《じゅんぞう》は黙《だま》って節子《せつこ》の隣《となり》に立《た》っていた。

「浦津なら同《おな》じ町じゃ。潤三、時々《ときどき》は戻ってこいよ」

周一郎が言うと潤三がうなずいた。

「しっかり働《はたら》いて借金《しゃっきん》が返済《へんさい》できたら、また島《しま》へ帰《かえ》ってまいります」

節子が言った。

「あまり無理《むり》をして働かないことじゃ。美作《みまさか》へは私《わたし》からもよく言っておきます」

「ありがとうございます」

誠吾《せいご》が潤三に近寄《ちかよ》って、袋《ふくろ》に入《はい》った竹刀《しない》を渡《わた》した。

「私の古《ふる》い竹刀だが、吉岡《よしおか》先生が張《は》り替《か》えて下《くだ》さった。持《も》って行きなさい、潤三」

「ありがとう、校長《こうちょう》先生。吉岡先生」

潤三の頬《ほお》にひとすじ涙《なみだ》がこぼれた。

「潤三、島で生《う》まれたことを誇《ほこ》りに思《おも》って勉強《べんきょう》しろよ。おまえの後《あと》に皆《みんな》、島の子《こ》は続《つづ》くんだからな」

「はい。吉岡先生、浦津に見えたら道場《どうじょう》に来て下さい。また稽古《けいこ》を一緒《いっしょ》にして下さい」

潤三が誠吾を見て言った。誠吾は潤三に手《て》を差《さ》し出《だ》して握手《あくしゅ》をすると、おおきくうなずいた。

二人《ふたり》が校庭《こうてい》を正門《せいもん》にむかって歩《ある》きはじめると窓《まど》から満《みつる》や修平《しゅうへい》が顔《かお》を出《だ》して声《こえ》をかけた。ヨウも潤三《じゅんぞう》の名前《なまえ》を呼《よ》んだ。見《み》ると妙子《たえこ》が両手《りょうて》で顔をおおって泣《な》いていた。

西本修平《にしもとしゅうへい》の家《いえ》の三和土《たたき》に美作《みまさか》の使《つか》いの素平《そっぺい》が腰《こし》をかけていた。

「こんな時《とき》で話《はなし》もしにくいんじゃが、網元《あみもと》さんは借金《しゃっきん》の始末《しまつ》を早《はや》いとこ済《す》ませてしまいたい言《い》うとられるんでの」

「四十九日《しじゅうくにち》が終《おわ》りましたら、私《わたし》の方《ほう》から網元さんへ相談《そうだん》へ行《い》こうと思《おも》うとります」

さきこが友子《ともこ》をあやしながら言った。

「相談言われても、こっちは金《かね》を返済《へんさい》してもろうたらそれでええわけで、何《なに》も話《はな》すこともないと思うがの」

「網元さんとうちの人《ひと》の間《あいだ》で念書《ねんしょ》が交《か》わしてあるからと、海《うみ》へ出《で》て行く前《まえ》にうちの人が言っとりましたが」

「さあ、そんな話は耳《みみ》にしとらんが……」

「なら帰《かえ》って聞《き》いてみて下《くだ》さい。私の家は子供《こども》がちいさいですから畑《はたけ》を藤尾《ふじお》さんのところのように差《さ》し出《だ》すわけにはいきません」

「けど借《か》りた金は返《かえ》さんとな」

「それはようわかっています。うちの人が言うには念書ではお借りした金は三年程待《ねんほどま》ってもらえるようになったと聞いとります」

「念書のことは知《し》らんが、それは漁《りょう》の時にうちの船団《せんだん》と一緒《いっしょ》に仕事《しごと》をすることが条件《じょうけん》と聞いてますがの。しかし次郎《じろう》さんは政吉《まさきち》さんと離《はな》れて漁《りょう》をはじめられましたからの」

「海でのことは私にはようわかりません。もう一度《いちど》網元さんにその辺《へん》をたしかめてもらえませんか」

「ですから、ここに書《か》いてきた条件でどうだろうかと網元さんは言うとられるんで」

「これは承知《しょうち》できません」

「奥《おく》さん、藤尾さんのところも意地《いじ》を張《は》って結局島《けつきよくしま》を出て行くことになったでしょう」

「節子《せつこ》さんは、泣《な》く泣く出て行かれましたわ」

「人聞《ひとぎ》きの悪《わる》いことを言わんで下さい」

その時、奥《おく》から修平があらわれた。

手《て》に野球《やきゅう》のボールを持《も》っていた。修平は素平を睨《にら》みつけていた。

「今晩《こんばん》は」

素平《そっぺい》が言《い》うと、修平《しゅうへい》はいきなりそのボールを素平に投《な》げつけた。ボールは素平の鼻《はな》に当《あた》った。

「痛《いて》え、何《なに》をしやがる」

素平が怒鳴《どな》った。

「出《で》て行《い》け。おまえなんか父《とう》ちゃんが帰《かえ》ってきたら、ぶっ倒《たお》してもらうからな。出て行け」

修平が言った。

「何をするんじゃ。奥《おく》さん、行儀《ぎょうぎ》が悪過《わるす》ぎるんと違《ちが》うか」

「すみません。修平、謝《あやま》りなさい」

「いやだ。美作《みまさか》の者《もの》に謝るものか。美作の船《ふね》が父ちゃんをすぐに助《たす》けなかったからいかんのじゃ」

修平が素平にむかって行った。素平が修平の腕《うで》を取《と》った。

「子供《こども》に乱暴《らんぼう》をしないで下《くだ》さい」

友子《ともこ》が大声《おおごえ》で泣《な》きはじめた。

「帰って下さい。今日《きょう》は帰って下さい。私《わたし》の方《ほう》から二、三日以内《にちいない》に網元《あみもと》さんの家《いえ》へ伺《うかが》いますから」

「本当《ほんとう》ですね、奥さん」

「はい」

「このガキ、誰《だれ》に手向《てむ》かったかわかっとるのか」

素平が吐《は》き捨《す》てるように言って出て行った。さきこは唇《くちびる》を噛《か》んでいる修平を見《み》て、友子を抱《だ》きかかえて泣きはじめた。

素平が美作の家にむかって、いまいましい顔《かお》で坂道《さかみち》を下《お》りている頃《ころ》、桟橋《さんばし》の角《かど》にある居酒屋《いざかや》〝どら〟で珍《めずら》しい客《きゃく》が三人《にん》で酒《さけ》を飲《の》んでいた。

「もう一本《いっぽん》酒をつけろ」

「阿部《あべ》先生《せんせい》、今夜《こんや》はそのくらいにしましょう。もう一升《しょう》はゆうに越《こ》えてます」

周一郎《しゅういちろう》がよねに言った。

「一升がどうした。一升や二升の酒でどうなる私と思《おも》うか。吉岡《よしおか》先生、わしの顔は酔《よ》うてわけがわからん顔をしてますか」

誠吾《せいご》が首《くび》を横《よこ》にふった。

「ほら見ろ周一郎、吉岡先生が酔ってないと言ったろう」

「わかった。じゃもう一本だけですよ」

「よし江《え》、二《に》合徳利《ごうとっくり》じゃいかん。五《ご》合徳利《ごうとっくり》はないか」

「そんなおおきい徳利《とっくり》はありませんよ。なら一升壜《いっしょうびん》ごと燗《かん》しますか」

よし江《え》が笑《わら》って言《い》った。

「おっ、名案《めいあん》だな」

「馬鹿《ばか》なことを言いなさんな」

「馬鹿と、馬鹿と言ったか。その馬鹿に五十年前《ねんまえ》、カンニングをさせろと言ったのはどこのどなたであったか」

「人聞《ひとぎ》きの悪《わる》いことを言いなさんな」

「吉岡先生《よしおかせんせい》、周一郎《しゅういちろう》はな、若《わか》い時《とき》に……」

「もうわかった。酒《さけ》が来《き》たぞ」

その時、表戸《おもてど》が開《ひら》いて、男《おとこ》が三人《にんはい》入ってきた。

「いらっしゃい」

男たちの中《なか》の背《せ》が高《たか》い若者《わかもの》が誠吾《せいご》の顔《かお》を見《み》て鼻《はな》で笑《わら》うような表情《ひょうじょう》をした。伸吉《しんきち》である。

「おっ、珍《めずら》しい客《きゃく》がいるな。この間《あいだ》の借《か》りを返《かえ》さにゃな」

千公《せんこう》が言った。ツネが誠吾の方《ほう》に近寄《ちかよ》ってきた。

「何《なん》じゃ、わしの連《つ》れに用《よう》か、ツネ」

よねがふりかえって言った。

「なんじゃ、阿部《あべ》の婆《ばあ》さんも一緒《いっしょ》か」

ツネが立《た》ち止《ど》まって言った。

「あんたたち、奥《おく》に行《い》って」

よし江が言った。

「チェッ、酒を早《はや》く持《も》ってこい」

三人は舌打《したう》ちをして奥のテーブルに座《すわ》った。

「網元《あみもと》も渋《しぶ》いの。あれだけ大漁《たいりょう》じゃったのによ」

「そうじゃの。酒一杯《いっぱい》で誤魔化《ごまか》されてしもうたらかなわん」

「素平《そっぺい》の野郎《やろう》、上手《うま》いこと網元に取《と》り入《い》りやがって……」

「しかし逆《さか》らえんよ。はぐれて漁《りょう》をしてると藤福丸《とうふくまる》や西竜丸《せいりゅうまる》みたいになってしまうしの」

「馬鹿じゃ、あいつらは網元の言うことを黙《だま》って聞《き》いとけば死《し》ぬこともなかったのに。おい、よし江、早《はよ》う酒を出《だ》さんか」

よし江が酒徳利《さかどっくり》を盆《ぼん》の上《うえ》に載《の》せた。

「待《ま》て、わしが持って行く」

よねが立《た》ち上《あ》がった。

「あっ、いいですよ、先生《せんせい》」

よねはよし江《え》から盆《ぼん》を取《と》ると奥《おく》のテーブルに行《い》った。

「満足《まんぞく》に捜索《そうさく》もしてもらえんしの、と今言《いまい》うたのか」

とよねが三人《にん》を睨《にら》んで言った。

「おい、おまえたち。今の話《はなし》は本当《ほんとう》か」

よねが三人を見下《みお》ろしていた。

「驚《おどろ》かすんじゃねえよ。何《なん》のことだ」

「今おまえたちが話《はな》していた西本《にしもと》と藤尾《ふじお》の船《ふね》の話じゃ」

ツネは急《きゅう》に顔色《かおいろ》を変《か》えて、

「そんな話をしとらんぞ、俺《おれ》たちは」

「いや、たしかに聞《き》こえた」

「耄碌《もうろく》したんだろう」

伸吉《しんきち》が笑《わら》って言った。

「おまえはこの島《しま》の者《もの》じゃないな」

よねが伸吉を睨んだ。

「それがどうした？」

「この島の者はわしが全部《ぜんぶ》取りあげたから、大人《おとな》になっても皆《みんな》わしの子供《こども》みたいなものじゃ。口《くち》は悪《わる》うても性根《しょうね》は皆ええ。おまえは憶《おぼ》えがない」

「こいつは島の者じゃないよ」

ツネが言った。

「ツネ、千太《せんた》。わしは今度《こんど》の遭難事故《そうなんじこ》でよからぬ噂《うわさ》を耳《みみ》にした。漁《りょう》がはじまる前《まえ》に西本と藤尾の船と美作《みまさか》の船がもめたと言うが、本当か」

「知《し》らないよ」

「千太、どうなんだ」

「俺は知らない」

千太がおどおどした目《め》で言った。

「本当だ。それがどうした」

伸吉が言った。

「漁に出《で》る前のもめごとも御法度《ごはっと》なら、ましてや海《うみ》の上《うえ》のもめごとはもっての外《ほか》ということは島の人間《にんげん》ならよう知っとるな」

ツネも千太も顔《かお》をそむけている。

「それは島《しま》のことだろう」

「そうじゃ島のことじゃ。だからおまえは口《くち》を出《だ》すな」

「何《なに》を生意気《なまいき》を言《い》いやがる」

仲吉《しんきち》が椅子《いす》を蹴《け》って立《た》ち上《あ》がった。

誠吾《せいご》が立ち上がって、よねと仲吉の間《あいだ》に入《はい》った。

「野郎面白《やろうおもしれ》え、この間の決着《けっちゃく》をつけようじゃねえか」

「おい、もやし」

よねが言った。

「もやしだと」

「喧嘩《けんか》は後《あと》でゆっくり相手《あいて》をしてやる。ツネ、千太《せんた》、本当《ほんとう》に漁《りょう》に出《で》てからいさかいがあったんだな」

「そんなものねえよ」

「なくはないじゃないか」

仲吉がツネに言った。

「うるさい。島のことだからおまえは黙《だま》ってろ。婆《ばあ》さん、もめごとなんかなかったよ」

「本当だな、千太」

「……………」

千太はよねの顔《かお》を見《み》ない。

「漁の掟《おきて》を守《まも》るということで、島の者《もの》は美作重太郎《みまさかしげたろう》を氏神様《うじがみさま》に問《と》うて総代《そうだい》にした。それは島の人間《にんげん》が皆《みんな》で決《き》めたことだ。この葉名島《はなじま》が桓武以来《かんむいらい》ずっと瀬戸内《せとうち》で生《い》きながらえているのは氏神様に従《したが》ってきたからじゃ。美作は皆がはかって決めた総代じゃ。それがもし総代みずから掟を破《やぶ》ることがあるようなら、わしは来目神社《くめじんじゃ》に異議《いぎ》を訴《うった》えるぞ。二日前《ふつかまえ》に藤尾《ふじお》の家族《かぞく》が島を出た。藤尾の家《いえ》とて江戸《えど》の時代《じだい》には氏子《うじこ》総代になった古《ふる》い家じゃ。立派《りっぱ》な総代が出とったとおまえたちも爺《じい》さまや婆《ばあ》さまから話《はなし》は聞《き》いておろうが。もし本当に美作が掟を破るようなことがあったなら……」

誠吾はよねの口から思《おも》わぬ話を聞いて驚《おどろ》いていた。瀬戸内海《せとないかい》のちいさな島にそんな昔《むかし》から島民《とうみん》たちが守《まも》り続《つづ》けているものがあったとは思《おも》いもしなかった。よねの身体《からだ》がひどくおおきく見えた。

宇多村弥彦次《うだむらやひこじ》は浮《う》かぬ顔をして網元《あみもと》の屋敷《やしき》を出てきた。

門《もん》の影《かげ》を抜《ぬ》けた途端《とたん》に強《つよ》い日差《ひざ》しが弥彦次《やひこじ》の白髪頭《しらがあたま》に当《あた》った。見上《みあ》げると早り梅雨《ひでづゆ》になりそうな瀬戸内《せとうち》の青空《あおぞら》に積乱雲《せきらんうん》がせり上《あ》がっていた。夏《なつ》がそこまで来《き》ていた。

弥彦次はしわを寄《よ》せた額《ひたい》を手《て》で拭《ぬぐ》った。白《しろ》い指先《ゆびさき》から汗《あせ》の玉《たま》がしたたり落《お》ちた。その汗は六月《がつ》の陽差《ひざ》しのせいではなく、今《いま》しがたまで美作重太郎《みまさかしげたろう》に怒鳴《どな》られていた冷《ひ》や汗のせいのような気《き》がした。

「馬鹿《ばか》を言《い》うな。わしは葉名島《はなじま》の総代《そうだい》だぞ。誰《だれ》がわしに逆《さか》らえると思《おも》っとるんじゃ。神主《かんぬし》さんよ、あんたの首《くび》が飛《と》んでしまうぞ」

頰《ほお》を引《ひ》きつらせながら言った重太郎の顔《かお》が浮《う》かんだ。その重太郎の顔に阿部《あべ》よねと佐古周一郎《さこしゆういちろう》の鋭《するど》い目《め》付きが重《かさ》なった。

「藤尾《ふじお》と西本《にしもと》の船《ふね》の遭難《そうなん》によからぬ噂《うわさ》を聞《き》いた。漁《りょう》の海《うみ》の上《うえ》でもめごとがあったという話《はなし》じゃ。大昔《おおむかし》から葉名島《はなじま》の漁は氏神様《うじがみさま》に従《したが》ってきた。漁へ行《い》く者《もの》がいさかいを起《お》こすことはご法度《はっと》じゃ。それを取《と》り仕切《しき》るのが、神主さん、あんたの役目《やくめ》じゃな」

昨日《きのう》の夕暮《ゆうぐ》れ、突然二人《とつぜんふたり》が社務所《しゃむしょ》の裏手《うらて》にある弥彦次の家《いえ》を訪《たず》ねてきた。よねの顔は真剣《しんけん》だった。しわだらけの顔に目《め》だけが異様《いよう》に光《ひか》っていた。

「わ、わしはそんな話は知《し》らん」

弥彦次はあわててこたえた。

「なぜ知らんのじゃ」

「漁のことは総代に、網元《あみもと》にまかせてある」

「漁が終《おわ》ったことは報《しら》せてきたのか」

「ちゃんと受《う》けた」

「その時《とき》、総代は神主さんに何《なん》と言うた」

「藤尾と西本の船の件《けん》と、あとの船は無事《ぶじ》に漁を終《お》えたと……」

「藤尾と西本の船の遭難の件はどう言った」

「あの船たちは葉名島の船団《せんだん》から離《はな》れて時化《しけ》の海に漁に出《で》たと」

「なぜじゃ」

「知らん」

「おかしいじゃないか、葉名島の船はどこへ行っても別行動《べっこうどう》を取《と》らないのが掟《おきて》じゃ。それをなぜあの船たちが犯《おか》したんじゃ。その訳《わけ》を聞いて氏神様に報告《ほうこく》するのが、神主さん、あんたの仕事《しごと》じゃないのか」

「わしは総代の話を聞いた。それを氏神様へ報せるのがわしの役目じゃ」

「その総代が藤尾と西本の船ともめごとを起こしていたらどうする」

「そ、そんな馬鹿なことが」

「わしも最初《さいしょ》はそう思《おも》った。しかし昨夜《ゆんべ》、桟橋口《さんばしぐち》の居酒屋《いざかや》で他所者《よそもの》の若《わか》い漁師《りょうし》が、たしかに漁《りょう》に出《で》てからもめごとがあったと言《い》うとった」

「他所者の話《はなし》をあんたは信《しん》じるのか」

「信じる、信じないは別《べつ》じゃ。海《うみ》の上《うえ》で何《なに》があったかを確《たし》かめて欲《ほ》しい。その上で本当《ほんとう》にもめごとがあったのなら、わしは来目神社《くめじんじゃ》へ異議《いぎ》を訴《うった》える」

「訴える？」

「そうじゃ、神主《かんぬし》さんは忘《わす》れてはおるまい。東《ひがし》の谷村《たにむら》の平《たいら》の家《いえ》が総代《そうだい》を訴えた時《とき》のことを。それとも耄碌《もうろく》して忘れたか」

「な、なにを言う」

「憶《おぼ》えておろう。島《しま》の者《もの》が集《あつ》まって詮議《せんぎ》をしたよの」

「どうしろと言うんじゃ、阿部《あべ》さん」

「まず美作《みまさか》の家へ行《い》って、事《こと》の真偽《しんぎ》を聞《き》いて下《くだ》され」

弥彦次《やひこじ》は苦虫《にがむし》をかみつぶしたような顔《かお》でよねと周一郎《しゅういちろう》に力《ちから》なくうなずいた。

さて、どうよねに説明《せつめい》をするか、と弥彦次は来目神社へ続《つづ》く階段《かいだん》を登《のぼ》りながら思案《しあん》した。鳥居《とりい》を見上《みあ》げると、そこから数羽《すうわ》の燕《つばめ》が飛《と》んできた。生《う》まれた子燕《こつばめ》の餌《えさ》を運《はこ》ぶために燕たちは一日中御堂《いちにちじゅうみどう》と海辺《うみべ》を往復《おうふく》していた。自分《じぶん》に羽《はね》がついていれば、事が収《おさ》まるまでどこかへ飛んで行ってしまいたい気《き》がした。

階段を登《のぼ》り切《き》ると、弥彦次はため息《いき》をついた。上手《うま》く言《い》い訳《わけ》を考《かんが》えて、あの婆《ばあ》さんをやり込《こ》めなくてはと思《おも》いながら社務所《しやむしょ》の木戸《きど》をうつむきながら開《あ》けると、上《あ》がり口《ぐち》にあふれるほどの履物《はきもの》が並《なら》んでいた。驚《おどろ》いて顔を上《あ》げると、社務所の広間《ひろま》に島の老人《ろうじん》と女《おんな》たちが座《すわ》っていた。

「どうしましたか」

弥彦次が皆《みな》の衆《しゅう》に聞いた。

「どうしたかではのうて、神主さん。美作の話は何《なん》ということだったかを聞きとうて、皆待《みんなま》っておりました」

奥《おく》の方《ほう》から太《ふと》い声《こえ》がした。暗《くら》くて顔は見《み》えなかったが、声の主《ぬし》がよねとわかった。

「神主さん、網元《あみもと》は何と言いましたか」

しわがれた声に弥彦次が顔をむけると、目《め》を閉《と》じて顔をやや斜《なな》めにした兵右衛門《ひょうえもん》がいた。兵右衛門は八十歳《さい》を越《こ》える、葉名島《はなじま》で最長老《さいちょうろう》の男《おとこ》である。数年前《すうねんまえ》から足元《あしもと》がおぼつかなくなって寝《ね》たきりだと聞いていた。

顔《かお》ぶれを見て、弥彦次は生唾《なまつば》を飲《の》み込《こ》んだ。自分も去年還暦《きょねんかんれき》をむかえたが、ここにいる島《しま》の衆《しゅう》は皆自分《みんなじぶん》より年長者《ねんちょうしゃ》だった。

弥彦次《やひこじ》はおずおずと島の衆の中《なか》に入《はい》って正座《せいざ》した。

「藤尾《ふじお》の家《いえ》の者《もの》が島を出《で》たそうだの。まあ年寄《としよ》りには時世《じせい》のことはわからんが、藤尾と言《い》えば島の総代《そうだい》も務《つと》めた名家《めいか》じゃ。それが家の当主《とうしゅ》が死《し》んだことで島《しま》を離《はな》れにゃならんかったか……、わしも寄合《よりあ》いに出れんようになってよくはわからんが……」

弥彦次は背中《せなか》に冷《つめ》たいものが走《はし》るのがわかった。額《ひたい》から汗《あせ》が吹《ふ》き出《だ》した。


「どうして〝ハナコの家〟に黒《くろ》い布《ぬの》がかけてあるの?」

豆狸《まめだぬき》の小屋《こや》の前《まえ》にしゃがみ込《こ》んで美保子《みほこ》が蜜柑《みかん》を刻《きざ》んでいる景子《けいこ》に聞《き》いた。

「もうすぐハナコは子供《こども》を産《う》むのよ」

「赤《あか》ちゃん?」

「そうよ」

「美保子、赤ちゃん産むとこ見《み》たい」

「だめよ、タヌキは人《ひと》が見《み》てたら赤ちゃんを産まないの」

「どうして」

「さあ、わからない」

「教《おし》えてやろうか」

ふり返《かえ》ると満《みつる》が立《た》っていた。

「どうして？」

美保子が満《みつる》を見上《みあ》げた。

「人《ひと》が見とると、ハナコが赤《あか》ん坊《ぼう》を食《た》べてしまうからじゃ」

満が口元《くちもと》に笑《え》みを浮《う》かべて言《い》った。美保子が目《め》を丸《まる》くして景子を見た。美保子の唇《くちびる》がかすかに震《ふる》えていた。

「うそだよ、美保子。満ちゃん、うそを言わんでよ。ハナコが自分《じぶん》の子供を食べるはずがないじゃない」

景子が唇を嚙《か》んだ。

「うそなもんか。葉名浜《はなはま》の小屋のどら猫《ねこ》はわしらに赤ん坊を見られたからばりばり頭《あたま》から赤ん坊を食べてしもうたもの」

「いい加減《かげん》なこと言わないで」

「本当《ほんとう》だぞ、美保子」

満《みつる》が言うと、美保子が大声《おおごえ》で泣《な》き出《だ》した。

泣《な》き声《ごえ》に気《き》づいて、洋子《ようこ》が飛《と》び出《だ》してきた。

「どうしたの?」

美保子《みほこ》はスカートで顔《かお》をおおって泣《な》いている。景子《けいこ》が洋子《ようこ》に満《みつる》の言《い》ったことを話《はな》した。洋子は砂場《すなば》で隆司《たかし》といた満に駆《か》け寄《よ》ると、えらい見幕《けんまく》で満に文句《もんく》を言った。

「じゃが本当《ほんとう》のことじゃもの」

「うそよ。あんたは怖《こわ》がりだから、そんなものを見《み》れないよ」

「わしのどこが怖がりじゃ」

「夜中《よなか》に小便《しょうべん》にひとりで行《い》けんのじゃろ」

「行けるわい」

「私《わたし》は聞《き》いたもの。あんたが便所《べんじょ》に行くのが怖《こわ》くて寝小便《ねしょうべん》するのを」

「うそをつけ」

「なら美保子にさっきの話《はなし》がうそだと言いなさいよ」

「うるさい。おまえこそ」

満が洋子の胸《むね》をつかんで砂場に押《お》し倒《たお》した。洋子はもんどり打《う》って倒《たお》れた。しかしすぐに立《た》ち上《あ》がって、

「この怖がりの、寝小便」

と声《こえ》を上《あ》げて満にぶつかって行った。取《と》っ組《く》み合《あ》った二人《ふたり》の身体《からだ》がふいに宙《ちゅう》に浮《う》か

んだ。見上《みあ》げると唇《くちびる》を真一文字《まいちもんじ》に結《むす》んだ誠吾《せいご》が二人の目《め》を交互《こうご》に睨《にら》んだ。

「機関車先生《きかんしゃせんせい》、悪《わる》いのは満の方《ほう》だよ」

洋子が拳《こぶし》を満にむけてふりながら言った。

「違《ちが》うわい。こいつがわしのことを」

満が言い返《かえ》した。

「二人ともやめんか」

誠吾の背後《はいご》から周一郎《しゅういちろう》があらわれて怒鳴《どな》り声《ごえ》を上げた。

満も洋子も昼《ひる》からの授業《じゅぎょう》を教室《きょうしつ》のうしろに立たされたまま受《う》けた。普段《ふだん》ならそんな二人をはやしたてる修平《しゅうへい》は黙《だま》って、島《しま》の地図《ちず》をノートに写《うつ》していた。

「もういいだろう。二人とも席《せき》に戻《もど》りなさい」

満と洋子が席に着《つ》くと、景子が手《て》を上げて、

「校長先生《こうちょう》、ハナコは何匹赤《なんびきあか》ちゃんを産《う》むんですか」

と聞いた。

「そうだな。あの腹《はら》のおおきさだと、五匹《ひき》か、いや六匹《ぴき》かな」

美保子がうれしそうに手を叩《たた》いた。

「タヌキの父《とう》ちゃんはどうしとるんじゃ」

隆司《たかし》が言《い》った。

「山《やま》で待《ま》っとるじゃろう」

「夜中《よなか》に逢《あ》いに来《き》てたもの」

妙子《たえこ》が言った。

「タヌキには父《とう》ちゃんなんかおらん」

突然《とつぜん》、修平《しゅうへい》が大声《おおごえ》で言った。皆《みな》が修平を見《み》た。修平は机《つくえ》の上《うえ》のノートを床《ゆか》に投《な》げつけると教室《きょうしつ》の外《そと》へ飛《と》び出《だ》した。

「こらっ、修平」

周一郎《しゅういちろう》が追《お》い駆《か》けようとすると、誠吾《せいご》が先《さき》に修平の後《あと》を追って教室を出《で》た。

修平は校庭《こうてい》を横切《よこぎ》ると正門《せいもん》を出て、右手《みぎて》の山径《やまみち》を登《のぼ》って行《い》った。誠吾は修平のうしろ姿《すがた》を見失《みうしな》わないように山径をついて登った。時折《ときおり》涙《なみだ》をふいているのか、修平は片手《かたて》で顔《かお》をぬぐっていた。

修平は来目山《くめざん》の東側《ひがしがわ》にある傾斜地《けいしゃち》までたどり着《つ》くと、立《た》ち止《ど》まって眼下《がんか》の海《うみ》を見ていた。誠吾は少《すこ》し離《はな》れた場所《ばしょ》から修平の様子《ようす》をのぞいた。ちいさな修平の肩《かた》がさらにちいさく映《うつ》った。修平の立つすぐかたわらにおおきな樫《かし》の木《き》が一本《ぽん》、あざやかな緑《みどり》の葉《は》を海風《うみかぜ》に揺《ゆ》らしてそびえていた。

足元《あしもと》に伸《の》びた草《くさ》が陽差《ひざ》しに白《しろ》く光《ひか》っていた。修平は肩《かた》で息《いき》をしながら水平線《すいへいせん》を眺《なが》めている。沖合《おきあ》いを貨物船《かもつせん》がゆっくりと東《ひがし》へむかっていた。

誠吾は修平の方《ほう》へ歩《ある》き出《だ》した。

口笛《くちぶえ》が聞《き》こえた。途切《とぎ》れとぎれに聞こえる口笛は、誠吾も知《し》っている海の歌《うた》だった。足音《あしおと》に気《き》づいた修平が誠吾をふりかえった。しかしすぐに修平は海の方へむき直《なお》った。誠吾は修平の隣《となり》に立つと、同《おな》じように海を見つめた。二人《ふたり》は黙《だま》って沖合いを見ていた。

「先生《せんせい》、父《とう》ちゃんはほんとに死《し》んだんじゃろうか」

修平が言った。

誠吾は修平を見てから、右手のひとさし指《ゆび》で静《しず》かに修平の胸元《むなもと》を指《ゆび》さした。

「胸《むね》がどうしたんじゃ？」

誠吾は今度《こんど》はひとさし指を空《そら》に突《つ》き上《あ》げておおきく輪《わ》をかいた。そうして目《め》の前《まえ》の海原《うなばら》を右《みぎ》から左《ひだり》にずっとたどってから両手《りょうて》をひろげてつかむ仕種《しぐさ》をし、おおきな手《て》の中《なか》のかたまりを修平のちいさな胸にやさしく当《あ》てた。

修平は首《くび》をかしげながら、

「空も海も、わしの胸の中でどうなるんじゃ」

と言《い》った。

誠吾《せいご》は後方《こうほう》にそびえる樫《かし》の木《き》を指《ゆび》さした。

「樫の木がどうしたんじゃ」

誠吾は修平《しゅうへい》の頭《あたま》の上《うえ》に手《て》をかざして、背丈《せたけ》がもっと伸《の》びるような仕種《しぐさ》をして、先刻《さっき》と同《おな》じように空《そら》と海《うみ》をつかまえて修平の胸元《むなもと》に押《お》し当《あ》てた。

修平はまぶしそうな顔《かお》で誠吾の動作《どうさ》をじっと見《み》つめていた。

「わしがおおきくなったら、空も海もわしのものになるってことか」

誠吾がうなずいた。

「けど……」

修平はうつむいて、

「けど、父《とう》ちゃんがおらんと、わしも母《かあ》ちゃんも妹《いもうと》の友子《ともこ》も生《い》きてはいけん」

とかぼそい声《こえ》で言った。

誠吾は修平のちいさな肩《かた》をそっと引《ひ》き寄《よ》せた。

重太郎《しげたろう》が美作《みまさか》の若《わか》い衆《しゅう》を連《つ》れて、来目神社《くめじんじゃ》の御堂《みどう》に出《で》むいたのは翌日《よくじつ》の午前中《ごぜんちゅう》だった。

　重太郎は境内《けいだい》に入《はい》った時《とき》、そこに島《しま》のほとんどの衆が集《あつ》まっているのに気《き》づいてたじろいだが、咳払《せきばら》いをひとつして寄合《よりあ》いの席《せき》に上《あ》がった。

　弥彦次《やひこじ》は重太郎の顔色《かおいろ》をうかがうような目《め》で見ながら、

「総代殿《そうだいどの》には急《きゅう》にお呼《よ》び出《だ》しして……」

　と恐縮《きょうしゅく》そうに頭を下《さ》げた。

　重太郎は中央《ちゅうおう》の席に腰《こし》を下《お》ろすと、羽織《はお》りの袂《たもと》から煙草《たばこ》を取《と》り出《だ》した。火《ひ》がないことに気づいて素平《そっぺい》の方《ほう》をあごでしゃくるようにした。素平があわてて重太郎に近寄《ちかよ》ってマッチを点《つ》けた。

「総代殿よ。来目皇子様《くめのみこさま》の方に背《せ》をむけて立《た》っとりはせんか」

　よねが大声《おおごえ》で言った。

　重太郎は、なるほどという顔をして身体《からだ》を開《ひら》いた。

「おい、素平。なしてわれは上座《かみざ》に突《つ》っ立《た》っとる。そこはおまえら若い衆のおる場所《ばしょ》と違《ちが》うじゃろ」

「そうじゃ、素平。おまえ何《なに》をしとる」

　大声がした。

兵右衛門《ひょうえもん》であった。羽織《はお》りの紐《ひも》を片手《かたて》で握《にぎ》りしめて上座《かみざ》を睨《にら》んでいた。素平《そっぺい》があわてて下座《しもざ》の方《ほう》へ降《お》りた。

「おう、兵右衛門さん、元気《げんき》でやっとられましたか」

「えらいご無沙汰《ぶさた》しとりますの、総代殿《そうだいどの》。わしもうすぐお迎《むか》えがまいりますて。それがわしの務《つと》めですからの。ただ本日《ほんじつ》は、島《しま》の衆《しゅう》も含《ふく》めて年寄《としよ》りの話《はなし》を聞《き》いてもらいたいと思《おも》いましての」

「ほう、どんな話ですかの」

重太郎《しげたろう》が身《み》を乗《の》り出《だ》すように言《い》った。

「島の衆、その前《まえ》に氏神様《うじがみさま》にお祈《いの》りと御神酒《おみき》をいたしますから」

板《いた》の間《ま》に座《すわ》っていた女《おんな》たちが神妙《しんみょう》に正座《せいざ》をした。

弥彦次《やひこじ》が祝詞《のりと》を終《お》えると皆《みな》が面《おもて》を上《あ》げた。

「さて本日の寄合《よりあ》いの話じゃが」

島の老人《ろうじん》のひとりがゆっくりと話《はな》しはじめた。話の内容《ないよう》は、今回漁《こんかいりょう》に出《で》た船《ふね》の中《なか》で藤尾《ふじお》の藤福丸《とうふくまる》と西本《にしもと》の第《だい》二西竜丸《せいりゅうまる》が遭難《そうなん》したことと、二艘《そう》の船だけがどうして船団《せんだん》から離《はな》れてしまったか、それについて妙《みょう》な噂《うわさ》が島の中に流布《るふ》していることについてで、その真偽《しんぎ》を総代に尋《たず》ねた。

重太郎は不快《ふかい》そうな顔《かお》をした。しかし彼《かれ》は胸《むね》を張《は》って、

「あの二艘のおかげで迷惑《めいわく》したのはむしろ残《のこ》った船すべてじゃ。わしは船団の長《おさ》として藤尾と西本には勝手《かって》な行動《こうどう》をするなと言った。しかし彼等《かれら》はわしの言うことをきかなんだ。海《うみ》の上《うえ》で身勝手《みがって》な行動をすると船団の統率《とうそつ》が取《と》れなくなる。だからわしはあの二艘に勝手に漁をしたいのなら船団から離れろと言ったんだ」

と言った。

「次郎《じろう》と政吉《まさきち》は総代殿に何《なに》を言うてきた」

兵右衛門が言った。

「漁場《ぎょば》を予定《よてい》と違《ちが》うところにしたいと言うた」

「その漁場は何《なに》か問題《もんだい》があったのか」

「別《べつ》にない」

「総代殿が決《き》めた漁場は」

「そこも別に何もない。去年《きょねん》の秋《あき》もそこはよく魚《さかな》が獲《と》れたところじゃ」

「じゃなぜ二艘は漁場を変《か》えたいと言うたのじゃろうか」

「おおかた、もっと魚を獲りたかったのじゃろう」

「なぜ、二艘がそこまで無理《むり》なことを言《い》い出《だ》したんじゃ」

「そんなことはわしはわからん」

「これまでの倍《ばい》も魚《さかな》を獲《と》らねばならん理由《りゆう》があったのと違《ちが》うか」

「知《し》らん」

「総代殿《そうだいどの》は葉名島《はなじま》で一番《いちばん》の網元《あみもと》でもある。獲れた魚を揚《あ》げる港《みなと》も決《き》める裁量《さいりよう》ももっとられる。昔《むかし》から葉名島の漁師《りようし》の獲ってきた魚はどの港も歓迎《かんげい》してくれる。葉名島の漁師が獲る魚が良質《りようしつ》だからじゃ。よく働《はたら》くし皆真面目《みんなまじめ》な漁師たちじゃからな……。それで島《しま》は暮《くら》しが潤《うるお》ってきた。船大工《ふなだいく》たちも葉名島の漁船《ぎよせん》は喜《よろこ》んでこしらえてくれた」

兵右衛門《ひようえもん》の声《こえ》は八十歳《さい》を越《こ》しているとは思《おも》えないほどよく響《ひび》いた。

「総代殿」

兵右衛門が重太郎《しげたろう》を見《み》た。すでに視力《しりよく》はないに等《ひと》しい兵右衛門の目《め》が重太郎を見据《みす》えた。

「何《なん》じゃ」

「総代殿は藤福丸《とうふくまる》と第《だい》二西竜丸《せいりゆうまる》をこしらえる時《とき》、工賃《こうちん》を貸《か》したそうじゃな」

「それがどうしました」

「利息《りそく》はどの程度《ていど》で貸されたかの」

「なぜわしがわしの金《かね》を貸したことで、利息を皆《みな》の衆《しゆう》に説明《せつめい》せねばならん」

「五年前新桟橋《ねんまえしんさんばし》の建設《けんせつ》の折《おり》、漁業組合《ぎょぎょうくみあい》は多額《たがく》の金を浦津市《うらつし》と信組《しんくみ》に借《か》りた。そのために島の衆の船《ふね》にかかる費用《ひよう》は網元がしばらく貸《か》し出《だ》すと言《い》う話《はな》し合《あ》いだったの」

「そうよ。だからわしも無理《むり》をして貸したまでよ」

「船も漁場《ぎょば》が遠《とお》くなってから高《たか》いものになった。昔のように二年《ねん》三年分《ねんぶん》の水揚《みずあ》げでは返済《へんさい》できん。そこを踏《ふ》まえて貸付《かしつ》ける約束《やくそく》じゃなかったのか」

「勿論《もちろん》じゃ」

「ここに藤尾《ふじお》の女房《にょうぼう》が持《も》ってきた貸付けの証文《しょうもん》の写《うつ》しがある」

兵右衛門は懐《ふところ》から紙《かみ》を出《だ》した。それを隣《となり》の老人《ろうじん》が読《よ》み上《あ》げようとした。

「ちょっと待《ま》ってくれ。藤尾の話《はなし》はもう終《お》わった話じゃ」

重太郎が言った。

「なら、うちの証文にして下《くだ》さい」

板《いた》の間《ま》の方《ほう》から女《おんな》の声がした。

西本《にしもと》さきこであった。さきこは人《ひと》を分《わ》けて前《まえ》に進《すす》み出《で》ると、よねに証文を渡《わた》した。

「なんじゃ、この寄合《よりあ》いはわしを詮議《せんぎ》にでもかけるつもりか」

重太郎が怒鳴《どな》り声《ごえ》を上《あ》げた。

「詮議になるか、ならんかは、この証文を読んでからじゃ」

「おかしなことを言《い》うものじゃな。人《ひと》に金《かね》を借《か》りに来《き》たのはそっちの方《ほう》じゃろうが。どんな条件《じょうけん》でもいいから貸《か》してくれと言ったのはおまえの亭主《ていしゅ》じゃぞ」

「それでもあんまりじゃないですか」

さきこが重太郎《しげたろう》に言った。

「おまえ誰《だれ》に口《くち》をきいとるんか」

素平《そっぺい》が立《た》ち上《あ》がって大声《おおごえ》を出《だ》した。

「黙《だま》らんか、素平。おまえは今《いま》ここを何《なん》の寄合《よりあ》いと思《おも》うとる」

兵右衛門《ひょうえもん》のかたわらの老人《ろうじん》が言った。

「島《しま》から叩《たた》き出《だ》すぞ」

別《べつ》の老人が低《ひく》い声《こえ》で言った。いずれも昔《むかし》は瀬戸内海《せとないかい》で漁《りょう》をしていた葉名島《はなじま》の男《おとこ》たちである。

「これは詮議《せんぎ》かの」

「そうしたいなら、そうする。異論《いろん》はあるかの、皆《みな》の衆《しゅう》」

居並《いなら》ぶ老人たちが首《くび》を横《よこ》にふった。その中《なか》に白髪《しらが》の老婆《ろうば》も数人《すうにん》加《くわ》わっていた。

葉名島には昔から十数《じゅうすう》の格式《かくしき》のある家系《かけい》があった。彼女《かのじょ》たちは家長《かちょう》となってその本《ほん》家《け》にいる女《おんな》たちで、親戚縁者《しんせきえんじゃ》に強《つよ》い発言力《はつげんりょく》を持《も》っていた。美作家《みまさかけ》を中心《ちゅうしん》に漁船団《ぎょせんだん》を形《けい》成《せい》していたが、寄合衆《よりあいしゅう》から拒絶《きょぜつ》されると島の船《ふね》はほとんど美作に従《したが》わなくなることが目《め》に見《み》えていた。

重太郎は貸付《かしつ》けた金の返済期間《へんさいきかん》の据置《すえお》きと利息《りそく》を下《さ》げることを約束《やくそく》させられた。重太郎は苦々《にがにが》しい顔《かお》で引《ひ》き揚《あ》げた。老人たちは何事《なにごと》もなかったように神社《じんじゃ》の階段《かいだん》を下《お》りて行《い》った。最後《さいご》に残《のこ》った兵右衛門が弥彦次《やひこじ》に美作家との関《かか》りを注意《ちゅうい》して寄合いは終《おわ》った。兵右衛門を家族《かぞく》が背負《せお》って帰《かえ》って行った。外《そと》はすでに陽《ひ》が皇子岬《みこみさき》の方《ほう》へ傾《かたむ》きかけていた。

阿部医院《あべいいん》に西本《にしもと》さきこが礼《れい》を言いに来て帰った後《あと》、よねと周一郎《しゅういちろう》と誠吾《せいご》は酒盛《さかも》りをはじめた。

「いやはや酒《さけ》が美味《うま》い夜《よる》じゃ」

よねが盃《さかずき》を干《ほ》して言った。

「ご苦労《くろう》じゃったの、阿部先生《せんせい》」

周一郎がよねの盃に酒を注《つ》いだ。

「けどもう藤尾《ふじお》の家族はこの島には帰ってはこんだろうな」

よねが淋《さび》し気《げ》につぶやいた。

「四十九日《しじゅうくにち》の折《おり》にわしからも話《はな》してみよう」

「おそらく駄目《だめ》じゃろう。一度《いちど》島《しま》を離《はな》れた人間《にんげん》はなかなか戻《もど》ってくるもんじゃない。この島にはそんなところがある」

「そうかの、そうでもなかろう」

「吉岡先生《よしおかせんせい》の母君《ははぎみ》もそうじゃて」

「文子《ふみこ》さんの場合《ばあい》は事情《じじょう》が違《ちが》う」

誠吾《せいご》はうつむいたまま 盃《さかずき》の酒《さけ》を見《み》ていた。島のことは子供《こども》の時分《じぶん》から何度《なんど》も聞《き》かされましたと説明《せつめい》したかったが、たしかに母《はは》は島に戻ろうと思《おも》えばいつまでも帰《かえ》ってこれる気《き》がした。しかしよねの言《い》う通《とお》りでいったん島を追《お》われた者《もの》を拒絶《きょぜつ》するものが葉《は》名島《なじま》にはあるように思った。

「いや、気にさわったらかんべんして下《くだ》さいよ。吉岡先生。わしにはこの島の好《す》きなところはたくさんあるが、今日《きょう》の寄合《よりあ》いのような島国根性《しまぐにこんじょう》が抜《ぬ》けない、嫌《いや》なこともたくさん知《し》っておるのです」

「わかった。わかった」

「ほうっ、今夜《こんや》は満月《まんげつ》じゃの」

よねが開《あ》け放《はな》った窓《まど》からのぞいた月《つき》を見上《みあ》げて言った。

「満月じゃの……」

周一郎《しゅういちろう》は水見色小学校《みずみいろしょうがっこう》のハナコのお産《さん》が気になった。

周一郎がほろ酔《よ》い加減《かげん》になり、宴《うたげ》はお開《ひら》きとなった。

「情《なさ》け無《な》いの、すぐに酔《よ》って」

よねの声《こえ》を背中《せなか》で聞きながら誠吾は周一郎に肩《かた》を貸《か》して坂道《さかみち》を歩《ある》き出《だ》した。

「吉岡先生、よねさんの言ったことは気にせんで下さいよ。悪気《わるぎ》があって言ってることじゃありませんから。あの婆《ばあ》さん、毎年《まいとし》この島から人《ひと》が離れて行《い》くのが淋《さび》しくてしようがないんです」

誠吾はうなずきながら歩いた。

「来月《らいげつ》、浦津《うらつ》で創作《そうさく》コンクールがあります。子供たちにそれぞれ好きな作品《さくひん》を創作させて出品《しゅっぴん》します。それを明日《あす》相談《そうだん》しましょう。そのコンクールに今年《ことし》は生徒《せいと》全員《ぜんいん》を連《つ》れて見学《けんがく》に行きたいと思《おも》ってるんです」

周一郎は話《はな》しながらうたた寝《ね》をはじめた。

耳元《みみもと》で、ハナコ、とちいさなささやきが聞こえた。

ヨウはその夜《よ》、日向《ひな》ッ原《ぱら》で修平《しゅうへい》と二人《ふたり》で出《で》かけた夢《ゆめ》を見た。

修平《しゅうへい》と二人《ふたり》で日向《ひな》ッ原《ぱら》に遊《あそ》んでいると、すぐかたわらをハナコが数匹《すうひき》の赤《あか》ん坊《ぼう》を引《ひ》き連《つ》れて通《とお》り過《す》ぎた。

「見《み》てごらんよ、修平。ハナコが赤《あか》ちゃんを産《う》んだんだよ」

「本当《ほんとう》じゃの、可愛《かわい》いの」

修平がうれしそうにハナコの一家《いっか》の行列《ぎょうれつ》を見て言《い》った。

その時《とき》、山《やま》の方《ほう》から雄叫《おたけ》びが聞《き》こえた。

声《こえ》のする方角《ほうがく》を見上《みあ》げると、マントをひろげたいじわるむささびがヨウたちにむかって舞《ま》い降《お》りてきた。

ハナコが歯《は》をむいてむささびを見上げた。修平がむささびに立《た》ちはだかった。しかし修平はむささびのマントに目《め》をくらまされて、その場《ば》にひっくり返《かえ》った。

「ハナコ、逃《に》げなきゃ駄目《だめ》よ」

ヨウは叫《さけ》んだ。

ハナコが遠吠《とおぼ》えのように空《そら》にむかって声を上《あ》げた。すると皇子岬《みこみさき》の彼方《かなた》から白《しろ》い光《ひかり》が音《おと》を立《た》てて近《ちか》づいた。一瞬《いっしゅん》めまいがするように周囲《しゅうい》が明《あか》るくなった。まぶしさに閉《と》じていた目を開《ひら》くと、銀色《ぎんいろ》の男《おとこ》が立っていた。

むささびは銀色の男の姿《すがた》を見ると、奇声《きせい》を上げて逃《に》げて行《い》った。

銀色の男の肩《かた》にタヌキのポンがいた。ポンは地面《じめん》に飛《と》び降《お》りると、ハナコのそばに駆《か》け寄《よ》り、鼻《はな》をつけて挨拶《あいさつ》していた。子供《こども》たちもうれしそうにポンの足元《あしもと》に跳《は》ねていた。

「修平、この子《こ》たちはポンの子よ。ポンはお父《とう》さんだったんだ」

「そうか、よかったの。父《とう》ちゃんに逢《あ》えて」

ヨウは修平の笑顔《えがお》をひさしぶりに見た気《き》がした。

「ありがとう、助《たす》けてくれて」

ヨウが銀色の男にお礼《れい》を言おうとふりむくと、もう男の姿はなかった。

すると天上《てんじょう》から鈴《すず》の音に似《に》た美《うつく》しい音色《ねいろ》が聞こえた。見上げると、銀色の男のうしろをポンとハナコと子供たちが一列《れつ》になって飛んでいた。そのうしろを箒星《ほうきぼし》のように光の帯《おび》がひろがっていた。

「綺麗《きれい》だね、修平」

「本当じゃ、わしも飛んでみたいの」

「飛ぼうよ」

「どうやって飛ぶんじゃ」

「祈《いの》るんだよ」

「祈《いの》る？」

「うん、皇子《おうじ》さまに祈るのよ」

怪訝《けげん》そうな顔《かお》をしている修平《しゅうへい》の手《て》を引《ひ》いて、ヨウは皇子岬《みこみさき》にむかって駆《か》け出《だ》した。

学校《がっこう》へむかう道《みち》でヨウは蜜柑畑《みかんばたけ》を駆け下《お》りる修平に出《で》くわした。

「修平、ハナコが子供《こども》を産《う》んだよ」

ヨウが修平に叫《さけ》んだ。

「これから学校《がっこう》へ行《い》くのになぜわかる」

「だって夢《ゆめ》で見《み》たんだもの」

ヨウの言葉《ことば》に修平が立《た》ち止《ど》まって、じっとヨウを見つめた。ヨウは自分《じぶん》の服装《ふくそう》を見《み》直《なお》した。

「俺《おれ》も昨夜《ゆんべ》赤《あか》ん坊《ぼう》が生《う》まれた夢を見た」

「本当《ほんとう》に？」

「ああ本当じゃ」

「なら、きっと生まれてるよ」

ヨウが笑《わら》うと、修平の白《しろ》い歯《は》がこぼれた。ヨウは夢の中《なか》で見た修平の笑顔《えがお》と同《おな》じだと思《おも》った。二人《ふたり》は正門《せいもん》をくぐると校庭《こうてい》を駆《か》け抜《ぬ》けて校長室《こうちょうしつ》の裏手《うらて》にある〝ハナコの家《いえ》〟の前《まえ》に着《つ》いた。

校長先生《こうちょうせんせい》と機関車《きかんしゃ》先生が小屋《こや》の前にしゃがんでいた。

「生まれたんでしょう」

ヨウが言《い》うと、校長先生が唇《くちびる》に指《ゆび》を当《あ》てて静《しず》かにするようにと二人を見た。

「生まれたのか」

修平が機関車先生に聞《き》いた。機関車先生は笑ってうなずいた。

「何匹《なんびき》？」

おおきな指《ゆび》が五本《ほん》ひろがった。

ヨウと修平は顔《かお》を見合《みあ》わせて笑った。


「おおきな船《ふね》じゃの、うちの学校がそのまんま入《はい》ってしまいそうじゃ」

修平が連絡船《れんらくせん》のデッキから声《こえ》を上《あ》げて浦津《うらつ》の桟橋《さんばし》に停泊《ていはく》する船を指《ゆび》さした。

「外国船《がいこくせん》じゃ」

満《みつる》がうなずいた。

「そうですね。シンガポールから来《き》た船《ふね》のようですな」

周一郎《しゅういちろう》が船腹《せんぷく》の文字《もじ》を読《よ》んで言《い》った。

「吉岡先生《よしおかせんせい》、あれが中国山脈《ちゅうごくさんみゃく》ですよ」

遥《はる》か彼方《かなた》に青《あお》く霞《かす》んで連《つら》なる山《やま》の尾根《おね》を見《み》て妙子《たえこ》が言った。

誠吾《せいご》が大《おお》きくうなずいた。

「サンミャクって何《なに》？」

景子《けいこ》が妙子に聞《き》いた。

「山がずっと続《つづ》いてることよ。あの山のむこうにたくさんの山があるの」

「来目山《くめざん》よりおおきいの」

「もっともっと高《たか》くて大《おお》きいの」

景子はじっと山の頂《いただ》きを見ていた。誠吾は葉名島《はなじま》の子供《こども》たちが初《はじ》めて山脈を見ているのだと思《おも》った。

「ほら、手《て》をふってるよ」

洋子《ようこ》が外国船《がいこくせん》のデッキから連絡船《れんらくせん》にむかって手をふる船員《せんいん》を見つけた。

洋子が両手《りょうて》を上《あ》げた。その時《とき》すれ違《ちが》った船の余波《よは》で連絡船がぐらりと揺《ゆ》れた。重心《じゅうしん》を失《うしな》った洋子が思わず船《ふな》べりにもたれかかると、彼女《かのじょ》の身体《からだ》を誠吾が抱《だ》いて引《ひ》き寄《よ》せた。

「ありがとう」

洋子は誠吾の腕《うで》につかまって、顔《かお》を赤《あか》らめた。

桟橋《さんばし》に近《ちか》づくと、連絡船を待《ま》つ大勢《おおぜい》の人《ひと》が船着《ふなつ》き場《ば》にいるのが見えた。

連絡船はゆっくりと桟橋に着《つ》いた。

「妙子」

妙子を呼《よ》ぶ声《こえ》がした。

「お母《かあ》さん」

妙子が走《はし》り出《だ》した。浦津《うらつ》に勤《つと》める妙子の母《はは》が迎《むか》えに来ていた。

「元気《げんき》にしとったね」

「うん。勤めは休《やす》んだの」

「これから行《い》かねばならんのよ」

「そう」

「どうも校長《こうちょう》先生、いつも妙子がお世話《せわ》になってます。父兄参観《ふけいさんかん》も行けませんで」

「元気そうで何《なに》よりじゃ」

「はい、おかげさまで」

「母《かあ》さん、吉岡先生《よしおかせんせい》。先生、母《はは》です」

誠吾《せいご》は妙子《たえこ》の母に丁寧《ていねい》に頭《あたま》を下《さ》げてお辞儀《じぎ》した。

「妙子がお世話《せわ》になっております。先生のことは妙子からの手紙《てがみ》で報《しら》されています」

「おばさん、こんにちは」

「まあ、丘野《おかの》の洋子《ようこ》ちゃんね。おおきゅうになったねえ、何年生《なんねんせい》になるの」

「私《わたし》もう四年生《ねんせい》よ」

「そうかね、るい婆様《ばあさま》は元気《げんき》かね」

「うん、今朝《けさ》も早《はや》くに畑《はたけ》へ行《い》った」

桟橋《さんばし》の停留所《ていりゅうじょ》で皆《みな》バスを待《ま》った。

ほどなく鼻先《はなさき》から煙《けむ》りを出《だ》してバスがやって来《き》た。

「バスに乗《の》るのは初《はじ》めてじゃ。ほれ隆司《たかし》、手《て》を貸《か》してみろ」

修平《しゅうへい》が隆司《たかし》の手を取《と》ってバスに乗《の》り込《こ》んだ。二人《ふたり》は前方《ぜんぽう》の運転手《うんてんしゅ》の隣《となり》の席《せき》に並《なら》んで座《すわ》った。

「動《うご》いた、動いた。隆司、おまえ運転手になりたいんだろう。よう見《み》とかんとな」

隆司は運転手がハンドルを握《にぎ》る手をじっと見ていた。

バスが港通《みなとどお》りの商店街《しょうてんがい》に入《はい》ると、洋品店《ようひんてん》、電器屋《でんきや》、時計屋《とけいや》、自転車店《じてんしゃてん》……といろんな店《みせ》が並んでいるのが窓《まど》から見えた。

「島《しま》と違《ちご》うて、いろんなお店があるね」

景子《けいこ》が珍《めずら》しそうに眺《なが》めている。

「あっ、自転車《じてんしゃ》の店だ」

洋子が窓から首《くび》を出して言《い》った。

「そこの子《こ》、窓から顔《かお》出しちゃ駄目《だめ》よ」

女《おんな》の車掌《しゃしょう》が大声《おおごえ》で言った。

洋子が首を引《ひ》っこめてふりむくと、車掌が洋子を睨《にら》みつけていた。

「どうも申《もう》し訳《わけ》ありません」

周一郎《しゅういちろう》が車掌に謝《あや》まった。

山《やま》の麓《ふもと》にある市民会館《しみんかいかん》に着《つ》くと、大勢《おおぜい》の子供《こども》たちがいた。制服《せいふく》を着《き》た中学生《ちゅうがくせい》や高校生《こうこうせい》の姿《すがた》もあった。

会場《かいじょう》の中《なか》に入ると、たくさんの絵《え》や習字《しゅうじ》が展示《てんじ》してあった。

「これじゃわしの絵はどこにあるかわからんぞ」

修平《しゅうへい》が会場《かいじょう》を見回《みまわ》して言《い》った。

「水見色小学校《みずみいろしょうがっこう》の作品《さくひん》は一番奥《いちばんおく》にあるそうです」

と周一郎《しゅういちろう》が言った。

ヨオシっ、と修平は叫《さけ》んで走り出《はしだ》した。

「こら、修平、走るんじゃない」

周一郎が止《と》める声《こえ》も聞《き》かずに、満《みつる》と隆司《たかし》が追《お》い駆《か》けた。

修平はすぐに戻《もど》ってきて、

「わしと洋子《ようこ》の絵《え》はないぞ」

と不満《ふまん》そうに言った。

水見色小学校の生徒《せいと》の絵はちいさな壁《かべ》の一角《いっかく》に展示《てんじ》してあった。美保子《みほこ》の描《か》いた菜《な》の花《はな》の絵が題名《だいめい》と一緒《いっしょ》に貼《は》ってある。その隣《となり》に隆司の葉名浜《はなはま》の海《うみ》の絵がある。美保子と隆司が顔《かお》を見合《みあ》わせて恥《はずか》しそうに笑《わら》った。

「校長先生《こうちょうせんせい》の絵だ」

周一郎が描いた豆狸《まめだぬき》の親子《おやこ》の絵もあった。

「ほら、わしのがないわ」

修平が唇《くちびる》を突《つ》き出《だ》した。洋子も心配《しんぱい》そうに周一郎と誠吾《せいご》を見上《みあ》げた。

周一郎が笑いながら、

「心配せんでもええ。修平と洋子の絵は別《べつ》のところにちゃんとあるから」

周一郎がそこだけ金《きん》や銀《ぎん》の札《ふだ》が絵のそばに付《つ》けてある一角に皆《みな》を連《つ》れて行《い》った。

「修平、あそこにあるぞ」

周一郎が指《ゆび》さした壁の上方《じょうほう》に修平の「西竜丸《せいりゅうまる》」と題名が付けられた絵がかかっていた。右隅《みぎすみ》に銀賞《ぎんしょう》と墨文字《すみもじ》で書《か》かれた紙《かみ》と銀の札が一緒に貼ってあった。

「修平君《くん》、銀賞じゃない。おめでとう」

妙子《たえこ》の声に修平は目《め》の玉《たま》をどんぐりのようにして絵を見上げている。

「ようやったな、修平」

周一郎が修平の肩《かた》を叩《たた》いた。

洋子がキョロキョロと首《くび》を動《うご》かしていた。洋子の背中《せなか》を誠吾がそっと触《ふ》れた。洋子が誠吾を見上げると、誠吾が笑ってうしろの壁を指さした。

そこには十点余《てんあま》りの金賞《きんしょう》の札が付けられた絵がかけてあった。

金賞、「葉名島《はなじま》の春《はる》」水見色小学校四年生《ねんせい》　丘野洋子《ようこ》
とおおきな墨文字で書いてあった。

「すげえの、金賞じゃとよ、洋子」

修平《しゅうへい》がため息《いき》をついて絵《え》を見《み》ていた。

「いや、おめでとう洋子《ようこ》」

洋子は口《くち》を開《あ》けたまま自分《じぶん》の絵を見上《みあ》げている。

「四年生《ねんせい》は洋子だけじゃ。たまげたの」

満《みつる》が言《い》った。

すぐかたわらにいた五、六人《にん》の女生徒《じょせいと》のひとりが、

「この子《こ》の絵楽《たの》しそうね。皆空《みんなそら》を飛《と》んでいて気持《きも》ち良《よ》さそう」

と言うと、引率《いんそつ》の先生《せんせい》のような女性《じょせい》が、

「シャガールみたいですね」

と感心《かんしん》したようにうなずいた。

「葉名島《はなじま》って、あのちいさな島《しま》でしょう？」

「なんか楽しそうなところね」

女生徒たちの話《はな》し声《ごえ》が聞《き》こえると修平が彼女《かのじょ》たちのそばに近寄《ちかよ》って、

「これはわしのとこの学校《がっこう》の洋子が描《か》いたんじゃ。ほれ、あの子じゃ」

と自慢気《じまんげ》に言った。

女生徒たちが洋子を見た。洋子はまばたきをしながらうつむいた。

誠吾《せいご》は菜《な》の花《はな》が咲《さ》く日向《ひな》ッ原《ぱら》の上空《じょうくう》を洋子たち水見色小学校《みずみいろしょうがっこう》の生徒《せいと》と豆狸《まめだぬき》のハナコと赤《あか》ん坊狸《ぼうたぬき》、マントを着《き》たむささびが青空《あおぞら》を飛んでいる洋子の絵を見て、葉名島の春《はる》の楽《たの》しさがよく描《えが》かれているとあらためて感心《かんしん》した。

市民会館《しみんかいかん》のそばの公園《こうえん》で皆して弁当《べんとう》を食《た》べた。

周一郎《しゅういちろう》と誠吾は阿部《あべ》先生の作《つく》ってくれたおおきな握《にぎ》り飯《めし》を食べた。

午後《ごご》から皆で水産工場《すいさんこうじょう》を見学《けんがく》し、天満宮《てんまんぐう》に参詣《さんけい》した。

「それではおやつにするか」

浦津《うらつ》の町《まち》を見下《みお》ろす天満宮の境内《けいだい》で周一郎はリンゴとキャラメルを生徒たちに配《くば》った。

「一時間《じかん》したら、ここに集合《しゅうごう》じゃ。遠《とお》くへ行《い》かないようにな」

修平と満と隆司《たかし》が神社《じんじゃ》の左手《ひだりて》にある物見《ものみ》の塔《とう》へむかって走《はし》り出《だ》した。

「先生、私《わたし》ここの神主《かんぬし》と昔《むかし》からの知《し》り合《あ》いでして、挨拶《あいさつ》に行くんですが、ご一緒《いっしょ》しませんか」

周一郎が誠吾に言った。

社務所《しゃむしょ》を訪《たず》ねると、

「神主さんは今《いま》、武道場《ぶどうじょう》で稽古《けいこ》をしています」

と若《わか》い巫女《みこ》が言《い》った。

「相変《あいかわ》らずじゃの。諸岡衆一《もろおかしゅういち》というのですが、若い時《とき》はえらい暴《あば》れん坊《ぼう》でしてね、私《わたし》と旧制中学《きゅうせいちゅうがく》から一緒《いっしょ》で同《おな》じ剣道部《けんどうぶ》でした。お祓《はらい》をするより竹刀《しない》をふり回《まわ》す方《ほう》が好《す》きな男《おとこ》でして……」

境内《けいだい》の裏手《うらて》に行《い》くと、杉林《すぎばやし》に囲《かこ》まれた立派《りっぱ》な武道場《ぶどうじょう》があった。中《なか》から鋭《するど》い稽古《けいこ》の声《こえ》が聞《き》こえた。

周一郎《しゅういちろう》は勝手《かって》を知《し》っているかのように玄関《げんかん》に上《あ》がると、広《ひろ》い板張《いたば》りの武道場に入《はい》った。

二人《ふたり》の剣士《けんし》が申《もう》し合《あ》い稽古《げいこ》をしていた。

稽古に夢中《むちゅう》なのか、二人とも周一郎と誠吾《せいご》に気《き》づかなかった。

どうした、かかって来《こ》んか。もう息《いき》が切《き》れたか、背丈《せたけ》の低《ひく》い剣士が怒鳴《どな》り声《ごえ》を上げた。

まだまだ、そりゃー、と甲高《かんだか》い声で相手《あいて》の剣士が上段《じょうだん》の構《かま》えで突進《とっしん》して行った。背《せ》の低い剣士が相手のふり降《お》ろした竹刀の先《さき》をわずかに躱《かわ》して右《みぎ》に回《まわ》り込《こ》んだが、面《めん》、面、と叫《さけ》びながら立《た》て続《つづ》けに打《う》ち込《こ》まれた。打たれた剣士の足元《あしもと》がよろけた。

「それまで」

周一郎が大声《おおごえ》で言った。二人の剣士が周一郎を見《み》た。

「衆一、勝負《しょうぶ》ありじゃ」

面具《めんぐ》を外《はず》した諸岡が汗《あせ》のしたたる顔《かお》でやって来《き》た。

「佐古《さこ》、どうしたんじゃ、急《きゅう》に」

手拭《てぬぐ》いを外すとすっかり白髪《しらが》の頭《あたま》であった。

「生徒《せいと》たちの遠足《えんそく》がてらちょっと寄《よ》ってみた」

「ならなぜ前《まえ》もって連絡《れんらく》してくれぬ。水《みず》くさいじゃないか」

「報《しら》せるとおまえに胴着《どうぎ》を着《き》させられる。わしは歳《とし》じゃから島《しま》に戻《もど》って仕事《しごと》にならん」

「何《なに》を言う。五年前《ねんまえ》は引《ひ》き分《わ》けじゃったぞ。さあ、今日《きょう》は勝負をつけようぞ」

「元気《げんき》じゃの。衆一、水見色小学校《みずみいろしょうがっこう》の新任《しんにん》の先生《せんせい》で吉岡誠吾《よしおかせいご》先生じゃ。吉岡先生、さっき話《はな》しましたわしの悪友《あくゆう》の諸岡衆一です」

「初《はじ》めまして諸岡です。悪友はないだろう、佐古よ」

諸岡はじっと誠吾の顔を見た。

「どこかで見かけた気《き》がするんじゃろ？　そうよ、文子《ふみこ》さんのひとり息子《むすこ》さんじゃ」

周一郎が言うと、諸岡は目《め》を見開《みひら》いて、

「すると吉岡《よしおか》という名前《なまえ》は吉岡辰弥《たつや》さんの……」

と言《い》った。

「その通《とお》りじゃ。辰弥の倅《せがれ》じゃ」

誠吾《せいご》は諸岡《もろおか》に丁寧《ていねい》に頭《あたま》を下《さ》げた。

「それはどうも、よく見《み》えて下《くだ》さった」

「吉岡先生《せんせい》は子供《こども》の頃《ころ》、病気《びようき》をなさっての、口《くち》がきけんのです」

「そうでしたか……」

諸岡が右手《みぎて》を差《さ》し出《だ》した。誠吾が握手《あくしゆ》した。

「おっ、父上同様《ちちうえどうよう》に剣道《けんどう》をなさってますな」

諸岡がうれしそうに言った。

「おい、顕次郎《けんじろう》、こっちへ来《き》て挨拶《あいさつ》しろ」

諸岡が道場《どうじよう》の中央《ちゆうおう》に立《た》っていた剣士《けんし》を呼《よ》んだ。

「倅の顕次郎です。佐古《さこ》さんはよう知《し》っとるな。水見色小学校《みずみいろしようがつこう》の先生で吉岡先生じゃ。倅はこの春《はる》ここの県警察《けんけいさつ》に戻《もど》ってきました。今日《きよう》は久《ひさ》しぶりに東京《とうきよう》で鍛《きた》えたという腕《うで》を見ておったのですわ」

「初《はじ》めまして、諸岡顕次郎です」

「おっ、ちょうどいい。どうです吉岡先生。倅を少《すこ》し揉《も》んでもらえませんか」

誠吾は首《くび》を横《よこ》にふった。

「もしかまわなかったら、なさるといい」

周一郎《しゅういちろう》が笑《わら》って言った。

「ぜひお願《ねが》いします。おやじでは稽古《けいこ》になりませんから……」

「何《なに》を言う、生意気《なまいき》な」

「吉岡さん、お願いします」

誠吾が間合《まあ》いを取《と》りながら静《しず》かに近寄《ちかよ》った。周一郎も葉名島《はなじま》で中学生《ちゅうがくせい》の藤尾潤三《ふじおじゅんぞう》に稽古をつけていた時《とき》の誠吾を見たことはあったが、今目《いまめ》の前《まえ》で顕次郎と対峙《たいじ》し正眼《せいがん》に構《かま》えている誠吾の隙《すき》のない剣道の力量《りきりょう》に驚《おどろ》いた。

「これはかなりのものだ」

諸岡が低《ひく》い声《こえ》で言った。周一郎もうなずいた。

誠吾の力量を一目《ひとめ》でわかったのは顕次郎も同《おな》じで、打《う》ち込《こ》む間合いを探《さぐ》るように左《さ》右《ゆう》に動《うご》いて甲高《かんだか》い気合《きあ》いの声を上《あ》げ続《つづ》けていた。

誠吾はほとんど動かず、竹刀《しない》の先《さき》を顕次郎にむけていた。

いら立《だ》ったように顕次郎《けんじろう》が打《う》ち込《こ》んだ。二人《ふたり》の竹刀《しない》の当《あた》る音《おと》が響《ひび》いたかと思《おも》うと、誠吾《せいご》が顕次郎の面《めん》を打《う》ち叩《たた》いていた。

まだまだ、と声《こえ》が続《つづ》いて顕次郎がむかって行《い》った。面を打たれ胴《どう》を抜《ぬ》かれ、最後《さいご》に誠吾の竹刀が顕次郎の手元《てもと》を跳《は》ねのけると乾《かわ》いた音を立《た》てて顕次郎の竹刀が床《ゆか》に転《ころ》がった。

諸岡《もろおか》が目《め》を見張《みは》って、うなずきながら拍手《はくしゅ》をした。

修平《しゅうへい》と満《みつる》が女《おんな》の声に気《き》づいて、神社《じんじゃ》の裏手《うらて》の方《ほう》へ行くと、男《おとこ》が三人《にん》、セーラー服《ふく》を着《き》た二人《ふたり》の女生徒《じょせいと》を囲《かこ》んでいた。

「やめて下《くだ》さい」

「何《なに》もしやせんからよ。ちょっとつき合《あ》ってくれればいいんじゃ」

「いやです」

「時間《じかん》は取《と》らせんからよ」

「そうじゃ、すぐに終《おわ》るからよ」

「おおきな声を出《だ》しますよ」

「出すなら出してみろ。誰《だれ》もこんなところへは来《き》てくれんて」

男のひとりが女生徒の腕《うで》をつかんだ。もうひとりの女生徒が逃《に》げようとするのを別《べつ》の男がうしろから抱《だ》きついた。

「助《たす》けて」

女生徒が叫《さけ》び声《ごえ》を上《あ》げた。

「修平、機関車先生《きかんしゃせんせい》を呼《よ》んでこい」

満が言《い》った。修平は急《いそ》いで走《はし》り出《だ》した。

「機関車先生、機関車先生」

修平の声を誠吾は武道場《ぶどうじょう》の脇《わき》の井戸端《いどばた》で身体《からだ》をふきながら聞《き》いた。声のする方へ誠吾は走った。

「先生、大変《たいへん》じゃ。変《へん》な男が姉《ねえ》ちゃんたちを襲《おそ》うとる」

誠吾は修平の目《み》を見て周囲《しゅうい》をうかがった。かすかに女の叫び声がした。誠吾が走り出した。

松林《まつばやし》を抜けると、男が三人、若《わか》い女を組《く》み伏《ふ》せるようにしているのが見えた。

「あっ機関車先生だ」

妙子《たえこ》や洋子《ようこ》たちも集《あつ》まっていた。

誠吾は女生徒のひとりに馬乗《うまの》りになっている男を押《お》しのけた。男が前《まえ》のめりに転がった。誠吾《せいご》はもうひとりの女生徒《じょせいと》に抱《だ》きついている男二人《おとこふたり》を払《はら》いのけた。

「何《なに》をしやがる、この野郎《やろう》」

男が怒鳴《どな》り声《ごえ》を上《あ》げた。

「やっつけちゃえ、機関車先生《きかんしゃせんせい》」

洋子《ようこ》たちが誠吾の背後《はいご》に集《あつ》まってきて声《こえ》を上げた。

「何者《なにもの》だ、おまえ。なめたまねしやがって」

「葉名島《はなじま》の者《もの》じゃ。葉名島の機関車先生じゃ」

修平《しゅうへい》が男たちに言《い》った。

「葉名島じゃと、この、島《しま》の田舎者《いなかもの》が」

男のひとりが袖《そで》をまくり上《あ》げた。刺青《いれずみ》が二《に》の腕《うで》からのぞいた。子供《こども》たちが後《あと》ずさった。

「おい、あの姐《ねえ》ちゃんたちは承知《しょうち》でここまで来《き》たんだぜ。邪魔《じゃま》をしてくれた御礼《おれい》をさせてもらうぞ。葉名島のガキ共《ども》、よう見《み》とれよ。浦津《うらつ》のやくざの喧嘩《けんか》を見せてやるからの」

もうひとりの男が不敵《ふてき》な笑《わら》いを口元《くちもと》に浮《う》かべて言った。

誠吾が修平たちをふりかえって、神社《じんじゃ》の方《ほう》へ帰《かえ》るように険《けわ》しい顔《かお》をして指《ゆび》さした。

「どうしたよ、先生よ。子供の前《まえ》じゃ喧嘩はできんか」

「負《ま》けたら恰好《かっこう》が悪《わる》いかの」

「この野郎」

男が誠吾の顔を殴《なぐ》りつけた。誠吾は男の拳《こぶし》を避《さ》けなかった。鈍《にぶ》い音《おと》がした。もうひとりの男が誠吾の背中《せなか》を蹴《け》りつけた。誠吾は前によろけた。その誠吾の顔を別《べつ》の男が蹴《け》り上《あ》げた。男たちは交互《こうご》に誠吾を殴りはじめた。

「機関車先生、やっちまえよ」

修平と満《みつる》が叫《さけ》んだ。

誠吾は歯《は》を喰《く》いしばったまま殴られても蹴られても相手《あいて》を睨《にら》みつけている。

「先生、そいつらを倒《たお》して」

洋子が半《はん》べそになって叫んだ。

「おい、先生よ。可愛《かわい》い生徒《せいと》が泣《な》いてるぞ。かかって来《こ》れんのか」

男が誠吾の胸倉《むなぐら》をつかんで言った。

「葉名島は屁《へ》みたいな島じゃから、先公《せんこう》まで屁みたいに性根《しょうね》がないのう。ほれ、おまえらの先公は弱《よわ》いのう」

うしろの男が笑《わら》いながら言った。

胸倉《むなぐら》をつかんだ男《おとこ》が誠吾《せいご》の顔《かお》に唾《つば》を吐《は》いた。もうひとりの男が誠吾の足《あし》を横《よこ》から蹴《け》った。誠吾はよろけて地面《じめん》に手《て》をついた。

「弱虫《よわむし》、機関車先生《きかんしゃせんせい》の弱虫」

景子《けいこ》が泣《な》きながら叫《さけ》んだ。

「それ、弱虫と生徒《せいと》が言《い》うとるぞ」

誠吾は立《た》ち上《あ》がって、男の目《め》を見《み》て近《ちか》づいて行《い》った。

「ほう、やるのか」

誠吾は首《くび》を横にふった。

「根性無《こんじょうな》しが、とっとと葉名島《はなじま》に戻《もど》って鰯《いわし》でも追《お》い駆《か》けとれ」

誠吾の頬《ほお》を打《う》つ音《おと》が続《つづ》いた。

「機関車先生の弱虫」

生徒たちが一斉《いっせい》に去《さ》って行った。

「どうした、何《なに》かつまらぬことでもあったのか、そんなにふくれっ面《つら》をして」

るい婆《ばあ》さんが窓《まど》に頬杖《ほおづえ》ついていたヨウに声《こえ》をかけた。

「機関車先生は銀《ぎん》の男と違《ちが》っとった。機関車先生は弱虫じゃった」

ヨウが言うと、るい婆さんは孫《まご》の横顔《よこがお》をじっと見て、

「弱虫の方《ほう》がええ。強《つよ》いのは早死《はやじ》にする」

と言った。

「駄目《だめ》だよ。弱虫は駄目だ。あいつらは悪《わる》い奴《やつ》だったんだから」

「悪い奴は放《ほ》っといてもくたばるもんじゃ」

「葉名島を馬鹿《ばか》にした」

「悪い奴の言うことなんかに耳《みみ》を貸《か》すな」

「いやだ。弱虫はいやだ」

ヨウは身体《からだ》をよじらせて言った。

「わしにはあの先生は弱虫には見えなんだがの」

「弱虫だった。男に殴《なぐ》られても何《なに》もしなかった」

「ほおう、何もせなんだか」

ヨウは浦津《うらつ》の天満宮《てんまんぐう》の境内《けいだい》で見た機関車先生の無様《ぶざま》な姿《すがた》を思《おも》い出《だ》して、また涙《なみだ》があふれてきた。

「あの先生は何もせなんだか、それはそれは……」

ヨウはるい婆さんの言葉《ことば》に首を横にふり続けた。

その夜《よる》、ヨウは夢《ゆめ》で二度目《どめ》を覚《さ》ました。

目を開《あ》けると、うす闇《やみ》の中《なか》にるい婆《ばあ》さんの鼾《いびき》の音《おと》だけが聞《き》こえた。

ヨウは起《お》き上《あ》がって窓《まど》を開けた。空《そら》には夏《なつ》にむかう星座《せいざ》がかがやいていた。

今《いま》しがた見《み》た夢を思《おも》い出《だ》して、ヨウは眉間《みけん》にしわを寄《よ》せた。

銀《ぎん》の男《おとこ》がマントを着《き》たむささびにこてんこてんに打《う》ちまかされていた。勝《か》ち誇《ほこ》ったように日向《ひな》ッ原《ぱら》の空を飛《と》ぶむささびの笑《わら》い声《ごえ》が気味悪《きみわる》くて、ヨウは目覚《めざ》めた。

銀の男が皇子《おうじ》さまだ、と信《しん》じていたヨウの考《かんが》えが打《う》ち砕《くだ》かれた。

――銀の男はやっぱり機関車先生《きかんしゃせんせい》だったんだ。だからむささびにあんなに簡単《かんたん》にやられてしまったんだ。銀の男も機関車先生も弱虫《よわむし》だもの……。

ヨウは星《ほし》を見つめているうちにまた涙《なみだ》があふれてきた。

「眠《ねむ》れんか」

るい婆さんの声《こえ》がした。

ヨウはふりむかずにうなずいた。

「ヨウはあの先生が弱虫なのがいやか」

「いやだ」

「嫌《きら》いになったか」

「……わからん。けど弱虫は嫌いだ」

「そうか、わしにはあの先生は強《つよ》いお人《ひと》に見えたがの」

「悪《わる》い奴《やつ》に喧嘩《けんか》で負《ま》けとった」

「喧嘩をしたのか、あの先生が」

「うん」

「尻尾《しっぽ》を巻《ま》いて逃《に》げ出《だ》したか」

「逃げはせんかった」

「ほおう、逃げはせなんだか。なら喧嘩じゃあるまい」

「けど殴《なぐ》られても何《なに》もせなんだ。機関車先生は怖《こわ》かったんじゃ」

「怖けりゃ逃げとるがの」

「…………」

ヨウは返事《へんじ》ができなくなった。

「婆《ばあ》ちゃんにはわからん。ヨウはこの目で弱虫の機関車先生を見たんだから」

「わしも見てみたかった」

「見ない方《ほう》がよかった。ヨウは機関車先生が大好《だいす》き……」

そこまで言《い》ってヨウは口《くち》をおさえた。

るい婆《ばあ》さんが笑《わら》ったような気《き》がした。ヨウは唇《くちびる》を噛《か》んでふりむいた。おおきな鼾《いびき》がはじまっていた。

「ヨウは機関車先生《きかんしゃせんせい》のことなんか大嫌《だいきら》いじゃ。もう顔《かお》も見《み》たくない」

るい婆さんの返事《へんじ》はなく、先刻《さっき》よりおおきな鼾が聞《き》こえていた。

誠吾《せいご》が教室《きょうしつ》に入《はい》ると、生徒《せいと》たちはそらぞらしい顔《かお》で誠吾を見ていた。

周一郎《しゅういちろう》は生徒たちの反応《はんのう》を見て苦《にが》りきった顔になった。

朝《あさ》の挨拶《あいさつ》も校歌《こうか》を合唱《がっしょう》する声《こえ》も冷《つめ》たく聞こえた。誠吾の顔も沈《しず》んだように元気《げんき》がなく映《うつ》った。

授業《じゅぎょう》がはじまっても昨日《きのう》までの誠吾に甘《あま》えるような生徒たちの態度《たいど》は失《う》せていた。

神社《じんじゃ》で起《お》こった事《こと》の成《な》り行《ゆ》きは妙子《たえこ》から一部始終《いちぶしじゅう》を帰《かえ》りの連絡船《れんらくせん》の中《なか》で聞いていた。

――吉岡《よしおか》先生はよく辛抱《しんぼう》してくれた。

話《はなし》を聞いて周一郎は誠吾の意志《いし》の強《つよ》さに感謝《かんしゃ》をした。

しかし吉岡先生の行動《こうどう》をどうやって生徒たちに理解《りかい》させたらよいものか、周一郎には良策《りょうさく》が見つからなかった。

「葉名島《はなじま》のことをあんなに馬鹿《ばか》にされたのに先生はただ殴《なぐ》られてばっかりだった」

くやし涙《なみだ》をためて周一郎に説明《せつめい》していた妙子の顔を思い出《おもだ》して、島《しま》の人間《にんげん》が浦津《うらつ》の人間に対《たい》して抱《いだ》いている特別《とくべつ》な感情《かんじょう》が子供《こども》たちにもあるのだろうと思った。

諸岡《もろおか》の息子《むすこ》との剣道《けんどう》の稽古《けいこ》を目《ま》の当《あた》りに見ている周一郎には誠吾の強さがわかる。

それをどうやって生徒たちに伝《つた》えたらいいのだろうか。

放課後《ほうかご》、周一郎はハナコの小屋《こや》の前《まえ》でぼんやりと豆狸《まめだぬき》の子《こ》たちの様子《ようす》を見ていた。

「校長《こうちょう》先生、郵便屋《ゆうびんや》さんが来《き》てます」

妙子が雑巾《ぞうきん》を片手《かたて》に報《しら》せてきた。

教務室《きょうむしつ》の前に郵便夫《ゆうびんふ》が立《た》っていた。

「電報《でんぽう》です」

「ごくろうさんです」

発信先《はっしんさき》を見ると、浦津の教育委員会《きょういくいいんかい》からだった。

――シンニンキヨウシ　キマツタ　レンラクコウ
電報の文字《もじ》を読《よ》んで周一郎はため息《いき》をこぼした。

「校長先生、何《なん》ですか」

妙子が聞いた。

「何《なん》でもありません」

周一郎《しゅういちろう》は電報《でんぽう》をポケットに入《い》れるととぼとぼと校長室《こうちょうしつ》の方《ほう》へ戻《もど》って行《い》った。

誠吾《せいご》が生徒《せいと》たちの作文《さくぶん》を読《よ》んでいた。

「吉岡先生《よしおかせんせい》、少《すこ》しつき合《あ》ってもらえますか」

周一郎は誠吾に笑《わら》いかけた。顔《かお》の左半分《ひだりはんぶん》がざくろのように腫《は》れ上《あ》がった誠吾が白《しろ》い歯《は》を見《み》せた。

二人《ふたり》は小学校《しょうがっこう》の裏手《うらて》から来目山《くめざん》の東側《ひがしがわ》の山径《やまみち》を歩《ある》いていた。

「阿部《あべ》先生が驚《おどろ》いていたでしょう。吉岡先生の顔を見て」

誠吾は笑いながら頭《あたま》を掻《か》いた。

「葉名島《はなじま》はどうですか」

誠吾は嬉《うれ》しそうに二度《ど》、三度《ど》うなずいた。

「そうですか、それは良《よ》かった。こんなちいさな島《しま》でも厄介《やっかい》なことは多《おお》いもんです。先生が嫌《いや》になられてるんじゃないかと、私心配《わたししんぱい》してるんです」

誠吾が立《た》ち止《ど》まって、ひとさし指《ゆび》で自分《じぶん》の胸《むね》をさしてから島全体《ぜんたい》を両手《りょうて》でつつむようにし、子供《こども》たちの頭《あたま》を撫《な》でる仕種《しぐさ》をしてから、喉《のど》のあたりで親指《おやゆび》とひとさし指を開《ひら》いてつまむように前《まえ》にのばして、

――私はこの島も子供たちも大好《だいす》きです。

と手話《しゅわ》で周一郎に話《はな》した。

「そうですか、先生は、島も、子供たちも、大好きですか。そりゃよかった」

と周一郎が覚《おぼ》えた手話を思《おも》い出《だ》しながら言《い》い直《なお》した。誠吾がおおきくうなずいた。そうして胸の前で左手《ひだりて》の甲《こう》へ相撲《すもう》の手刀《てがたな》のように右手《みぎて》を一回《かい》ぽんと当《あ》てて跳《は》ね上《あ》げ、周一郎にありがとうの仕種《しぐさ》をした。

「いいえ、感謝《かんしゃ》しているのは私の方です。先生が見えて下《くだ》さってから生徒《せいと》たちが明《あか》るくなりました。私も生徒もあなたからいろんなことを教《おし》えてもらってます。あの子《こ》たちが大人《おとな》になった時《とき》にきっと先生に教えてもらったことのおおきさがわかるはずです」

周一郎は歩きながら、

「私はできれば先生にずっとこの島にいてもらいたいんです。私も生徒たちももっともっと先生と一緒《いっしょ》にいて、いろんなことを教《おそ》わりたいと思っています」

と熱《ねっ》っぽく話した。

やがて灯台《とうだい》が見えて、彼方《かなた》に白波《しらなみ》を立てる海《うみ》がひろがった。

二人は灯台の左手の崖道《がけみち》を歩いて、豊後水道《ぶんごすいどう》からの海流《かいりゅう》が押《お》し寄《よ》せるちいさな入江《いりえ》に出《で》た。

「先生《せんせい》、あの崖《がけ》の中腹《ちゅうふく》に横長《よこなが》の窪地《くぼち》のようなものが見《み》えるでしょう」

周一郎《しゅういちろう》が指《ゆび》さした崖の中程《なかほど》にそこだけ岩《いわ》が削《けず》り取《と》られた場所《ばしょ》があった。

「あれは海軍《かいぐん》の弾薬庫《だんやくこ》の跡《あと》なんですよ」

周一郎は岩に腰《こし》かけてじっとその窪地を見つめていた。

「もっとも弾薬は結局《けっきょく》運《はこ》ばれなかったんです。もし弾薬を運んでいたら、この島《しま》は爆《ばく》撃《げき》を被《こうむ》って吹《ふ》っ飛《と》んでたでしょう。ほら、あの窪地の下《した》に尖《とが》った四角《しかく》の岩が見えるでしょう。あれを島の者《もの》は八子部《やこぶ》の裏切《うらぎ》り岩《いわ》と呼《よ》んでいた時期《じき》があるんですよ。ヤコブというのは島のある女《おんな》がドイツ人《じん》との間《あいだ》に産《う》んだ子供《こども》のことでして、彼女《かのじょ》は浦津《うらつ》の遊《ゆう》廓《かく》で働《はたら》いておる時《とき》にそのドイツ人に見初《みそ》められたんですね。男《おとこ》は母国《ぼこく》に帰《かえ》って彼女は島に子供と戻《もど》ってきたんです。ヤコブは子供の頃《ころ》からいじめられましてね。なにしろ髪《かみ》の毛《け》が真《ま》っ赤《か》でしたから。しかし気《き》のやさしい子供で母親《ははおや》を助《たす》けてよく働いていました。昭和《しょうわ》二十年《ねん》の春先《はるさき》でしたか、敗戦《はいせん》の色《いろ》が濃《こ》くなってから、岩国《いわくに》の海軍基地《きち》から兵隊《へいたい》たちが突然《とつぜん》島に来《き》て、あそこに弾薬庫を作《つく》りはじめたんです。島の者も駆《か》り出《だ》されましてね。私《わたし》もその工事《こうじ》に行《い》きました。ヤコブもその中《なか》にいました。何《なに》を作っているのか教《おし》えてもらえませんでしたが、だいたい見当《けんとう》はつきました。その頃はもう敵《てき》の偵察機《ていさつき》が島の上空《じょうくう》を飛《と》んでましたからね。ある時兵隊のひとりが『ここに爆弾《ばくだん》を運んだら、この島も爆撃されるんだろうな』とふともらしたんです。それを耳《みみ》にした島の者は皆《みんな》驚《おどろ》きました。島を出ようと考《かんが》えた者もいました。ところがそれから数日後《すうじつご》、あの岩の上《うえ》で焚火《たきび》をはじめたものがおりました。兵隊たちはあわてました。ところがあの岩までは波《なみ》が荒《あら》くてなかなか近《ちか》づけないんです。翌朝《よくあさ》見ると誰《だれ》もいませんでした。奇妙《きみょう》な話《はなし》だと皆思《おも》いましたが、兵隊たちは自分《じぶん》たちの弾薬庫がここにあると偵察機に教えているようなものだから大変《たいへん》でした。次《つぎ》の夜《よる》また焚火が燃《も》えました。兵隊たちが鉄砲《てっぽう》で撃《う》ちましたが火《ひ》は消《き》えるはずはありません。私、見てたんです。ヤコブがそこへ小舟《こぶね》で行くのを。どうしてそんなことをするんだ、殺《ころ》されるぞ、と言《い》ったんです。ヤコブは『これは自分のやることだ。黙《だま》っていてくれ』と言いました。三日目《みっかめ》の夜、焚火にむかって機関銃《きかんじゅう》が何百発《なんびゃっぱつ》と撃たれました。夜が明《あ》けると、岩の上でヤコブが死《し》んでいました。やはりヤコブはスパイだったと言うことになって、母親が岩国に連《つ》れて行かれました。島の長老《ちょうろう》たちも厳《きび》しい取《と》り調《しら》べを受《う》けました。皆ヤコブを恨《うら》みました。母親はそれっきり帰ってきませんでした。ヤコブの遺体《いたい》は放《ほう》ったままになっていました。火《ひ》の玉《たま》が出るという噂《うわさ》が出ました。工事は中止《ちゅうし》になり、しばらくして戦《せん》争《そう》は終《おわ》りました」

そこまで話《はな》して周一郎《しゅういちろう》はおおきなため息《いき》をついた。

誠吾《せいご》はじっと四角《しかく》い岩《いわ》を見《み》ていた。

周一郎は鞄《かばん》の奥《おく》から紐《ひも》の付《つ》いたちいさな玉《たま》のようなものを出《だ》した。

「これ何《なん》だかわかりますか。これね、ボタンなんですよ。銀製《ぎんせい》です。ヤコブが私《わたし》と初《はじ》めて口《くち》をきいた時《とき》にくれたんです。彼《かれ》の父親《ちちおや》の形見《かたみ》だそうです。私が彼に声《こえ》をかけた最初《さいしょ》の島《しま》の男《おとこ》だったらしいんです。つまり、最初の友《とも》だちだったんでしょう。たぶんヤコブは彼の一番大事《いちばんだいじ》な物《もの》を私にくれたんです。そうして私がヤコブと最後《さいご》に口をきいた島の人間《にんげん》でした。私ね、自分《じぶん》が何《なに》かに負《ま》けそうになった時、このボタンを見るんです。何《なに》も語《かた》らないで、何の代償《だいしょう》も求《もと》めないで、素晴《すば》らしいことをできる友だちが自分にはいたんだと……」

周一郎の淡々《たんたん》とした言葉《ことば》は誠吾の胸《むね》の奥《おく》に響《ひび》いていった。

波《なみ》が容赦《ようしゃ》なく岩にぶつかっていた。風音《かざおと》とも潮騒《しおさい》ともつかない音《おと》の中《なか》に誰《だれ》かの声が聞《き》こえた気《き》がした。

積乱雲《せきらんうん》が水平線《すいへいせん》から湧《わ》き立《た》っていた。

白《しろ》い雲《くも》と青《あお》い空《そら》と群青《ぐんじょう》の海《うみ》が葉名島《はなじま》をかこんでいる。

「おーい、修平《しゅうへい》。早《はや》く来《こ》んか」

周一郎が来目山《くめざん》にむかう山径《やまみち》から日向《ひな》ッ原《ぱら》を見下《みお》ろして言《い》った。

「修平、列《れつ》を離《はな》れないで」

最上級生《さいじょうきゅうせい》の妙子《たえこ》が怒《おこ》ったような声で、日向ッ原を駆《か》けて来《く》る修平に叫《さけ》んだ。

「わかっとるて」

修平は不満《ふまん》そうに唇《くちびる》を突《つ》き出《だ》して走《はし》る。

先頭《せんとう》を行《い》く誠吾は両手《りょうて》でおおきな木箱《きばこ》をかかえている。

「吉岡先生、代《かわ》りましょうか」

周一郎が誠吾に言った。

「機関車《きかんしゃ》先生、ハナコはどうしてる？」

景子《けいこ》が誠吾の持《も》つ木箱を見た。

誠吾が笑《わら》ってうなずくと、景子と美保子《みほこ》が顔《かお》を見合《みあ》わせて笑った。

やがて来目山の中腹《ちゅうふく》にあるおおきな樫《かし》の木《き》の下《した》に着《つ》くと、

「ここで昼食《ちゅうしょく》にします」

と周一郎が生徒《せいと》たちに言った。

樫《かし》の木陰《こかげ》に皆座《みんなすわ》って弁当《べんとう》を開《ひら》いた。

「腹《はら》が空《す》いたのう」

満《みつる》は隆司《たかし》と並《なら》んで弁当を食《た》べはじめた。

ハナコと仔狸《こだぬき》の入《はい》った箱《はこ》のかたわらに景子《けいこ》と美保子《みほこ》が座っている。その隣《となり》で周一《しゅういち》郎《ろう》と誠吾《せいご》がよねのこしらえた特大《とくだい》の握《にぎ》り飯《めし》を食べはじめた。

洋子《ようこ》と修平《しゅうへい》の二人《ふたり》が、少《すこ》し離《はな》れた場所《ばしょ》にいる。

浦津《うらつ》の事件以来《じけんいらい》、洋子は誠吾と口《くち》をきこうとしなかった。それは満も修平も同《おな》じだった。

「ヨウよ、その沢庵《こうこ》しなびとるの」

「婆《ばあ》ちゃんが漬《つ》けると皆こうなるよ」

「ひとつもろうていいか」

「うん」

洋子が修平に弁当を差《さ》し出《だ》した。修平が沢庵《たくあん》をひと切《き》れつまんで口に入《い》れた。

「おう、けど、こりゃうまいの」

「そうでしょ」

洋子は景子の話《はなし》にうなずいている誠吾を見《み》て、眉《まゆ》をひそめた。

「機関車《きかんしゃ》なんか放《ほ》っとけ。弱虫《よわむし》はわしは好《す》かん」

修平の言葉《ことば》に洋子は唇《くちびる》を噛《か》んだ。

周一郎は二人をじっと見て、

「吉岡先生、今日《きょう》の午後《ごご》から見学《けんがく》する葉名島灯台《はなじまとうだい》の相原整《あいはらひとし》は私《わたし》の教え子《おしご》なんです。歳《とし》もちょうど先生と同じくらいだと思《おも》います。子供《こども》の時《とき》から真面目《まじめ》な子《こ》でして、灯台守《とうだいもり》の仕事《しごと》も一生懸命《いっしょうけんめい》やってくれてます。きっと先生とは気《き》が合《あ》うような気がします」

と言《い》った。

「ただひとつ心配事《しんぱいごと》がありましてな……」

誠吾が周一郎を見た。

「彼《かれ》の奥《おく》さんの具合《ぐあい》があまりよくありませんでね。私が二人の仲人《なこうど》をしたんです。いい奥さんでね。しかし彼の親戚《しんせき》たちが奥さんをもらうのに反対《はんたい》したんですよ。奥さんが広島《ひろしま》でピカに遭《あ》ってたらしいんです。原爆《げんばく》のことですよ。このあたりにはピカに遭った人間《にんげん》は多《おお》いんです。皆そのことは黙《だま》って生《い》きています。もう戦争《せんそう》が終《おわ》って十数年《じゅうすうねん》以上《いじょう》が経《た》つというのに、ピカに遭った人《ひと》が今《いま》でもどこかで死《し》んでいます……。本当《ほんとう》に人間は愚《おろ》かなことをします」

その時《とき》、雑木林《ぞうきばやし》の方《ほう》から乾《かわ》いたような鳴《な》き声《ごえ》がした。

周一郎《しゅういちろう》が耳《みみ》をぴくりと動《うご》かして、周囲《しゅうい》の気配《けはい》をうかがうようにした。また鳴《な》き声《ごえ》がした。

「来《き》ましたな」

周一郎が立《た》ち上《あ》がった。

修平《しゅうへい》が雑木林《ぞうきばやし》の方《ほう》を睨《にら》んでいる。

「修平、じっとしていろ」

周一郎が小声《こごえ》で言《い》った。

また鳴き声がした。すると木箱《きばこ》の中《なか》から木槌《きづち》を打《う》ったようなハナコの声《こえ》がした。

「仔狸《こだぬき》の父《とう》さんが来《き》たんだ」

景子《けいこ》が叫《さけ》んだ。

ハナコの鳴き声が続《つづ》いて、木箱の板《いた》を搔《か》きむしる音《おと》がした。仔狸たちも鳴きはじめた。

周一郎が用心深《ようじんぶか》く雑木林の方へ近寄《ちかよ》って行《い》く。誠吾《せいご》が周一郎の肩《かた》を叩《たた》いて、雑木林の一角《いっかく》を指《ゆび》さした。

黒《くろ》い影《かげ》が草《くさ》むらに見《み》えた。

「ど、どこですか」

周一郎が早口《はやくち》で言った。

「ほら、左《ひだり》の白《しろ》い木《き》の下《した》にいるよ」

いつの間《ま》にか洋子《ようこ》がかたわらに来ていた。

「おう、いるいる。たしかに豆狸《まめだぬき》じゃ」

狸《たぬき》はじっとこちらの様子《ようす》をうかがっているように動かない。

「さあ、おまえたち離《はな》れなさい。吉岡先生《よしおかせんせい》、箱《はこ》をこっちへ」

誠吾が木箱をかかえると、中でハナコの声がした。

「ハナコ、騒《さわ》ぐなって、すぐに会《あ》わせてやるからな」

周一郎が言った。樫《かし》の木と雑木林の間《あいだ》の草《くさ》っ原《ぱら》に木箱を置《お》くと、周一郎が蓋《ふた》を抜《ぬ》き取《と》った。子供《こども》たちはすぐそばに来て周一郎のズボンをつかんで顔《かお》を出《だ》していた。

「来《く》るな、と言うたろうに」

ハナコが飛《と》び出《だ》して、きょろきょろと周囲《しゅうい》を見回《みまわ》した。ハナコはすぐに雑木林の一点《いってん》をじっと見《み》つめ出《だ》した。そうして一度《いちど》、周一郎たちをふりむいた。

「さあ、皆《みんな》むこうへ行くぞ」

子供たちも足音《あしおと》を立てぬよう静《しず》かに後《あと》ずさった。

「ハナコ、大丈夫《だいじょうぶ》か」

修平《しゅうへい》が声《こえ》をかけた。

「いいから、こっちへ来《き》なさい」

雑木林《ぞうきばやし》から豆狸《まめだぬき》が一匹《ぴき》あらわれてゆっくりとハナコの方《ほう》へ近寄《ちかよ》りはじめた。ハナコが、甘《あま》えるような声《こえ》を出《だ》した。すると木箱《きばこ》の中《なか》からぞろぞろと仔狸《こだぬき》たちが出《で》てきた。

「一匹、二匹《ひき》、三匹《びき》、四匹《ひき》……、あれ、一匹足《た》らんぞ」

満《みつる》が言《い》った。

ハナコは仔狸たちを眺《なが》めて木箱に戻《もど》ると、一匹の仔狸をくわえて出てきた。

「かしこいの、ハナコは」

「だって、お母《かあ》さんだもの」

「あれが父《とう》ちゃんなのか。なんか少《すこ》しきたならしいの、修平」

満が修平に言うと、

「そんなことはありはせん。強《つよ》そうな父ちゃんじゃないか」

修平は怒《おこ》ったように言った。

「そうじゃ、あれは立派《りっぱ》な父《とう》さん狸《たぬき》じゃ」

周一郎《しゅういちろう》が言った。

ハナコたちに父狸《ちちだぬき》が近《ちか》づいて行《い》く。時折《ときおり》、父狸は周一郎たちを見《み》る。そんなことはまるでおかまいなしに、一匹の仔狸が父狸にむかって走《はし》り出《だ》した。仔狸が父狸の足元《あしもと》にぶつかるように飛《と》びついてひっくり返《かえ》ると、父狸が仔狸の背中《せなか》を舐《な》め出《だ》した。

「会《あ》えた、会えた」

景子《けいこ》が手《て》を叩《たた》いた。

「こら静《しず》かにせんか」

周一郎の声《こえ》にもおかまいなしに、皆一斉《みんないっせい》に手を叩《たた》き出《だ》した。

仔狸たちはそんな騒《さわ》ぎも聞《き》こえない様子《ようす》で父狸のところへ次《つぎ》から次へ飛《と》び込《こ》んで行った。ハナコが離《はな》れようとする仔狸を口《くち》にくわえて父狸のところへ連《つ》れて行く。ハナコも時々《ときどき》父狸に鼻《はな》をすり寄《よ》せる。

父狸が雑木林にむかって歩《ある》きはじめた。仔狸たちがあとから飛《と》び跳《は》ねるように続《つづ》いて行く。ハナコもゆっくりと最後《さいご》から歩《ある》き出《だ》した。

「ハナコ」

景子が大声《おおごえ》で叫《さけ》んだ。

「ハナコ、良《よ》かったね」

景子の声が泣《な》き声《ごえ》になっている。

狸《たぬき》の家族《かぞく》は雑木林に消《き》えて行く。

その時《とき》、ハナコが立《た》ち止《ど》まって、皆《みんな》の方《ほう》をふりむいた。

「あっ、こっちを見《み》てる」

美保子《みほこ》が言《い》った。

「さよならって言ってんだよ」

洋子《ようこ》が言った。

「ハナコ、さよなら」

「元気《げんき》でね」

「ずっと一緒《いっしょ》にいろよ」

皆の声《こえ》が聞《き》こえたようにハナコはすぐにむき直《なお》って、雑木林《ぞうきばやし》の中《なか》に消《き》えた。

子供《こども》たちの目《め》がうるんでいた。周一郎《しゅういちろう》も同《おな》じだった。

「良《よ》かったのう、父《とう》ちゃんのところへ行《い》けて……良かったのう」

修平《しゅうへい》が声を詰《つ》まらせて言った。

「本当《ほんとう》じゃ、良かった、良かった。皆よく世話《せわ》をしてくれたの。本当に、ありがとう」

周一郎が子供たちに丁寧《ていねい》にお辞儀《じぎ》した。上《あ》げた顔《かお》がくしゃくしゃになっていた。

灯台《とうだい》の物見台《ものみだい》から眺《なが》めた瀬戸内海《せとないかい》は白波《しらなみ》が立《た》って、何千《なんぜん》という数《かず》の兎《うさぎ》が走《はし》っているように見えた。右手《みぎて》に九州《きゅうしゅう》、国東半島《くにさきはんとう》の突端《とったん》が青《あお》く霞《かす》んで、左手《ひだりて》には四国《しこく》、佐田岬《さだみさき》が水平線《すいへいせん》に浮《う》かんでいる。

子供たちは潮風《しおかぜ》に髪《かみ》をなびかせて、目《め》の前《まえ》にひろがる海《うみ》を見つめていた。

「東《ひがし》シナ海《かい》はどっちになるのかの？」

修平が聞いた。

「南西《なんせい》だから、こっちの方角《ほうがく》ですね」

相原《あいはら》が国東半島の方を指《ゆび》さして言った。

「遠《とお》いのかの」

「そうだね」

洋子は相原が指さした方角をじっと睨《にら》んでいる修平の横顔《よこがお》を見ていた。

「修平だったら、すぐに行けるよ」

洋子が耳元《みみもと》でささやいた。修平はおおきくうなずいて、目をかがやかせた。

周一郎は二人《ふたり》の会話《かいわ》を耳《みみ》にして、

「ほれ、皆、あっちを見てみなさい」

と灯台《とうだい》の下《した》の入江《いりえ》を指《ゆび》さした。

入江には豊後《ぶんご》水道《すいどう》からの荒《あら》い潮流《ちょうりゅう》が真下《ました》の崖《がけ》にぶつかって波《なみ》しぶきを上《あ》げていた。

誠吾《せいご》も周一郎《しゅういちろう》が言《い》った入江を見《み》た。

八子部《やこぶ》の岩《いわ》が波《なみ》に洗《あら》われて、見《み》え隠《かく》れしていた。

「あの窪地《くぼち》の下に尖《とが》った四角《しかく》い形《かたち》をした岩が見えるだろう」

周一郎が子供《こども》たちに言った。

「どれじゃ？　あの魚《さかな》の頭《あたま》みたいなのか」

修平《しゅうへい》が聞《き》いた。

「そうじゃ」

「あれはスパイがおった岩じゃろう」

満《みつる》が言った。

「そんな話《はなし》、誰《だれ》に聞いたんじゃ？　満よ」

修平が聞いた。

「家《いえ》の若衆《わかしゅう》から聞いたことがある」

「スパイって何《なん》じゃや？」

「悪者《わるもの》じゃ」

満が自慢気《じまんげ》に言った。

「満、それは違《ちが》うんじゃぞ。あれは八子部の岩と言うてな……」

周一郎は先日《せんじつ》誠吾に語《かた》った、葉名島《はなじま》を戦災《せんさい》から救《すく》うために自分《じぶん》から犠牲《ぎせい》になって死《し》んで行《い》ったヤコブの話を子供たちにはじめた。

子供たちは周一郎の話《はな》すヤコブの焚火《たきび》のことをうなずきながら聞いていた。周一郎が話を終《お》えると、子供たちはもう一度《いちど》八子部の岩を見下《みお》ろした。

「どうして戦争《せんそう》をしたんじゃ」

修平が言った。

「どうしてだと思《おも》う？　修平」

周一郎が修平に聞いた。

修平が首《くび》を横《よこ》にふった。

「人間《にんげん》は昔《むかし》から戦争を何回《なんかい》もしてきたんじゃ。その度《たび》に大勢《おおぜい》の人《ひと》が死んだ。葉名島からも何人《なんにん》もの人が戦争に連《つ》れて行かれて帰《かえ》ってこなんだ。そんな馬鹿《ばか》なことを二度《にど》とくり返《かえ》さないぞ、と思うのに、またどこかで戦争がはじまる。人間はそれをくり返してきた」

「どうして悪《わる》いこととわかって、同《おな》じことをくり返してきたんですか」

妙子《たえこ》が聞《き》いた。

「それはな、皆《みんな》がヤコブのように人《ひと》と人が争《あらそ》うことが醜《みにく》いこととわかっとらんからだ。ヤコブはこの島《しま》で髪《かみ》の毛《け》が赤《あか》かっただけで石《いし》を投《な》げられた。修平《しゅうへい》、もし君《きみ》がそんなことで石を投げられたら、どうする？」

周一郎《しゅういちろう》が修平に言《い》った。

「わしは、そいつに石を投《な》げ返《かえ》したる」

修平が怒《おこ》ったように言った。

「そいつがまた石を投げ返したらどうする？」

「また投げ返してやる」

「そうか、投げ返すか……。なぜ投げ返すか？」

「そりゃそいつが憎《にく》ったらしいからじゃ」

「憎いか」

「憎いに決《き》まっとる」

修平が本気《ほんき》で怒《おこ》り出《だ》した。

「それが戦争《せんそう》のはじまりじゃ」

「戦争の？」

「そうじゃ、人が人を憎いとか、悪《わる》い奴《やつ》じゃと決めたところから戦争がはじまるんじゃ。戦争はな、国《くに》と国が争うように見《み》えるが、本当《ほんとう》は人間《にんげん》のこころの中《なか》からはじまっとるんじゃ」

「ようわからんの」

「君たちが大人《おとな》になって、日本《にほん》という国がまた立派《りっぱ》になった時《とき》、誰《だれ》かがあそこの国が悪いとか、憎ったらしいとか言《い》い出《だ》した時に、本当にそうなのかをよく考《かんが》えられる人間にならねばいかん。自分《じぶん》が正《ただ》しいと思《おも》ったら、それを実行《じっこう》できる人間になることじゃ。ヤコブがなぜ何《なに》も言わずに死《し》んだのかを考えてほしい」

「なぜなの？」

洋子《ようこ》が聞いた。

「それはな、あの時代《じだい》に、ヤコブが戦争がいけない、と言い出したら、きっとひどい目《め》に遭《あ》わされたからじゃ。島の人間もこころの奥《おく》では戦争はいけないこととわかった者《もの》もおる。けどそれを口《くち》にしたら、皆からいじめられ、石を投げられたんじゃ。いいか、君たちが大人になった時に、正しいと思ったらそのことをはっきり口に出《だ》して言える人に、私《わたし》はなってほしい。相手《あいて》に石を投げられたり、殴《なぐ》られても、それをすぐやり返《かえ》さずに我慢《がまん》ができる人になってほしいんじゃ。本当に強《つよ》い人間は決《けっ》して自分で手《て》を上《あ》げないものじゃ」

子供《こども》たちが一斉《いっせい》に誠吾《せいご》の方《ほう》を見《み》た。

誠吾は黙《だま》って、うつむいていた。

「私《わたし》はこの島《しま》が好《す》きなんです。この島で生《う》まれて育《そだ》って、広島《ひろしま》の大学《だいがく》で勉強《べんきょう》している間《あいだ》もずっと葉名島《はなじま》のことを忘《わす》れませんでした。妻《つま》をこの島に連《つ》れて帰《かえ》った時《とき》、彼女《かのじょ》がこう言《い》いました。葉名島はきっと神様《かみさま》がこしらえた島だと、でないと、こんなに綺麗《きれい》で、こんなにやさしい島にはならないはずだと……」

相原《あいはら》は海《うみ》を見ながらゆっくりと話《はな》した。

誠吾は相原の静《しず》かな話しぶりに好感《こうかん》が持《も》てた。

「吉岡先生《よしおかせんせい》は葉名島がお好きですか」

誠吾を見た相原の目《め》は澄《す》んでいた。誠吾が黙ってうなずくと、相原は水平線《すいへいせん》を見つめて、

「先生ならわかってもらえる気《き》がするんですが……、この島では海から声《こえ》が聞《き》こえる時があるんですよ。波音《なみおと》とも潮風《しおかぜ》の音《おと》とも違《ちが》うんです。一年《ねん》の内《うち》に幾夜《いくよ》か、波音も風《かざ》音《おと》もしない、ほんとうに静かな夜《よる》があるんです。その時に耳《みみ》の奥《おく》に、かすかな声が聞

こえてくるんです。話《はな》し声《ごえ》というより、ささやきに近《ちか》いものです。その声が私に何《なに》かを語《かた》ろうとしているんです。それがずっと何《なん》なのかわかりませんでした。妻をもらって、この灯台《とうだい》で初《はじ》めて眠《ねむ》った夜に、彼女もその声が聞こえると言ったんです。私は何と言ってるんだと彼女に聞いたんです。彼女は、自分《じぶん》にもよくわからないのだけど、とてもなつかしい気持《きも》ちになる、と言いました。先生はこの島に来《こ》られて、その声を聞かれたことがありますか」

と言った。

誠吾は首《くび》を横《よこ》にふった。

「梅雨《つゆ》も明《あ》けましたし、この西風《にしかぜ》が止《と》まると、きっと静かな夜が葉名島にやって来《き》ます。その時先生にもきっと聞こえるような気がします……」

相原は恥《はずか》しそうな顔《かお》で言って、

「変《へん》な話《はなし》をしてすみませんでした」

と頭《あたま》を下《さ》げた。

誠吾は相原に右手《みぎて》を差《さ》しのべて握手《あくしゅ》をすると、左手《ひだりて》のひとさし指《ゆび》で自分の胸《むね》をさし、右手を耳のうしろにあてがって声を聞くような仕種《しぐさ》をして、うなずいた。

「ありがとう」

相原《あいはら》が笑《わら》って言《い》った。

葉名浜《はなはま》に生徒《せいと》たちが整列《せいれつ》して体操《たいそう》をしていた。

赤《あか》ふんどしに白《しろ》い水泳帽子《すいえいぼうし》をかぶった周一郎《しゅういちろう》と誠吾《せいご》が両手《りょうて》を回《まわ》している。目《め》の前《まえ》に並《なら》んだ子供《こども》たちは男《おとこ》の子《こ》は同《おな》じように赤ふんどしをして、女《おんな》の子《こ》は黒《くろ》い水着《みずぎ》を着《き》ていた。

「本日《ほんじつ》は体育《たいいく》の水泳教室《きょうしつ》をはじめます。景子《けいこ》、隆司《たかし》、美保子《みほこ》は赤《あか》ブイより沖《おき》へは出《で》ないように、他《ほか》の上級生《じょうきゅうせい》はその先《さき》の白《しろ》ブイより沖へは泳《およ》いで行《い》かないこと」

「あんな白ブイなんか、へっちゃらだよな」

修平《しゅうへい》が言《い》うと、満《みつる》がうなずいた。

「こら、修平、わかったのか」

周一郎が怒鳴《どな》り声《ごえ》を上《あ》げた。

「わかったけど、あの白ブイまではもう何《なん》べんもわしは行っとるし、隆司だってあそこまでは泳《およ》ぎ切《き》るぞ、校長先生《こうちょうせんせい》」

修平が隆司を見《み》て言った。

「うん、泳ぎ切る」

隆司が大声《おおごえ》で言った。

「そんなことはわかっとる。しかし学校《がっこう》ではいかんのだ」

「どうしてじゃ」

「とにかく、いかんことはいかん」

周一郎は口《くち》ごもりながら言った。

葉名島《はなじま》の子供たちは歩《ある》きはじめると同時《どうじ》に海《うみ》の中《なか》に入《はい》って育《そだ》っているから、泳ぐことは歩くことと同じくらいに、身体《からだ》で覚《おぼ》えていた。

誠吾が妙子《たえこ》と満と修平と洋子《ようこ》を連《つ》れて海に入った。

まず誠吾が皆《みんな》にクロールで泳いでみせた。

音《おと》も立《た》てずに水面《すいめん》に身体をかたむけたかと思《おも》うと、誠吾の身体は鋭《するど》く水《みず》を切《き》って進《すす》んだ。

四人《にん》とも顔《かお》を見合《みあ》わせた。見《み》る見るうちに誠吾が離《はな》れて行った。

「たまげたのう」

修平が目を丸《まる》くして、満を見た。

「はやいの、機関車《きかんしゃ》は」

満《みつる》がため息《いき》をこぼした。

「オリンピックの選手《せんしゅ》みたいだわね、洋子《ようこ》」

妙子《たえこ》の声《こえ》に洋子もうなずいた。

引《ひ》き返《かえ》してくる誠吾《せいご》の頭《あたま》がたちまち近《ちか》づいた。

誠吾がひとりひとりにクロールの腕《うで》の使《つか》い方《かた》を教《おし》えた。両手《りょうて》を引かれて、バタ足《あし》の練習《れんしゅう》がはじまった。

洋子は自分《じぶん》の順番《じゅんばん》が近《ちか》づくと胸《むね》がどきどきした。修平《しゅうへい》の練習が終《おわ》った。

誠吾が洋子を手招《てまね》いた。洋子はゆっくりと誠吾の差《さ》し出《だ》した手《て》を握《にぎ》った。

おおきくてやわらかい手だった。洋子は身体《からだ》が熱《あつ》くなった。途中片手《とちゅうかたて》でお腹《なか》をかかえ上《あ》げられて、腕の動《うご》かし方《かた》を教《おそ》わった。自分でも顔《かお》が赤《あか》くなっているのがわかった。

水泳《すいえい》の練習が終って、皆《みんな》で砂浜《すなはま》に塔《とう》をこしらえた。

「おい、もっと高《たか》くしようぜ」

修平が砂《すな》を盛《も》り上《あ》げた塔をこわした。

「何《なに》するの」

洋子が声《こえ》を上《あ》げた。

「もっともっと高い方《ほう》がええだろうが」

「なら自分ひとりで作《つく》ればいい」

「どうして急《きゅう》に怒《おこ》り出《だ》すんじゃ」

「男の子《おとこのこ》は嫌《きら》いなんだよ」

「変《へん》なことを言《い》うな」

「いいからあっちへ行《い》って」

修平が首《くび》をかしげながら隆司《たかし》を連《つ》れて行った。

「おや、皆、今日《きょう》は海水浴《かいすいよく》かい？」

女《おんな》の声にふりむくと、着物姿《きものすがた》のよし江《え》が笑《わら》って立《た》っていた。

「よし江おばちゃん」

景子《けいこ》が手をふった。

「おばちゃんはおよしよ。あっ、こんにちは、校長先生《こうちょうせんせい》。そうやって見《み》てると、まだ若《わか》いんですね」

「こら、年寄《としよ》りをからかうんじゃない」

「すみません。吉岡《よしおか》先生、先生」

よし江が美保子《みほこ》の隣《となり》で砂の塔をこしらえている誠吾を呼《よ》んだ。

誠吾《せいご》がふりむくと、よし江《え》はうれしそうな顔《かお》で、

「今晩《こんばん》、待《ま》ってるわ」

と投《な》げキスを送《おく》った。

「こら、よし江、いい加減《かげん》にせんか」

周一郎《しゅういちろう》が大声《おおごえ》で言《い》うと、よし江は赤《あか》い舌先《したさき》をぺろりと出《だ》して、首《くび》をすくめた。

男《おとこ》たちの賑《にぎ》やかな声《こえ》がした。

見《み》ると桟橋《さんばし》の方《ほう》から、若《わか》い男たちが数人笑《すうにんわら》い声《ごえ》を上《あ》げながら浜《はま》にあらわれた。

素平《そっぺい》とツネと千太《せんた》。それに美作《みまさか》の船《ふね》に乗《の》っている若い漁師《りょうし》たちもいた。

「おう、見物人《けんぶつにん》がたくさんおって稽古《けいこ》のしがいがあるの」

素平が言った。

相撲《すもう》のまわしをつけていた。ツネと千太もまわしをつけている。

「浜相撲《はまずもう》の稽古か」

満《みつる》が大声で言うと、

「そうですわ。満坊《ぼっ》ちゃん。やりますか」

と素平は肩《かた》をいからせて言った。

「おう、よし江。元気《げんき》か」

素平がよし江の姿《すがた》を見《み》つけて言った。

「ふん、何《なに》を言ってんだ」

よし江が足元《あしもと》の砂《すな》を蹴《け》って怒鳴《どな》った。

「今夜《こんや》は飲《の》みに行《い》ってやるからよ」

「おまえなんか顔を出さなくていい。今夜は吉岡先生《よしおかせんせい》が来《き》てくれるんだから」

笑《わら》っていた素平の顔が急《きゅう》に険《けわ》しくなった。

「なに、吉岡だと」

「そうよ、吉岡先生よ。おまえなんかより強《つよ》くていい男だよ」

「なんだと」

「そうだ、そうだ。素平より強いんだよ。機関車先生《きかんしゃ》は」

急に大声がして、皆《みんな》がそちらを見た。

洋子《ようこ》だった。

「ほらみろ、子供《こども》だってわかってんだよ」

「こら、やめんか。おまえたち」

「素平なんか、あっと言う間《ま》に負けちゃうよ」

洋子がまた声を上げた。

「洋子《ようこ》、よさんか。何《なに》を言《い》ってるんだ。争《あらそ》いごとはいかんと、この間《あいだ》も話《はな》したばかりだろう」

周一郎《しゅういちろう》が洋子の方《ほう》に駆《か》けて行《い》った。

洋子は逃《に》げながら、

「素平《そっぺい》なんか機関車先生《きかんしゃせんせい》にかなうもんか」

と言《い》い続《つづ》けた。

「そうだ、そうだ。機関車先生の方が強《つよ》いに決《き》まっとるわい」

修平《しゅうへい》が隆司《たかし》と二人《ふたり》で素平にむかって怒鳴《どな》った。

「おい、そこの先公《せんこう》」

素平の目《め》の色《いろ》が変《か》わった。

「やめんか、素平。おまえたちも何を言っとるんだ。さあ、学校《がっこう》へ戻《もど》るぞ」

周一郎が言った。

「待《ま》て、校長《こうちょう》さん。ここまで言われて俺《おれ》が引《ひ》き下《さ》がれるか。俺は喧嘩《けんか》をしようって言うんじゃない。相撲《すもう》だ。相撲をさせてくれと言ってるんだ。でないと、俺は許《ゆる》さんぞ」

「うるさい。何を言っとるんだ。子供《こども》たちの前《まえ》でそんなことは許さん」

「逃げるのか、吉岡《よしおか》。子供の前でこそこそ逃《に》げ出《だ》すのか」

誠吾《せいご》は知《し》らぬふりをして美保子《みほこ》の手《て》を引いて歩《ある》きはじめている。

「機関車先生、素平をやっつけてやって。これは喧嘩じゃないでしょう。校長先生の言ってた戦争《せんそう》の話《はなし》とは別《べつ》でしょ」

洋子が誠吾の前に立《た》ちはだかって言った。

誠吾は洋子の顔《かお》を見《み》た。洋子の目から涙《なみだ》が流《なが》れ出《だ》していた。

「機関車先生、ヨウは嫌《いや》だよ。逃げ出すのは」

誠吾が周一郎の方をふりむいた。

周一郎がうなずいた。

誠吾は黙《だま》って、素平にむかって歩《ある》き出《だ》した。

「よう、吉岡先生。待《ま》ってました」

よし江《え》がうれしそうに声《こえ》を上《あ》げた。

「よし、やるんだな。ちっとは骨《ほね》があるんだな、面白《おもしろ》いじゃないか」

素平が舌嘗《したな》めずりをしながら言った。

千太《せんた》が砂浜《すなはま》に円《えん》を描《えが》いた。

「よし、わかりました。先生も素平も思《おも》い切《き》ってやりたまえ。私《わたし》が行司《ぎょうじ》をしましょう」

と周一郎《しゅういちろう》が腕《うで》まくりをした。

「素平《そっぺい》、叩《たた》きのめしてやれよ」

ツネが言《い》った。

誠吾《せいご》が素平を睨《にら》んで、土俵《どひょう》の中《なか》に入《はい》った。

誠吾を睨《にら》み返《かえ》した素平の肩《かた》の筋肉《きんにく》が急《きゅう》に盛《も》り上《あ》がった。

周一郎が二人《ふたり》の間《あいだ》に手刀《てがたな》を入《い》れた。

「がんばれ、機関車先生《きかんしゃせんせい》」

洋子《ようこ》がよし江《え》の着物《きもの》の袖《そで》をつかんで言った。

「惚《ほ》れてんだね、あんたもあの先生に」

よし江が洋子の手《て》を取《と》った。

洋子はよし江の言葉《ことば》の意味《いみ》もわからず、二度《ど》三度《ど》とうなずいて、土俵を見《み》つめていた。

ガツン、と鈍《にぶ》い音《おと》がして、誠吾と素平の頭《あたま》がぶつかった。

おうっ、その音のおおきさに千太《せんた》とツネがため息《いき》をこぼした。

二人はぶつかりあった額《ひたい》を合《あ》わせたまま互《たが》いの二《に》の腕《うで》をつかみ、土俵の中央《ちゅうおう》で押《お》し合《あ》っている。一見《いっけん》、動《うご》きが止《と》まっているように見えるが、素平の肩の筋肉は盛り上がったままさらに力《ちから》を込《こ》めて誠吾を押《お》し切《き》ろうとしている。誠吾は背《せ》をまるめて、砂地《すなち》にめりこんだ足《あし》を少《すこ》しずつすり上《あ》げながら素平の上半身《じょうはんしん》を起《お》こそうとしている。

「ほら、素平。いっきに吹《ふ》っ飛《と》ばしてやれ」

千太が声《こえ》を上《あ》げた。

いつもなら土俵の外《そと》の声援《せいえん》に白《しろ》い歯《は》を見せ余裕《よゆう》のあるところを見せる素平が、唇《くちびる》を嚙《か》みしめたまま真剣《しんけん》な目《め》で相手《あいて》の動きをうかがっていた。

素平の上半身がわずかに伸《の》び上《あ》がりはじめた。

フウッ、と素平が息《いき》をひとつ吐《は》いた途端《とたん》に誠吾が頭を素平の胸《むね》につけ、両腕《りょううで》を素早《すばや》く差《さ》し込《こ》んでもろ差《ざ》しの体勢《たいせい》にした。素平の上半身が伸《の》び切《き》った。誠吾はいっきに素平を土俵際《どひょうぎわ》まで押《お》し寄《よ》せた。そのまま誠吾が押し切るかに見えたが、素平も土俵際から腰《こし》を落《お》として岩《いわ》のように動かなくなった。

彼《かれ》は歯をむき出《だ》しにして、誠吾におおいかぶさり身体《からだ》をあずけ、右手《みぎて》で誠吾のズボンのベルトをつかんでたぐりよせ、左手《ひだりて》は誠吾の後頭部《こうとうぶ》を鷲摑《わしづか》みにしてそのまま押しつぶすようにおさえはじめた。

誠吾は腰を低《ひく》くしているが、おおきな素平の上半身にかかえこまれてエビのように背中《せなか》をまるめている。素平《そっぺい》が誠吾《せいご》の上半身《じょうはんしん》を揺《ゆ》さぶりはじめた。腹《はら》の底《そこ》から絞《しぼ》りあげる素平の声《こえ》が、誠吾の身体《からだ》を右《みぎ》に左《ひだり》に揺さぶるたびに聞《き》こえた。

「よし素平、そのまま先公《せんこう》の背骨《せぼね》をへし折《お》ってしまえ」

ツネが大声《おおごえ》で言《い》った。

洋子《ようこ》がよし江《え》の手《て》を握《にぎ》り返《かえ》した。

「機関車先生《きかんしゃせんせい》、がんばれ」

美保子《みほこ》と景子《けいこ》が声を上《あ》げた。

真《ま》っ赤《か》になった素平の顔《かお》がかすかに笑《わら》った。

「首《くび》を絞《し》めとるぞ、反則《はんそく》じゃ」

修平《しゅうへい》が土俵際《どひょうぎわ》にしゃがみ込《こ》んで周一郎《しゅういちろう》に怒鳴《どな》った。

「うるさい、よう見《み》とれ」

素平が大声を上げて、誠吾の身体を右手《みぎて》一本《ぽん》でかかえ上《あ》げはじめた。素平が背中をそらせて誠吾を釣《つ》り上《あ》げようとしている。しかし誠吾の身体はがっしりと地面《じめん》にへばりついている。

「機関車先生」

子供《こども》たちの声が重《かさ》なった。

「ほざいても、もうここまでじゃ」

素平が唸《うな》り声を出《だ》して誠吾をつかんだ両腕《りょううで》を引《ひ》き上《あ》げた。

「このうすら先公《せんこう》が……」

素平はさらに声を出して、誠吾を持《も》ち上《あ》げようと力《りき》んだ。むいた目《め》が飛《と》び出《だ》してしまうほどおおきくなった。ところがその目の玉《たま》が急《きゅう》にくるりとひと回《まわ》りした。

「あら、逆《ぎゃく》になっちまうよ」

よし江がすっとんきょうな声を出した。

「あっ、素平が浮《う》いてる」

洋子が言った。

見ると、いつの間《ま》にか両腕を素平の腰《こし》に巻《ま》きつけていた誠吾が、しゃがみ込んでいた身体を少《すこ》しずつ持ち上げていた。

素平はあわてて腰を下《お》ろそうとしているが、彼《かれ》の足《あし》はすでにつま先立《さきだ》っていて、そのうえ背中に回《まわ》った誠吾の両手《りょうて》が頑《がん》と組《く》まれて素平の上半身を締《し》め上《あ》げていた。素平の両足《りょうあし》が宙《ちゅう》に浮いていた。素平が言葉《ことば》にならない呻《うめ》き声《ごえ》を上げた。太《ふと》い首が力《ちから》を失《うしな》ったように左右《さゆう》に揺れている。

「すげえー」

修平《しゅうへい》が満《みつる》の顔《かお》を見《み》て言《い》った。

「どうした素平《そっぺい》、何《なに》やってんだ」

千太《せんた》がいらだつように言った。

素平は誠吾《せいご》のベルトを握《にぎ》った手《て》を離《はな》して、両手《りょうて》で彼《かれ》の背中《せなか》を殴《なぐ》りつけた。誠吾の身体《からだ》は真《ま》っ直《す》ぐに伸《の》びて、びくともしない。素平がまた両手をふり上《あ》げた。誠吾が宙《ちゅう》に浮《う》かんだ素平の身体を左右《さゆう》に揺《ゆ》さぶった。

ヒイーッ、と素平は悲鳴《ひめい》をあげて、ふり上げた手をだらりと下《お》ろした。素平の身体は台風《たいふう》の大風《おおかぜ》に木《き》の上《うえ》で揺れている凧《たこ》のように見えた。子供《こども》たちは初《はじ》めて見る、島《しま》で一番《いちばん》の強力者《ごうりきもの》の素平が赤《あか》ん坊《ぼう》のようにかかえ上《あ》げられている姿《すがた》に目《め》を丸《まる》くした。

誠吾は素平の身体をそのまま両手で頭《あたま》の上《うえ》まで突《つ》き上《あ》げると、驚《おどろ》いて見ているの千太とツネのいる砂地《すなち》に放《ほう》り投《な》げた。

地響《じひび》きを上《あ》げて、素平は砂《すな》の上に落《お》ちると、ごろりとあおむけに転《ころ》がった。口《くち》を半《はん》開《びら》きにして、青空《あおぞら》に目をむいている素平と、土俵《どひょう》の中《なか》に立《た》って肩《かた》で息《いき》をしている誠吾を、千太とツネは同《おな》じように口をあけたまま交互《こうご》に見比《みくら》べていた。

周一郎《しゅういちろう》が手刀《てがたな》を誠吾に差《さ》し出《だ》して、

「お見事《みごと》。吉岡先生《よしおかせんせい》の勝《か》ち」

と言った。

「わあい、勝《か》った。機関車《きかんしゃ》先生が勝ったよ」

洋子《ようこ》が両手を上げて、誠吾に飛《と》びついて行《い》った。

「やっぱり、機関車先生は本当《ほんとう》は強《つよ》かったんだ」

洋子がうれしそうに言った。

よし江《え》が拍手《はくしゅ》した。子供たちも皆《みな》手を叩《たた》いた。

誠吾は恥《はず》かしそうに顔を赤《あか》らめてうつむいていた。

修平だけが黙《だま》って誠吾を見ていた。


「おい修平、機関車がおらんようになるって知《し》っとるか」

修平は読《よ》んでいた漫画本《まんがぼん》から急《きゅう》に顔を上げて満を見た。

「さっき妙子《たえこ》が校長《こうちょう》先生と話《はな》しとるのを聞《き》いたんじゃ、機関車は口がきけんから、やっぱり先生は無理《むり》なんじゃろうかの」

「…………」

満《みつる》の言葉《ことば》に修平《しゅうへい》は返事《へんじ》をせず校庭《こうてい》を見《み》ていた。修平の目《め》の中《なか》に、校庭の隅《すみ》の鉄棒《てつぼう》の修理《しゅうり》をしている誠吾《せいご》の姿《すがた》が映《うつ》った。

誠吾のかたわらに洋子《ようこ》がいる。

洋子がうれしそうに笑《わら》っているのが、遠目《とおめ》でもわかった。

「あいつ何《なに》を話《はな》しとるんじゃ、すぐに仲良《なかよ》うなりやがって……」

修平が小声《こごえ》でつぶやいた。

「何《なに》か言《い》うたか？　修平」

満が修平の読《よ》んでいた漫画本《まんがぼん》をめくりながら言った。

「何《なに》も言いはせん」

修平は満から漫画本を取《と》り上《あ》げると、唇《くちびる》を突《つ》き出《だ》して本《ほん》に鼻《はな》をつけるようにして読みはじめた。

「おかしな奴《やつ》じゃの、急《きゅう》に怒《おこ》りだして。明後日《あさって》からは夏休《なつやす》みじゃと言うのによ」

満は首《くび》をかしげながら教室《きょうしつ》を出《で》て行《い》った。満と交替《こうたい》に妙子《たえこ》が教室に戻《もど》ってきた。

「妙子」

修平が妙子を呼《よ》んだ。

「何？」

「ちょっと来《こ》いって」

「何よ。いたずらの相談《そうだん》なら嫌《いや》よ」

「機関車《きかんしゃ》がおらんようになるって、ほんとか」

「誰《だれ》に聞《き》いたの」

「さっき満が言うとった。妙子と佐古《さこ》のおっさんが話しとるのを聞いたって」

「もう、盗《ぬす》み聞《ぎ》きばかりして」

「ほんとか？」

「新《あたら》しい先生《せんせい》が浦津《うらつ》から見《み》えるんですって」

「いつじゃ」

「二学期《がっき》になったら」

「そうしたら機関車は島《しま》を出て行くのか」

「私《わたし》も校長《こうちょう》先生にそのことを聞いたの」

「何《なん》と言うとったか、佐古のおっさんは」

「校長先生はずっと吉岡《よしおか》先生に水見色小学校《みずみいろしょうがっこう》にいて欲《ほ》しいんですって。けど、新しい先生と吉岡先生の二人《ふたり》がここに居《お》れるほど、うちの学校《がっこう》は大《おお》きくないからっておっしゃってた」

「じゃ、やっぱり出《で》て行《い》くんじゃないか」

「だから校長先生《こうちょうせんせい》は何《なに》か名案《めいあん》はないもんかって頭《あたま》をかかえてた。あっ、それとこのことは他《ほか》の子《こ》には内緒《ないしょ》にしておいてね。吉岡《よしおか》先生にもよ。話《はな》しちゃいけないと校長先生に言《い》われてるから」

妙子《たえこ》は自分《じぶん》の机《つくえ》に戻《もど》ると、午後《ごご》からの授業《じゅぎょう》の教科書《きょうかしょ》を揃《そろ》えはじめた。それから教壇《きょうだん》へ行くと、黒板《こくばん》のチョークを点検《てんけん》し、教壇の机の前《まえ》に立《た》った。そこには誠吾《せいご》と生徒《せいと》たちが伝言板《でんごんばん》と呼《よ》んでいる画板《がばん》ほどのおおきさの白板《しらいた》があった。

妙子はじっとその白板を見《み》ていた。

「やっぱり、私《わたし》は嫌《いや》だ」

妙子がおおきな声《こえ》で言った。

修平《しゅうへい》が妙子の声に驚《おどろ》いて、教壇を見た。妙子は両手《りょうて》で白板を胸元《むなもと》にかかえていた。

「私は嫌だ。吉岡先生が葉名島《はなじま》からいなくなるなんて、絶対《ぜったい》に嫌だ。だってそうでしょ。修平だって変《へん》だと思《おも》わない。先生が口《くち》がきけないってことだけで、追《お》い出《だ》されちゃうなんておかしいでしょ。一学期《がっき》の間《あいだ》、吉岡先生が私たちに勉強《べんきょう》を教《おし》えてくれていて、不自由《ふじゆう》なことなんか何《なに》ひとつなかったじゃない。そうでしょ。修平もそう思うでしょ」

「………」

修平は何も言わずに額《ひたい》にしわを寄《よ》せて妙子を見ていた。

「修平だって、吉岡先生にずっとこの島《しま》にいて欲《ほ》しいでしょ。私、もう一度《いちど》校長先生のところへ行って来《く》るわ」

妙子は白板を胸《むね》にかかえたまま教室《きょうしつ》の外《そと》へ飛《と》び出《だ》して行った。

新桟橋《しんさんばし》の角《かど》にある〝どら〟のカウンターに誠吾はひとりで座《すわ》っていた。

「ねえ、先生。一杯《いっぱい》ついでちょうだいな」

よし江《え》がカウンターの中《なか》から、盃《さかずき》を差《さ》し出《だ》した。誠吾は考《かんが》え事《ごと》でもしていたのか、よし江の言葉《ことば》に思《おも》い出《だ》したように目《め》の前《まえ》の銚子《ちょうし》を取《と》った。

「どうしたのさ。うかない顔《かお》をしてるよ。何か悩《なや》みごとでもあるの」

誠吾は口元《くちもと》をゆるめて首《くび》を横《よこ》にふった。

七時《じ》に待《ま》ち合《あ》わせた周一郎《しゅういちろう》と阿部《あべ》よねがまだ姿《すがた》を見せなかった。

下宿先《げしゆくさき》のよねの家《いえ》を出《で》る時《とき》に、

「先生、周一郎が私に何か用事《ようじ》があるらしいから、先《さき》に〝どら〟へ行っておいて下《くだ》さい」

とよねに言《い》われた。

それは別《べつ》に気《き》にかけることではなかったが、誠吾《せいご》が気《き》がかりだったのは、今日《きょう》の午《ご》後《ご》、授業《じゅぎょう》をはじめた時《とき》の生徒《せいと》たちの様子《ようす》だった。

最上級生《さいじょうきゅうせい》の妙子《たえこ》の目《め》が泣《な》いたように赤《あか》くはれていた。いつもなら正面《しょうめん》から自分《じぶん》を見《み》つめる妙子が終始《しゅうし》うつむいていた。近頃《ちかごろ》ずっと冷《ひ》ややかな目で誠吾を眺《なが》めていた修《しゅう》平《へい》の表情《ひょうじょう》が、どこかもの想《おも》いに耽《ふけ》っているように見えた。いつもなら何事《なにごと》にも無頓《むとん》着《ちゃく》な満《みつる》までが誠吾の顔《かお》をじっと見ていた。

――何《なに》かあったのだろうか。

授業が終《お》わって、誠吾は洋子《ようこ》に一緒《いっしょ》に帰《かえ》ろうと誘《さそ》われた。浦津《うらつ》の神社《じんじゃ》での一件以来《いっけんいらい》ずっと誠吾から目をそむけていた洋子がひさしぶりに声《こえ》をかけてくれた。

「先生《せんせい》、まだ終らないの」

職員室《しょくいんしつ》に顔を出《だ》した洋子を見て、周一郎《しゅういちろう》が、

「吉岡《よしおか》先生、お先《さき》にどうぞ。たまには洋子と二人《ふたり》で帰ってやって下《くだ》さい。私《わたし》は豆狸《まめだぬき》の論文《ろんぶん》の残《のこ》りを少《すこ》し整理《せいり》してから引《ひ》き揚《あ》げますから……」

と言った。

坂道《さかみち》を洋子と二人で歩《ある》いていると、

「機関車《きかんしゃ》先生はずっと葉名島《はなじま》にいてくれるんでしょう」

と洋子が言った。

明《あか》るい洋子の表情に笑《わら》ってうなずいたものの、誠吾にはこの三ヵ月《げつ》が、あっという間《ま》に過《す》ぎてしまい、自分がいつまでこの島《しま》に居《い》ることができるかどうか考《かんが》える時間《じかん》もなかった。

「ヨウは今度《こんど》先生の絵《え》を描《か》きたいんだ。いいよね」

洋子は誠吾の前《まえ》を跳《は》ねるように歩《ある》いていた。楽《たの》しそうな洋子のうしろ姿《すがた》を見ていると、妙子や修平のいつもと違《ちが》う様子が気にならなくなるのだが……、それでも誠吾は子供《こども》の頃《ころ》、母《はは》の文子《ふみこ》から、

――おまえは少し人《ひと》の顔色《かおいろ》を見過《みす》ぎます。もっとおおらかにしていていいんです。

と言われたほど、周囲《しゅうい》の人の気配《けはい》が変《か》わるのを人一倍敏感《ひといちばいびんかん》に察《さつ》した。ましてや子供たちは素直《すなお》な分《ぶん》だけ彼等《かれら》の胸中《きょうちゅう》の微妙《びみょう》な変化《へんか》がすぐに表情にあらわれる。

やはりどこかおかしい気がした。

「先生、先生ったら」

よし江が空《から》になった盃《さかずき》を誠吾《せいご》の目《め》の前《まえ》に突《つ》き出《だ》していた。

「どうしたっていうの？　今夜《こんや》はちょっと変《へん》だよ。失恋《しつれん》でもしたみたい。あっ、そうだ。前《まえ》から一度《いちど》聞《き》こうと思《おも》ってたんだ。先生《せんせい》は今《いま》まで人《ひと》を好《す》きになったことはあるの？」

誠吾はおおきくうなずいて、両手《りょうて》を少《すこ》し左右《さゆう》に広《ひろ》げながら指折《ゆびお》り数《かぞ》えるようにし、たくさんの人を好きになってきたことをよし江に伝《つた》えた。

「そうじゃなくて、これよ」

よし江が左手《ひだりて》の小指《こゆび》を突《つ》き立《た》てた。

「女《おんな》の人《ひと》を好きになったことがあるのって聞いてるの。恋《こい》をしたことがあるんですか」

誠吾は顔《かお》を赤《あか》らめて首《くび》を横《よこ》にふった。

「あら、本当《ほんとう》に？　それじゃ初恋《はっこい》もしたことがないの。呆《あき》れた」

誠吾が笑《わら》った。

「駄目《だめ》よ。若《わか》い男《おとこ》は恋愛《れんあい》をしなくっちゃ。なんなら私《わたし》が相手《あいて》になってあげてもいいわよ。こう見《み》えても、私って結構純情《けっこうじゅんじょう》なんだから」

その時《とき》、木戸《きど》が開《あ》いて、男たちが大声《おおごえ》で店《みせ》に入《はい》ってきた。

男たちはカウンターに座《すわ》っていた誠吾を見て一瞬立《いっしゅんた》ち止《ど》まった。

「いらっしゃい。昼間《ひるま》はご苦労《くろう》さん。とんだ当《あ》て外《はず》れだったわね。おやっ、浜《はま》でスルメになってた力持《ちからも》ちも一緒《いっしょ》かい」

素平《そっぺい》が苦虫《にがむし》をかみつぶしたような顔で店の中《なか》に入ってきた。千太《せんた》もツネもばつが悪《わる》そうに誠吾を見ていた。

誠吾は立《た》ち上《あ》がると、素平に丁寧《ていねい》に頭《あたま》を下《さ》げた。素平は誠吾の目《め》を睨《にら》みつけていた。誠吾も素平から目を離《はな》さなかった。千太もツネも緊張《きんちょう》して二人《ふたり》を見ていた。

「今日《きょう》は完敗《かんぱい》じゃった。先生よ、あんたはわしが初《はじ》めて逢《お》うた本物《ほんもの》の強力《ごうりき》じゃ。わしはあんたを見直《みなお》した」

素平が誠吾に右手《みぎて》を差《さ》し出《だ》した。誠吾も手を差し出した。二人は握手《あくしゅ》して、互《たが》いの目を見て笑った。

「いいとこあるんじゃないの、素平」

よし江が言《い》った。

「酒《さけ》じゃ、わしの宿敵《しゅくてき》に酒をご馳走《ちそう》してやるぞ」

「そうだな。乾杯《かんぱい》と行《い》こうぜ」

千太が言った。

「やっぱり海《うみ》の男《おとこ》だね、おまえたちも。素平《そっぺい》、私《わたし》はおまえを少《すこ》し見直《みなお》したよ」

「何《なに》を言《い》いやがる。さんざんこけにしやがってよ」

「これからはやさしくしてあげるよ」

「本当《ほんとう》だな」


「去《さ》って行《い》く者《もの》はいずれ去って行く。それが世《よ》の中《なか》の定《さだ》めじゃ」

よねが周一郎《しゅういちろう》に言った。

「わかっておる。しかし去る必要《ひつよう》がない者を追《お》い出《だ》すことはない」

周一郎は眉間《みけん》にしわを寄《よ》せて言った。

「なら、正直《しょうじき》に吉岡先生《よしおかせんせい》に話《はな》してみることじゃ。策《さく》を弄《ろう》する者は策に溺《おぼ》れるぞ。何事《なにごと》も正直に正面《しょうめん》からぶつかるのがええ」

「そうすれば吉岡先生は島《しま》を出《で》て行くようになる。あなたには吉岡先生という人《ひと》の繊《せん》細《さい》さがわかってないんだ」

「いや、充分《じゅうぶん》にわかっとる。あの先生はたしかにこの婆《ばあ》さんが見《み》ていても、えらく魅《み》力《りょく》がある。子供《こども》たちが先生を慕《した》っとる理由《りゆう》もよくわかる。けれど先生がこの島にずっと居《お》るにはそれなりの決心《けっしん》がいる」

「決心？」

「そうじゃ、吉岡先生がこの島に根《ね》をはって一本《ぽん》の木《き》になろうとする覚悟《かくご》が必要《ひつよう》じゃ。しかしそれは先生が自分《じぶん》で決《き》めなさることじゃ。わしらがどうできるものとは違《ちが》う」

「だから、それをどうするか考《かんが》えておるんじゃ」

周一郎は腕組《うでぐ》みをして目《め》を閉《と》じた。

よねは、やれやれ、という顔《かお》で立《た》ち上《あ》がった。

「どこへ行く？」

「その思案《しあん》の相手《あいて》と酒《さけ》を飲《の》むんじゃ」

「待《ま》て、わしも行く」

二人《ふたり》は立ち上がって阿部医院《あべいいん》を出た。坂道《さかみち》を下《お》りながら、

「今夜《こんや》は星《ほし》が一段《いちだん》と綺麗《きれい》じゃの」

とよねが夜空《よぞら》を見上《みあ》げて言った。

「浦津《うらつ》から新任《しんにん》の先生が来《く》るのはいつじゃ？」

「九月《がつ》の新学期《しんがっき》からだから、旧盆《きゅうぼん》を過《す》ぎた頃《ころ》には一度《いちど》挨拶《あいさつ》に見えるじゃろう」

「そうか……」

よねが星《ほし》を見《み》つめて立《た》ち止《ど》まった。

「吉岡先生《よしおかせんせい》が島《しま》に残《のこ》るとしたら、ひとつだけひょっとしたらということがある」

「何《なん》じゃ？　それは」

「嫁《よめ》を探《さが》せ」

「嫁？」

「そうじゃ、先生の嫁を探して葉名島《はなじま》で暮《くら》すようにさせればいい。昔《むかし》から島に流《なが》れついた男《おとこ》が住《す》むようになるのは島の女《おんな》を見初《みそ》めた時《とき》と相場《そうば》は決《き》まっとる」

「そんな娘《むすめ》は今《いま》、島にはおらんだろう」

「あの先生なら、わしが嫁になってもええ」

「冗談《じょうだん》を言《い》ってる時じゃない」

「わしは半分本気《はんぶんほんき》じゃ」

周一郎《しゅういちろう》がじっとよねの顔《かお》を見た。周一郎の視線《しせん》に気付《きづ》いて、よねが星から目《め》を離《はな》して周一郎を見た。

「冗談じゃ。何だ、その目付《めつ》きは……、嫁の候補《こうほ》がおらんとも思《おも》わんがの」

「誰《だれ》じゃ、その嫁の候補は」

「佐古美重子《さこみえこ》」

周一郎は突然出《とつぜんで》てきた自分《じぶん》の娘の名前《なまえ》に目を見開《みひら》いた。

「あれはとてもじゃないが」

「でもない。鳶《とんび》が鷹《たか》を産《う》んだのかもしれん。とにかく逢《あ》わせてみろ。男と女は思わぬことがあるかもしれん」

「………」

周一郎はまた腕組《うでぐ》みをした。

「さあ、早《はや》く行《い》くぞ」

「おっ、そうじゃ、大事《だいじ》なことをひとつ忘《わす》れとったわ」

「何じゃ」

「嫁の話《はなし》は考《かんが》えておく。とにかく吉岡先生がこの島に一日《いちにち》でも永《なが》く居《い》てくれるように、私《わたし》もいい案《あん》を考えた」

周一郎は胸《むね》のポケットから一枚《まい》の封筒《ふうとう》を取《と》り出《だ》した。

「実《じつ》は来月浦津《らいげつうらつ》で中国《ちゅうごく》、四国地区《しこくちく》の瀬戸内海剣道大会《せとないかいけんどうたいかい》が開《ひら》かれる。壮年《そうねん》の部《ぶ》で私にも出場依頼《しゅつじょういらい》があった。この試合《しあい》に吉岡先生に出場してもらおうと思っている」

「それは吉岡先生がこの島から出《で》て行かないための引《ひ》きのばしの案なのか」

「いや、違《ちが》う。私はこの島からも瀬戸内海の代表《だいひょう》となれるものが欲《ほ》しいんじゃ」

「豆狸《まめだぬき》みたいなものか？」

「そうじゃ、子供《こども》たちが誇《ほこ》りに思《おも》えるものが何《なに》かひとつ生《う》まれたらと……」

「なら出場《しゅつじょう》させればいい」

「賛成《さんせい》してくれるか？」

「無論《むろん》」

「なら網元《あみもと》のところへ、そのことを伝《つた》えに行《い》ってくれ」

「どうして？」

「出場《しゅつじょう》する限《かぎ》りは吉岡先生《よしおかせんせい》は葉名島《はなじま》の代表《だいひょう》となる。美作《みまさか》の許可《きょか》が必要《ひつよう》じゃ」

「わかった」

「そうか、なら早《はや》く〝どら〟へ行こう」

周一郎《しゅういちろう》が足早《あしばや》に坂《さか》を下《お》りはじめた。

「ちょっと待《ま》て、周一郎。まさかそのことをわしにさせるために、相談《そうだん》に来《き》たのではあるまいな」

よねが首《くび》をかしげて言《い》った。見《み》ると周一郎はすでに桟橋《さんばし》の手前《てまえ》を歩《ある》いていた。

夏《なつ》の陽差《ひざ》しが差《さ》し込《こ》む講堂《こうどう》に周一郎の掛《か》け声《ごえ》が木霊《こだま》していた。

講堂の中央《ちゅうおう》に剣道具《けんどうぐ》を付《つ》けた満《みつる》と修平《しゅうへい》に、浦津《うらつ》から戻《もど》ってきた藤尾潤三《ふじおじゅんぞう》が竹刀《しない》をふり上《あ》げていた。

三人《にん》の前《まえ》に誠吾《せいご》が竹刀の先《さき》をそれぞれの顔《かお》にむけて正眼《せいがん》に構《かま》えている。

「ほら、満、もっと竹刀をふり上げろ。そんな打《う》ち込《こ》みでは相手《あいて》を倒《たお》せんぞ」

背後《はいご》から周一郎が声《こえ》を出《だ》した。

講堂の隅《すみ》で妙子《たえこ》、洋子《ようこ》、景子《けいこ》、隆司《たかし》、美保子《みほこ》が見物《けんぶつ》していた。

洋子は膝《ひざ》の上《うえ》に画《が》板《ばん》を載《の》せて熱心《ねっしん》にスケッチをしている。

「洋子、潤三君《くん》の絵《え》も描《か》いてね。でき上《あ》がったら私《わたし》に一枚《まい》ちょうだいね」

妙子が言った。

「うん、いいよ」

「何《なに》よ、機関車《きかんしゃ》先生の絵ばかりじゃない」

洋子の絵をのぞいた妙子が怒《おこ》ったように言った。洋子は舌《した》をぺろりと出して、

「これが終《おわ》ったら潤三君の絵も描くよ」

と妙子を見てうなずいた。

「よし、面《めん》をつけろ」

四人《にん》の剣士《けんし》が面《めん》をつけて申《もう》し合《あ》い稽古《げいこ》をはじめた。

満《みつる》と修平《しゅうへい》と潤三《じゅんぞう》が威勢《いせい》のいい声《こえ》を上《あ》げて代《かわ》る代《がわ》るに誠吾《せいご》にむかって行《い》く。誠吾は彼《かれ》等《ら》の打《う》ち込《こ》みを丁寧《ていねい》に受《う》けてやりながら、最後《さいご》に乾《かわ》いた音《おと》を立《た》てて面を返《かえ》す。誠吾は修平を突《つ》き放《はな》して面を打《う》つ。それでも修平はあきらめずに、身体《からだ》ごとぶつかって行った。また突進《とっしん》して行く。

「そうだ、その闘志《とうし》だぞ、修平」

皆《みな》が夢中《むちゅう》で稽古《けいこ》をしていると、木戸《きど》が開《ひら》いて美重子《みえこ》が風呂敷包《ふろしきづつ》みを手《て》に入《はい》ってきた。

「はーい、お昼《ひる》ですよ」

美重子の声に周一郎《しゅういちろう》が、そこまで、と大声《おおごえ》を出《だ》した。

四人が面を外《はず》して美重子たちのところへ来《き》た。修平も満も汗《あせ》が玉《たま》のように頬《ほお》を伝《つた》って流《なが》れている。

おおきな握《にぎ》り飯《めし》が重箱《じゅうばこ》の中《なか》に並《なら》んでいた。

「剣道《けんどう》は腹《はら》が減《へ》るのう」

修平が握り飯を取《と》り上《あ》げて言《い》った。

「修平はいつもお腹《なか》が空《す》いてんじゃない」

洋子《ようこ》が言うと、皆が笑《わら》い出《だ》した。

美重子が周一郎と誠吾にお茶《ちゃ》を運《はこ》んで行く。

「ご苦労《くろう》さまです」

美重子が言うと、誠吾は笑《わら》ってうなずいた。

二人《ふたり》の様子《ようす》を周一郎が横目《よこめ》で見《み》ていた。

「何《なん》だか変《へん》だな」

洋子が言った。

「何《なに》が？」

妙子《たえこ》が聞《き》いた。

「校長先生《こうちようせんせい》の娘《むすめ》さん。機関車《きかんしや》先生のところにばかりいる」

「そうかな。どうしてそう思《おも》うの？」

「わからないけど……、何《なん》となく」

「変だよ、洋子。そんなこと気《き》にして……」

妙子の言葉《ことば》も聞かずに、洋子はおおきな目《め》で美重子を睨《にら》んでいる。

「修平、おまえはどうして面ばかりを打つんじゃ」

満が修平に言った。修平は握り飯をほおばりながら首《くび》をかしげている。

「満《みつる》、剣道《けんどう》の基本《きほん》は、やっぱり面打《めんう》ちなんだよ」

潤三《じゅんぞう》が言《い》った。

「どうして。小手《こて》や胴打《どうう》ちの方《ほう》がチャンバラだと恰好《かっこう》がいいけど……」

「恰好はそうかもしれないけど、面打ちが一番強《いちばんつよ》いと思《おも》うよ。そうですよね、吉岡先《よしおかせん》生《せい》」

潤三が誠吾《せいご》に聞《き》いた。

誠吾はおおきくうなずいて、右手《みぎて》で山《やま》のかたちをこしらえると、その山を真上《まうえ》から打《う》ち下《お》ろす仕種《しぐさ》をした。

「そうじゃ、潤三。吉岡先生が今話《いまはな》されたのは目《め》の前《まえ》にそびえるおおきな山をひと打《う》ちで崩《くず》してしまう気力《きりょく》で面《めん》を打つのが剣道の基本だということじゃ」

周一郎《しゅういちろう》が言った。

「山は切《き》り倒《たお》せんじゃろ」

修平《しゅうへい》が笑《わら》って言った。すると誠吾が首《くび》を横《よこ》にふって自分《じぶん》の胸元《むなもと》を指《ゆび》さしてから山のかたちをなぞってみせた。

「自分のこころの中《なか》にある山に竹刀《しない》を打ち下ろすように面を打つことだと、吉岡先生はおっしゃってるんだ」

「こころの中にある山？」

満が聞いた。

「ようわからんの」

修平はその話《はなし》にまるで興味《きょうみ》がない様子《ようす》で隆司《たかし》を相手《あいて》にキャッチボールをはじめた。

「お父《とう》さん……、今度《こんど》の大会《たいかい》は浦津《うらつ》でも評判《ひょうばん》のようですね。町《まち》のいたるところにポスターが貼《は》ってありますもの。そのポスターに参加《さんか》市町村《しちょうそん》の名前《なまえ》が載《の》っていて、ちゃんと葉名島《はなじま》の名前も書《か》いてありましたよ」

美重子《みえこ》が言った。

周一郎は娘《むすめ》の言葉《ことば》に満足《まんぞく》そうにうなずいた。

ちょうどその頃《ころ》、網元《あみもと》の美作重太郎《みまさかしげたろう》の家《いえ》に浦津の新聞社《しんぶんしゃ》の取材記者《しゅざいきしゃ》が訪《おとず》れていた。

「今回《こんかい》葉名島から瀬戸内海《せとないかい》剣道大会に初参加《はつさんか》をなさるということですが、葉名島の名《めい》士《し》である美作さんはどんな抱負《ほうふ》をお持《も》ちですか」

カメラマンのフラッシュが重太郎にむけて光《ひか》った。

「大変《たいへん》に期待《きたい》しています。私《わたし》の息子《むすこ》も出場《しゅつじょう》しますし……、元々《もともと》この葉名島は瀬戸内海を代表《だいひょう》する勇敢《ゆうかん》な水軍《すいぐん》をかかえていた島《しま》です。きっと島の人《ひと》たちの期待にこたえてくれると思います」

「青年一般《せいねんいっぱん》の部《ぶ》に出場《しゅつじょう》される吉岡誠吾《よしおかせいご》さんとはどんな方《かた》なんでしょうか」

「……、彼《かれ》にも大《おお》いに期待《きたい》をしています。と同時《どうじ》に今大会《こんたいかい》に出場することで葉名島《はなじま》の宣伝《せんでん》になればと思《おも》っています」

重太郎《しげたろう》は胸《むね》をそらして写真撮影《しゃしんさつえい》を待《ま》っていた。


「あんな剣士《けんし》がいつの間《ま》に葉名島におったんかや」

会場《かいじょう》のあちこちから勝《か》ちすすむ機関車先生《きかんしゃせんせい》の話《はなし》が出《で》ていた。

「吉岡誠吾……、聞《き》かん名前《なまえ》じゃの」

「島《しま》の小学校《しょうがっこう》の先生という話じゃぞ」

「学校《がっこう》の先生かや。それにしても強《つよ》いの」

「ほんとじゃ。面《めん》を打《う》ちこまれた者《もの》はそのまま棒立《ぼうだ》ちになっとる」

「このぶんじゃと、広島《ひろしま》の工《たくみ》五段《だん》との対決《たいけつ》が見《み》ものじゃて」

「おう、それよ。工五段は今年《ことし》三連覇《れんぱ》がかかっとるからの」

会場の一角《いっかく》に陣取《じんど》った水見色《みずみいろ》小学校の子供《こども》たちと、美作《みまさか》重太郎を真《ま》ん中《なか》に囲《かこ》んで応《おう》援《えん》している島の大人《おとな》たちは、吉岡誠吾が勝《か》ち上《あ》がるたびに大声《おおごえ》を出《だ》し拍手《はくしゅ》していた。

「いやもう、たいしたもんじゃの網元《あみもと》さん。やりよりますの、あの先生は」

千太《せんた》の声《こえ》に重太郎は腕組《うでぐ》みをしてうれしそうにうなずいていた。

「ほら素平《そっぺい》、あたしの言《い》った通《とお》りだろう。吉岡先生は強いって思ってたんだ」

よし江《え》が素平の肩《かた》を叩《たた》いて言った。

「うん、たいした野郎《やろう》だ。いや、先生だ」

子供たちは誠吾が登場《とうじょう》すると一斉《いっせい》に、

「機関車先生」

と声を揃《そろ》えて叫《さけ》んだ。

誠吾は一度《いちど》その声にこたえるように子供たちの方《ほう》を見《み》た。面の中《なか》の顔《かお》は見えないけど、子供たちには誠吾のやさしい表情《ひょうじょう》がわかる。

「君《きみ》たち、ねえ君たち」

子供たちに声をかけた男《おとこ》がいた。

皆《みんな》が声の方をふりむくと、牛乳壜《ぎゅうにゅうびん》の底《そこ》みたいな眼鏡《めがね》をかけ首《くび》からカメラをぶらさげた男が手帳《てちょう》を片手《かたて》に立《た》っていた。

「何《なに》？」

洋子《ようこ》が言った。

「あの剣士は君たちの先生なの？」

「そうよ」

「葉名島《はなじま》はどこにあるの」

「おじさん、誰《だれ》なの」

「あっ、私《わたし》は岡山《おかやま》の新聞記者《しんぶんきしゃ》です」

「新聞記者が葉名島を知《し》らんのか」

修平《しゅうへい》が頬《ほお》をふくらませて言《い》った。

「す、すみません」

「葉名島は浦津《うらつ》の沖《おき》にある島《しま》です」

妙子《たえこ》が笑《わら》って言った。

「葉名島小学校《しょうがっこう》ですか」

「いいえ、水見色《みずみいろ》小学校と言います」

「おい、試合《しあい》がはじまるぞ」

修平が言った。

「がんばれ、機関車先生《きかんしゃせんせい》」

「す、すみません。キカンシャ先生って何《なん》ですか」

始《はじ》め、と審判《しんぱん》の声《こえ》が響《ひび》いた。

対戦相手《たいせんあいて》のかん高《だか》い声が会場《かいじょう》に木霊《こだま》した。相手は竹刀《しない》の先《さき》を小刻《こきざ》みに揺《ゆ》らしながら、誠吾《せいご》の左手《ひだりて》へ半周回《はんしゅうまわ》った。

　そりゃあー、とまた高《たか》い声がした。誠吾は相手をじっと見据《みす》えたままほとんど動《うご》かない。

「そりゃあー、面《めん》」

　と叫《さけ》び声《ごえ》に似《に》た気合《きあ》いを発《はっ》して相手が誠吾に打《う》ち込《こ》んできた。相手の竹刀が誠吾の面先《めんさき》に当《あた》る寸前《すんぜん》で誠吾は身《み》を右《みぎ》に躱《かわ》し、体勢《たいせい》の崩《くず》れた相手があわてて向《む》き直《なお》ったところを上段《じょうだん》から面を打《う》ち下《お》ろした。

　一瞬《いっしゅん》、相手の動きが止《と》まって、

「面あり」

　と白《しろ》い小旗《こばた》が三本上《ぼんあ》がった。

　ウオーッ、と喚声《かんせい》が会場全体《ぜんたい》から沸《わ》き上《あ》がった。

「やった」

　葉名島の男《おとこ》たちが声を上げた。

　子供《こども》たちが一斉《いっせい》に飛《と》び上《あ》がった。

　今度《こんど》は相手がなかなか打ち込んでこなかった。誠吾がじりじりと相手との間合《まあ》いをせばめて行《い》く。

ほれえー、そりゃあー、と絞《しぼ》り上《あ》げたような相手《あいて》の声《こえ》ばかりが続《つづ》いた。誠吾《せいご》が少《すこ》しずつ近寄《ちかよ》って行く。相手は声を出《だ》しながら後《あと》ずさりをした。場外《じょうがい》の線《せん》まで下《さが》った時《とき》、相手が右《みぎ》に回《まわ》ろうとした。その瞬間《しゅんかん》、誠吾の身体《からだ》は白《しろ》い影《かげ》が飛《と》ぶように相手と交差《こうさ》した。

「面《めん》あり」

また三本《ぼん》の白旗《しろはた》が上《あ》がった。

「勝負《しょうぶ》あり」

ため息《いき》と喚声《かんせい》が起《お》こった。

「強《つよ》いなあ、これは大変《たいへん》な剣士《けんし》じゃ。すみません。どうしてキカンシャ先生《せんせい》なんですか」

先刻《さつき》の新聞記者《しんぶんきしゃ》が子供《こども》たちに聞《き》いた。

「機関車《きかんしゃ》みたいに強いからじゃ」

満《みつる》が自慢《じまん》気に言《い》った。

「機関車ね、たしかにおおきくて機関車みたいですね」

子供たちが立《た》ち上《あ》がって、誠吾の方《ほう》へ駆《か》け出《だ》した。

「それと、ちょっと待《ま》って下《くだ》さい。どうして機関車先生はさっきから一言《ひとこと》も声を出さないんですか。ちょっと皆《みな》さん、教《おし》えて下さい」

新聞記者があわてて子供たちを追《お》い駆《か》けた。

「さあ、あと二人《ふたり》倒《たお》せば瀬戸内海《せとないかい》で一番《いちばん》強い剣士が葉名島《はなじま》から誕生《たんじょう》しますね、網元《あみもと》さん。満坊《ぼう》ちゃんも入賞《にゅうしょう》したし、えらい一日《いちにち》になりますぞ」

素平《そっぺい》の声に重太郎《しげたろう》が何度《なんど》もうなずいた。

「佐古《さこ》さん、えらい剣士を連《つ》れてみえましたの」

佐古《さこ》周一郎は旧友《きゅうゆう》の工雄一《たくみゆういち》を見《み》た。

「これは工さん、ずいぶんご無沙汰《ぶさた》しまして」

「うちの倅《せがれ》の三連覇《れんぱ》も危《あぶ》ないようじゃ」

「何《なに》をおっしゃいます。工五段《だん》は去年《きょねん》の全国大会準優勝《ぜんこくたいかいじゅんゆうしょう》の剣士です。私《わたし》のところの吉岡君《よしおかくん》はここまで来《こ》れただけで上出来《じょうでき》です」

「そんなことないよ、校長《こうちょう》先生。機関車先生はきっと一番《いちばん》になるよ。ヨウは昨日《きのう》の夜《よる》、夢《ゆめ》で機関車先生が一番になっているところを見たもの。相手は先生の足元《あしもと》で目《め》を回してのびてたもん」

いつの間《ま》にか洋子《ようこ》が周一郎のそばにいた。

「これ何《なに》を言《い》うか」

工雄一《たくみゆういち》の眉《まゆ》がぴくりと上《あ》がった。

「ごぶさたしています、佐古先生《さこせんせい》」

剣道着《けんどうぎ》を着《き》た工昭雄《あきお》が立《た》っていた。

「おう、昭雄君《くん》。また一段《いちだん》と腕《うで》を上げられたようですね」

「いや、父《ちち》の猛特訓《もうとっくん》のおかげですよ」

そこへ身体《からだ》の強靱《きょうじん》そうな男《おとこ》たちがやって来《き》て、

「工先輩《せんぱい》、時間《じかん》です」

と試合《しあい》がはじまることを告《つ》げた。

「しかし佐古先生、あの吉岡《よしおか》という方《かた》は強《つよ》い剣士《けんし》ですね。あんな鋭《するど》い面打《めんう》ちを見《み》たのは初《はじ》めてです」

「先輩、何を言ってるんですか。あんなちっぽけな島《しま》からぽいっと出《で》た奴《やつ》は先輩の相手《あいて》じゃありませんよ。先輩ならいちころですよ」

と昭雄の後輩《こうはい》が言った。

「いちころはそっちじゃ」

修平《しゅうへい》が大声《おおごえ》で言って、洋子《ようこ》と駆《か》けて行《い》った。

機関車《きかんしゃ》先生のそばに眼鏡《めがね》の新聞記者《しんぶんきしゃ》がいた。その記者に妙子《たえこ》が大声で怒鳴《どな》っている。

「むこうへ行ってよ。先生は試合前《しあいまえ》なんだから」

「いえ、私《わたし》はちょっとお話《はなし》をうかがおうと思《おも》いまして……」

「だめ。話は絶対《ぜったい》にだめよ」

妙子は相手を睨《にら》みつけている。

修平が満《みつる》を見た。満が修平に耳打《みみう》ちした。

「いかん。おまえむこうへ行け」

修平が記者の腹《はら》を押《お》した。記者は渋々《しぶしぶ》引《ひ》き揚《あ》げて行った。

「どうしたの？」

洋子が聞《き》くと、妙子が小声《こごえ》で、

「先生が口《くち》がきけんことがわかると、本当《ほんとう》に葉名島《はなじま》から追《お》い出《だ》されてしまうよ」

と心配顔《しんぱいがお》で言った。

洋子はおおきくうなずいて、

「よし、私たちで機関車先生を守《まも》らなきゃ」

と拳《こぶし》を握《にぎ》りしめた。

誠吾《せいご》は子供《こども》たちに囲《かこ》まれて会場《かいじょう》の壁際《かべぎわ》に正座《せいざ》し目《め》を閉《と》じていた。

準決勝戦《じゅんけっしょうせん》を誠吾と工昭雄《たくみあきお》は勝《か》ち上《あ》がった。

「網元《あみもと》さん、ちょっと話《はなし》があるがの」

阿部《あべ》よねが重太郎《しげたろう》のそばに来《き》て言《い》った。

「何《なん》じゃ、これから決勝戦がはじまるとこじゃ」

「そのことでちょっと頼《たの》みがありますでの」

よねがおおきな目《め》をぎょろりと回《まわ》して重太郎を見《み》た。重太郎がため息《いき》をついて立《た》ち上《あ》がり、よねと客席《きゃくせき》の後方《こうほう》へ行《い》った。

「……早《はや》く話《はな》してくれ」

二人《ふたり》の剣士《けんし》が登場《とうじょう》したのか大喚声《だいかんせい》が上《あ》がった。

葉名島《はなじま》なんか、ぶっ飛《と》ばしてしまえ、工五段《だん》！　そうだ、そうだ。島《しま》の者《もの》に負《ま》けんなよ。広島《ひろしま》からの応援団《おうえんだん》の声《こえ》が聞《き》こえた。

重太郎が応援団の方《ほう》を睨《にら》みつけた。

「重太郎、いや網元さん。この試合《しあい》に吉岡先生《よしおかせんせい》は負けるぞ」

よねの声に重太郎が目《め》をむいた。

「な、なぜじゃ」

「わしにはわかっとる。ただし勝《か》たせる方法《ほうほう》がひとつある」

「そ、それは何じゃ」

「吉岡先生をずっと島に居《い》させるようにあんたが浦津《うらつ》に言うことじゃ」

「わしが浦津に？」

「そうじゃ、新任《しんにん》の先生がもうすぐ島へ来《く》る。それはかまわんが、子供たちにはあの先生が必要《ひつよう》じゃ。今《いま》からわしが先生にこの試合に勝てば島にずっと居《お》れることを話してやれば必《かなら》ず勝つ」

「……本当《ほんとう》だな。よし承知《しょうち》した」

「約束《やくそく》じゃぞ」

重太郎は応援席《おうえんせき》に戻《もど》った。

よねが面具《めんぐ》を付《つ》けている誠吾のそばに寄《よ》って、

「吉岡先生、勝ったら今夜《こんや》は大酒盛《おおさかも》りをしましょうぞ」

とだけ言った。

誠吾は頬《ほお》をほころばせて笑《わら》い、口《くち》を真一文字《まいちもんじ》にしてうなずいた。その二人の様子《ようす》を見て、重太郎はうなずいた。

「機関車《きかんしゃ》先生、がんばれ」

子供《こども》たちの大声《おおごえ》が響《ひび》いた。

二人《ふたり》の剣士《けんし》が立《た》ち上《あ》がって、ゆっくりと近《ちか》づいた。

二日酔《ふつかよ》いの頭《あたま》を素平《そっぺい》がふりながら桟橋《さんばし》へ続《つづ》く坂道《さかみち》を下《お》りて行《い》く。

「おーい、出《で》とるぞ、出とるぞ」

右手《みぎて》に新聞《しんぶん》をかかげて千太《せんた》が着《つ》いたばかりの連絡船《れんらくせん》から駆《か》けてきた。

「素平、これを見《み》てみろや」

「あんまり大声《おおごえ》を出《だ》すな。酒《さけ》を飲《の》み過《す》ぎて頭が割《わ》れそうだ」

「情《なさ》けないねえ」

すぐうしろをよし江《え》がついてきた。

「瀬戸内一《せとうちいち》の剣士《けんし》、葉名島《はなじま》から彗星《すいせい》のごとくあらわれる……」

千太が新聞を読《よ》みはじめた。

「どれ見せてみろ」

「まあ、こんなにおおきく。葉名島は一躍有名《いちやくゆうめい》になったわね」

よし江が嬉《うれ》しそうに新聞記事《きじ》をのぞいた。

――沈黙《ちんもく》の剣士、第五回《だいかい》瀬戸内海剣道大会《せとないかいけんどうたいかい》を制《せい》す。

「沈黙の剣士か……、わかっちゃないな。でも吉岡先生《よしおかせんせい》にはぴったりの名前《なまえ》ね」

よし江が言《い》った。

「うん、俺《おれ》もあいつの良《よ》さがようやくわかってきたんだ。あの野郎昨夜《やろうゆんべ》、俺に酒をついでくれた時《とき》、笑《わら》ったんだ。あいつの笑顔《えがお》を見てると、あいつを憎《にく》んでたことが恥《はずか》しくなっちまって……」

千太が頰《ほお》を赤《あか》くして言った。

「おい、早《はや》くこれを網元《あみもと》さんへ持《も》ってけ」

「そうじゃ、忘《わす》れとった。網元さんに言われてたんだ」

千太が舌《した》をぺろりと出して坂道を駆《か》けて行った。

素平とよし江が笑って千太を見送《みおく》っていると、すぐかたわらを四角《しかく》い木組《きぐみ》に和紙《わし》を貼《は》った箱型《はこがた》の舟《ふね》を手《て》に老婆《ろうば》が行《い》き過《す》ぎた。

「今夜《こんや》は精霊流《しょうりようなが》しね……」

とよし江がぼそりと言った。

「そうか、もう精霊流しか……、夏《なつ》がまた終《おわ》るな」

と素平が海《うみ》を見て言った。

ヨウは牛《うし》のモグと一緒《いっしょ》に海《うみ》を眺《なが》めていた。

「モグにも見《み》せてやりたかったよ。機関車先生《きかんしゃせんせい》の試合《しあい》を。相手《あいて》の剣士《けんし》が気絶《きぜつ》しちゃったんだから。もうヨウは飛《と》び出《だ》して機関車先生にぶらさがったんだよ。そうしたら先生がヨウを抱《だ》き上《あ》げてくれたよ。モグ、おまえは誰《だれ》かを好《す》きになったことある？」

モグがヨウの背中《せなか》を押《お》した。

「でも……」

ヨウが急《きゅう》にうつむいた。

「でも私《わたし》、昨日《きのう》とっても嫌《いや》な夢《ゆめ》を見たの。銀色《ぎんいろ》の皇子《おうじ》さまがどこかへ飛んで行《い》ったの……。私が今度《こんど》はいつ来《く》るの、って聞《き》いても皇子さまは首《くび》を横《よこ》にふってた。モグ、機関車先生は妙子《たえこ》の言《い》うようにこの島《しま》からいなくなるんだろうか。私、今度の夢だけは当《あた》らない方《ほう》がいいと思《おも》う」

「おーい、洋子《ようこ》」

段々畑《だんだんばたけ》の下《した》から声《こえ》がした。

見ると修平《しゅうへい》が手《て》をふりながら走《はし》ってきていた。修平は洋子の目《め》の前《まえ》に来ると、葡萄《ぶどう》の房《ふさ》を渡《わた》した。自分《じぶん》はリンゴをひとつ持《も》っていた。

「どうしたの？　このブドウ」

「母《かあ》ちゃんが今夜《こんや》の精霊流《しょうりょうなが》しの舟《ふね》にくだものを載《の》せとる。それをかっぱらってきた」

「そうか、今夜は精霊流しだね」

「おう、わし、自分の舟《ふね》もひとつ作《つく》ったぞ。それにもうひとつ、これじゃ」

そう言ってちいさな舟を見せた。

「それ誰の？」

「機関車先生の父《とう》ちゃんの舟じゃ」

ヨウは修平の顔《かお》を見上《みあ》げた。

「機関車先生はわしよりちいさい頃《ころ》に父ちゃんが戦争《せんそう》に行っておらんようになったんだと、校長《こうちょう》が話《はな》してくれた」

修平は恥《はず》かしそうに言った。

「そう、きっと機関車先生喜《よろこ》ぶよ」

「おまえもそう思うか」

「うん」

「今夜は潮《しお》が大潮《おおしお》じゃの。舟も潮に乗《の》ってどんどん沖《おき》へ行くぞ。そうして東《ひがし》シナ海《かい》まで行って、父ちゃんに見つけてもらえるぞ」

修平は沖の水平線《すいへいせん》を見ていた。

「先生《せんせい》、無躾《ぶしつけ》な話《はなし》を切《き》り出《だ》して悪《わる》うございますが、先生はお嫁《よめ》さんをもらうおつもりはありませんか」

突然《とつぜん》のよねの言葉《ことば》に誠吾《せいご》は驚《おどろ》いた。

「ありませんか」

よねの顔《かお》は真剣《しんけん》だった。誠吾は笑《わら》って首《くび》を横《よこ》にふった。

「誰《だれ》か好《す》きなお方《かた》が、北海道《ほっかいどう》にでもおいでか」

誠吾はまた首をふった。

「なら知《し》り合《あ》いに良《い》い人《ひと》がおるのですが、一度《いちど》ゆっくりと逢《あ》ってみられてはどうかの」

誠吾は右手《みぎて》を上《あ》げておおきく横にふり、結婚《けっこん》の意志《いし》がないことを告《つ》げた。

「まだお若《わか》いので、先生はよく人生《じんせい》がおわかりになるまいが、人間《にんげん》にはこの世《よ》に生《せい》を享《う》けてやらねばならんことがいくつかあります。そのひとつが家族《かぞく》を持《も》つということ、この婆《ばあ》さまは信《しん》じております。どんな人間でも結婚し子供《こども》をこしらえれば、こころがおおきくなるもんです。わしは先生の赤《あか》ん坊《ぼう》を取《と》り上《あ》げてみたいと思《おも》っとります」

よねはじっと誠吾を見《み》ていた。

「一度《いちど》、その娘御《むすめご》に逢《お》うてみてくれませぬか」

すると誠吾が壁《かべ》のカレンダーを指《ゆび》さした。そうしてカレンダーを一枚《まい》めくる仕種《しぐさ》をして自分《じぶん》の胸《むね》を指《ゆび》さし、彼《かれ》が島《しま》を出《で》て行《い》くことをよねに告げた。

よねは目《め》をおおきく見《み》開《ひら》いて、

「この島を出て行かれるか」

と聞《き》いた。

誠吾は唇《くちびる》を噛《か》んでうなずいた。

「なぜ、この島を出て行かれるのじゃ。新《あたら》しい先生が見えるからですかの。それなら昨夜《ゆうべ》網元《あみもと》さんが言《い》うていましたように、葉名島《はなじま》へいつまでも居《い》て下《くだ》されと皆《みんな》が願《ねが》ってますぞ」

誠吾は首を横にふって、胸から鉛筆《えんぴつ》を取《と》り出《だ》し、

——北海道で子供たちが待《ま》っています。

と卓袱台《ちゃぶだい》の上《うえ》の紙《かみ》に書《か》いた。

「ここにも吉岡《よしおか》先生が必要《ひつよう》だと思ってる子供たちがおりますぞ。いや子供たちだけではありませぬ。このわしも周一郎《しゅういちろう》も大勢《おおぜい》の島の人間が先生を好《す》いておりますす」

誠吾《せいご》はよねに右手《みぎて》を差《さ》し出《だ》した。

「いやでございます。わしは別《わか》れの握手《あくしゅ》など先生《せんせい》としとうない」

よねが少女《しょうじょ》のように首《くび》をふった。

それっきりよねは壁《かべ》の方《ほう》をむいてしまった。誠吾は困《こま》りきった顔《かお》をして、よねの背《せ》中《なか》をしばらく見《み》ていたが、立《た》ち上《あ》がって部屋《へや》を出《で》た。

誠吾が周一郎《しゅういちろう》の家《いえ》の呼鈴《よびりん》を鳴《な》らすと、娘《むすめ》の美重子《みえこ》があらわれた。

「あら、吉岡《よしおか》先生。このたびは優勝《ゆうしょう》おめでとうございます。父《ちち》がもう自分《じぶん》のことのように喜《よろこ》んで朝《あさ》から何度《なんど》も新聞《しんぶん》を読《よ》み返《かえ》してますわ。父《とう》さん、父さん、吉岡先生がおみえになったわよ。父さん」

廊下《ろうか》に足音《あしおと》がして周一郎が新聞片手《かたて》にやってきた。

「これは吉岡先生、今《いま》そちらへうかがおうと思《おも》っていたとこです。いや素晴《すば》らしい。葉名島《はなじま》の英雄《えいゆう》ですぞ」

周一郎の言葉《ことば》に誠吾が頭《あたま》を掻《か》いた。

「父さん、そんなところで立《た》ち話《ばなし》をしても……」

「そうじゃ、どうぞ、どうぞ上《あ》がって下《くだ》さい」

誠吾は周一郎に自分がこの島《しま》を出《で》て行《い》くことを告《つ》げた。

「いかん。それはいけません。吉岡先生にはまだまだこの島で、いや水見色小学校《みずみいろしょうがっこう》でやっていただかなくてはならないことがたくさんあります。私《わたし》は今、そのお願《ねが》いをしに先生のところへ行こうと思っていたんです」

誠吾が北海道《ほっかいどう》の学校《がっこう》のことを告げた。

「それも重々《じゅうじゅう》わかっております。しかし島の子供《こども》たちは先生でなくてはならんのです。勿論《もちろん》、新任《しんにん》の先生は見《み》えますが、吉岡先生でなくては教《おし》えられないことがありま す……」

周一郎は顔に汗《あせ》を流《なが》しながら説得《せっとく》を続《つづ》けた。

読経《どきょう》が聞《き》こえる中《なか》で子供たちが鈴《すず》を手《て》に行列《ぎょうれつ》の先頭《せんとう》を歩《ある》いていた。手にそれぞれがちいさな箱舟《はこぶね》を抱《だ》いている。来目山《くめざん》から吹《ふ》き降《お》ろす風《かぜ》が潮《しお》の流れる沖《おき》へむかって箱舟を押《お》し出《だ》して行く。その風にうしろから続いた大人《おとな》たちの手の中の精霊舟《しょうりようぶね》の蠟燭《ろうそく》の灯《あか》りがゆらゆらと揺《ゆ》れている。老婆《ろうば》が持《も》つ精霊舟には十人《にん》もの名前《なまえ》が綴《つづ》られているものもある。皆黙《みなだま》って葉名浜《はなはま》へむかって進《すす》んで行く。

誠吾は修平《しゅうへい》の作《つく》ってくれた箱舟を手に修平と手を繋《つな》いで歩いている。

やがて皆が葉名浜に到着《とうちゃく》すると、読経が一段《いちだん》とおおきくなって、ひとつふたつと精霊舟《しょうりょうぶね》が波打《なみう》ち際《ぎわ》に浮《う》かびはじめた。

「先生《せんせい》、わしの精霊舟は、父《とう》ちゃんの海《うみ》まで行《い》けるじゃろうか」

修平《しゅうへい》が誠吾《せいご》を見上《みあ》げた。ちいさな蠟燭《ろうそく》の灯《あか》りに目《め》に涙《なみだ》をためた修平の顔《かお》が照《て》らし出《だ》されていた。

誠吾が笑《わら》ってうなずいた。

「先生の舟《ふね》も、先生の父ちゃんのところへ行けるといいの」

かたわらで洋子《ようこ》がるい婆《ばあ》さんと箱型《はこがた》の舟を浮かべた。るい婆さんは波打ち際にしゃがみ込《こ》んで経《きょう》を唱《とな》えている。それは妙子《たえこ》の家族《かぞく》も景子《けいこ》や美保子《みほこ》の家族も同《おな》じだった。

「先生、人《ひと》は死《し》んだらどこへ行くんかの」

修平がもう数《すう》メートル先《さき》へ進《すす》み出《だ》した精霊舟を見《み》つめて言《い》った。

誠吾が修平の肩《かた》をそっと叩《たた》いて、右手《みぎて》のひとさし指《ゆび》でずっと沖合《おきあ》いをさし、その指《ゆび》をゆっくりと天上《てんじょう》に上《あ》げた。

「星《ほし》になるのか」

修平が誠吾を見た。誠吾はその指で今度《こんど》は修平の胸《むね》の真《ま》ん中《なか》をさした。

「わしの胸の中《なか》か？……ようわからんの」

誠吾は笑いながら自分《じぶん》も小首《こくび》をかしげた。

「父ちゃん、父ちゃーん」

修平が大声《おおごえ》を上げた。誠吾が修平の肩を抱《だ》いた。誠吾のおおきな手《て》の中でちいさな修平の肩が震《ふる》えていた。二人《ふたり》に洋子《ようこ》が駆《か》け寄《よ》ってきて修平の肩をつかんだ。洋子の目にも涙があふれていた。湾《わん》の中ほどに精霊舟のゆくえを見守《みまも》る作造《さくぞう》の船影《ふなかげ》が見えた。いくつもの箱舟《はこぶね》と精霊《しょうりょう》の火《ひ》が湾に浮かんで揺《ゆ》れている。読経《どきょう》の声《こえ》が山風《やまかぜ》に乗《の》ってはるか沖《おき》へ響《ひび》いて行く。

精霊流《しょうりょうなが》しが終《お》わって、誠吾は周一郎《しゅういちろう》と美重子《みえこ》の三人《にん》で坂道《さかみち》を上《のぼ》って行った。

「三年振《ねんぶ》りだわ。島《しま》の精霊流しを見たのは」

美重子がなつかしそうに言った。

「棲《す》んでる人より去《さ》って行った人の方《ほう》が多《おお》いのね。本当《ほんとう》に修平君《くん》が言ってたように、人間《にんげん》は死んだらどこへ行ってしまうのかしら。吉岡《よしおか》先生はさっき修平君の胸を指《ゆび》さしてたけど本当にそう思《おも》われますか」

「わしはちょっと網元《あみもと》さんに挨拶《あいさつ》して、すぐに阿部《あべ》先生のところへ行くから、二人で先《さき》に行っていてくれ」

と周一郎が道《みち》を左《ひだり》に折《お》れた。

「父《とう》さんも歳《とし》を取《と》ったわ」

美重子《みえこ》がうしろ姿《すがた》を見《み》て言《い》った。

「先生《せんせい》は北海道《ほっかいどう》に戻《もど》られるんですってね。私一度静内《わたしいちどしずない》へ行《い》ってみたいな」

——一度静内へ来《き》て下《くだ》さい。歓迎《かんげい》しますから。

誠吾《せいご》が立《た》ち止《ど》まって手話《しゅわ》で美重子《みえこ》に話《はな》した。

美重子も手話で話《はな》し出《だ》した。

——父《ちち》も阿部《あべ》先生もずっと島《しま》に残《のこ》って欲《ほ》しいみたいだけど、私は先生が思《おも》う通《とお》りにした方《ほう》がいいと思います。でも先生はずっとひとりで生《い》きて行《い》くんですか。

——自分《じぶん》には子供《こども》たちがいます。

——それでは先生が淋《さび》し過《す》ぎるわ。だってどんな子供たちだって、大人《おとな》になればいずれ家族《かぞく》を持《も》ちたいと思うでしょう。先生がずっとひとりで孤独《こどく》だったら生徒《せいと》たちは悲《かな》しいんじゃないかしら。子供たちはあなたのうしろ姿を見て大人になるんだと思うわ。私、信《しん》じてるんです。

——何《なに》をですか。

——人間《にんげん》は皆平等《みんなびょうどう》だってことを。私の教《おし》えている生徒は健康《けんこう》な人《ひと》たちよりハンデイキャップがあるけど、その代《かわ》りにとても豊《ゆた》かであたたかいものを授《さず》かっていると信じてるの。

――自分もそう思います。

――ならまず、あなたがしあわせになって子供たちのお手本《てほん》になるべきでしょ、さあ約束《やくそく》して下《くだ》さい。

美重子が微笑《ほほえ》みながら右手《みぎて》を差《さ》し出《だ》した。

誠吾は美重子を見た。美《うつく》しい微笑《びしょう》だった。誠吾は美重子の顔《かお》がまぶしく思えた。誠吾が差し出した右手に美重子の右手が重《かさ》なった。

夏《なつ》の終《お》わりを告《つ》げるように、やわらかな積乱雲《せきらんうん》が新桟橋《しんさんばし》のむこうにせり出《だ》していた。

誠吾は葉名島《はなじま》へ来《き》た時《とき》と同《おな》じ古《ふる》い革鞄《かわかばん》を手《て》に桟橋《さんばし》へ降《お》りて行った。

「おい」

呼《よ》び止《と》める声《こえ》がして、ふりむくと作造爺《さくぞうじい》さんが立《た》っていた。誠吾は作造の顔を見て笑《わら》った。父《ちち》と母《はは》にしてもらった御礼《おれい》を言いたくて昨夜小屋《ゆんべこや》を訪《たず》ねたのだが、作造は漁《りょう》に出《で》ていた。

誠吾は丁寧《ていねい》に頭《あたま》を下《さ》げた。作造はうなずいてから、

「いつか、島へ戻《もど》ってくるように文子《ふみこ》さんに言うてくれ」

と言った。

誠吾《せいご》はうなずいて右手《みぎて》を出《だ》した。作造《さくぞう》が両手《りょうて》で誠吾の手《て》を鷲掴《わしづか》んだ。

「機関車先生《きかんしゃせんせい》、早《はや》くせんと船《ふね》が出《で》るぞ」

もう連絡船《れんらくせん》に乗《の》り込《こ》んでいる修平《しゅうへい》が怒鳴《どな》った。桟橋《さんばし》には見送《みおく》りの人《ひと》が大勢《おおぜい》いた。それぞれに手を握《にぎ》られて誠吾は頭《あたま》を下《さ》げた。

「先生、ええ話《はなし》を聞《き》かせてもろうて……」

るい婆《ばあ》さんが両手の上《うえ》に載《の》せた蜜柑《みかん》を差《さ》し出《だ》した。

「ほれ、イブンの話ですがの」

るいは嬉《うれ》しそうに誠吾の手を取《と》った。

その時《とき》誠吾はこの島《しま》の桟橋に着《つ》いた時、最初《さいしょ》に声《こえ》をかけてくれたのがるい婆さんだったことを思《おも》い出《だ》した。

連絡船はゆっくりと島を半周《はんしゅう》した。

八子部《やこぶ》の岩《いわ》が見《み》えた。灯台《とうだい》から手をふる人影《ひとかげ》があった。相原整《あいはらひとし》である。誠吾は手をふった。八子部の岩に白《しろ》い波《なみ》しぶきが上《あ》がった。

浦津《うらつ》の港《みなと》からバスに乗《の》り、教師《きょうし》と子供《こども》たちは浦津駅《えき》へ着いた。

駅のプラットホームで、

「校長先生《こうちょう》よ、本当《ほんとう》にD－51に乗れるんじゃの」

と修平が言《い》った。

「わかっとる。何度《なんど》も同《おな》じことを言うな」

周一郎《しゅういちろう》が怒《おこ》ったように言った。

やがて東《ひがし》の方《ほう》から汽笛《きてき》の音《おと》が響《ひび》いた。子供たちが一斉《いっせい》に汽笛の聞《き》こえた方角《ほうがく》に目《め》をやると、白煙《はくえん》を上げた機関車がやって来《く》るのが見えた。

「来《き》たぞ、来たぞ、機関車じゃ」

隆司《たかし》が大声《おおごえ》で言った。

「こら、ホームから下がらんか」

機関車がホームにゆっくりと入《はい》ってきた。

機関車は車輪《しゃりん》の音をきしませて、ため息《いき》をついたように白煙を吐《は》き出《だ》した。

修平が目をおおきく開《ひら》いて機関車を見上《みあ》げた。客《きゃく》たちがぞろぞろ降《お》りてくると、

「でっかいのう」

「さあ、乗るぞ」

と真《ま》っ先《さき》に修平が飛《と》び乗《の》った。皆《みな》修平のうしろに続《つづ》いた。窓際《まどぎわ》の席《せき》に座《すわ》った修平と隆司が窓《まど》を開《あ》けようとしている。機関車先生がその窓を開けてやった。

「やっぱり機関車先生《きかんしやせんせい》は機関車をよう知《し》っとるの」

修平《しゅうへい》の言葉《ことば》に皆《みんな》が笑《わら》い出《だ》した。

おう、これが煙《けむ》りのにおいじゃ、こらっ、窓《まど》から顔《かお》を出《だ》すな、海《うみ》じゃ、海が見《み》えるぞ……、皆楽《たの》しそうだった。洋子《ようこ》はじっと機関車先生を見ていた。先生の座《すわ》った席《せき》の上《うえ》の網棚《あみだな》におおきな革鞄《かわかばん》が置《お》いてあった。校長《こうちょう》先生も時折《ときおり》、機関車先生を見ていた。

誠吾《せいご》は窓から見える瀬戸内海《せとないかい》を眺《なが》めていた。

やがて汽車《きしゃ》が小郡駅《おごおりえき》に近《ちか》づくと、操車場《そうしゃじょう》が窓から見えた。

「おい、機関車がたくさんおるぞ」

修平の言葉に子供《こども》たちが窓辺《まどべ》に集《あつ》まった。

誠吾が立《た》ち上《あ》がった。周一郎《しゅういちろう》が誠吾を見た。誠吾は 唇《くちびる》を真一文字《まいちもんじ》にしてうなずいた。革鞄を取《と》って誠吾が歩《ある》きはじめると、それに気付《きづ》いた洋子が誠吾の方《ほう》へ行《い》こうとした。周一郎が洋子を抱《だ》きかかえた。洋子が周一郎をふりむくと、周一郎は目《め》を閉《と》じて首《くび》を横《よこ》にふった。閉じた目からひとすじの涙《なみだ》がこぼれ落《お》ちた。

だめだよ、行かないで、その声《こえ》を汽笛《きてき》の音《おと》がかき消《け》した。皆の乗《の》る汽車《きしゃ》が山口線《やまぐちせん》へむかう車輌《しゃりょう》との切《き》り離《はな》し作業《さぎょう》をはじめた。洋子は妙子《たえこ》に抱かれている。

「あっ、機関車先生だ」

隆司《たかし》が声を上《あ》げて、むかいのプラットホームを指《ゆび》さした。

「本当《ほんとう》じゃ。おーい、機関車先生、なしてそこにおるんじゃ」

修平が大声《おおごえ》で言《い》って、手《て》をふった。洋子も妙子も窓辺に駆《か》け寄《よ》った。

機関車先生は足元《あしもと》におおきな革鞄を置いて、直立不動《ちょくりつふどう》の姿勢《しせい》のまま子供たちにむかって、左手《ひだりて》の甲《こう》に右手《みぎて》を直角《ちょっかく》にのせ、右手をゆっくりと上方《じょうほう》に上げた。

「あ、り、が、とう、じゃ」

満《みつる》が言った。

「何《なに》が、ありがとうなんじゃ？」

修平が洋子を見て聞《き》いた。洋子の目から大粒《おおつぶ》の涙があふれていた。妙子の顔も、見《み》上《あ》げた周一郎の顔も濡《ぬ》れている。その顔を見て、修平が機関車先生を見直《みなお》した。

「皆《みな》さん、吉岡《よしおか》先生は今日《きょう》北海道《ほっかいどう》に帰《かえ》られます。先生にここから、お礼《れい》を言いましょう」

周一郎が声を震《ふる》わせながら言った。

「う、うそじゃ。機関車はずっと一緒《いっしょ》にいると言うたぞ」

修平がデッキに飛《と》び出《だ》そうとした。その腕《うで》を周一郎がつかんで、

「修平、先生はかならずまた葉名島《はなじま》へ戻《もど》ってみえる。それまでのお別《わか》れじゃ。さあ、

ここからお礼《れい》を皆《みんな》で言《い》おう」

妙子《たえこ》が泣《な》きながら左手《ひだりて》の甲《こう》にのせた右手《みぎて》をゆっくりと上《あ》げた。

「先生《せんせい》、先生、ありがとう」

洋子《ようこ》が泣《な》きじゃくりながら叫《さけ》んだ。修平《しゅうへい》が帽子《ぼうし》を片手《かたて》に握《にぎ》りしめて、

「機関車《きかんしゃ》、機関車先生、わし、機関車が大好《だいす》きじゃったから、本当《ほんとう》じゃ、本当に好《す》きじゃったからの」

と大声《おおごえ》で言った。

修平の声《こえ》に機関車先生が帽子を脱《ぬ》いで、最敬礼《さいけいれい》をした。その姿《すがた》をホームに入《はい》ってきた上《のぼ》りの汽車《きしゃ》が消《け》した。耳《みみ》をつんざくような汽笛《きてき》の音《おと》が周囲《しゅうい》に響《ひび》いた。ふたつの汽車がゆっくりと交差《こうさ》していった。汽車が行《い》き過《す》ぎたプラットホームには、あのおおきくやさしかった吉岡誠吾《よしおかせいご》の姿《すがた》は失《う》せていた。

人影《ひとかげ》の消《き》えた駅舎《えきしや》のそばに黄《き》みを帯《お》びはじめた背高泡立草《せいたかあわだちそう》が夏《なつ》の終《お》わりの風《かぜ》に揺《ゆ》れ、かすかに白煙《はくえん》の気配《けはい》が残《のこ》る東《ひがし》のかなたに秋《あき》を告《つ》げる鰯雲《いわしぐも》が中国山脈《ちゅうごくさんみゃく》の上空《じょうくう》にひろがりはじめていた。

解説

かなわない

大沢在昌

告白したいことがある。児童文学者になりたいと、ずっと思っていた。ハードボイルド小説にたん溺し、ハードボイルド作家をめざしつつも、その希望の裏側には、常に児童文学者へのあこがれがあった。

私にそんな思いを抱かせたのは、ケストナーの諸作「飛ぶ教室」や「五月三十五日」、リンドグレーンの「名探偵カッレ君」シリーズとトラヴァースの「メアリー・ポピンズ」シリーズなどだった。

そうした作品に共通しているのは、描かれる子供たちが、決して夢や希望だけの世界には生きていないという点だった。現実の厳しさや、そこに立ち向かうには、ときには途方もない勇気が必要であることも、きちんと記されていた。

今でも忘れられない一文がある。それはエーリッヒ・ケストナーが自作につけた「あとがき」の翻訳で、ケストナーがつい最近、自分のもとに送られてきた若い児童文学作家の作品に対する感想をのべたくだりだ。

その作家は子供たちが、笑いと喜びに溢れた、まるでおとぎ話の世界に生きているかのように描いていた。

それはまちがっている、とケストナーは断じる。子供たちには、大人と同じような、ときには大人以上に厳しい世界もあるのだ、と。

私はこの「あとがき」を読んで感動した。子供を愛らしく、常に無垢なものと信じて疑わないような物語では、決して子供たちに本物の夢や希望を与えることはできない。

児童文学の責任は、子供たちをただ喜ばせる物語をくり広げるのではなく、生きることとそれに伴う痛みから目をそらさない勇気を分け与えることなのだと教えられたからだった。

その思いは、専業の物書きとなった今でも、かわってはいない。正直、いつかは、という思いは、私の心の中にある。

しかし、「教える」のでも「さとす」のでもなく、勇気を「分ける」物語を、子供たちに果して描いてみせられるだろうか、という不安がいまだにつきまとい、機会を選べずにいる。

前置きが長くなったが、私のいいたいことが、読者にはもうおわかりになったろう。

「機関車先生」は、大人に向けて描かれた物語であると同時に児童文学の秀作である。

この物語の成功には、まず舞台となった瀬戸内の小島、葉名島が理由としてあげられる。

子供の目の高さは、大人とはちがう。大人よりもはるかに地面に近く、土の匂い、草いきれ、小動物の営みを敏感に感じとる。同時に、子供にとっての時間の流れは、はるかに大人よりも遅い。よくいわれることだが、四十歳の大人にとっての一年間は、生きてきた時間の四十分の一にしか相当しない。ひるがえって、十歳の子供にとっては、十分の一である。

時間の歩みは、大人に比べはるかに遅く、それだけ季節の移りかわり、風の匂い、光の変化をいち早く察知する。

伊集院静氏の自然描写には定評がある。潮騒のこだま、野にひっそりと咲く花、夜空の月とそれをとり巻く星々。

喧騒と慌しさの中でつい大人が見過してしまう、そうした自然のふとした変化や営みを、さりげない筆致で文章の間に埋め、独特の世界を構築する。

ことに植物の名に詳しい点については、驚くばかりだ。彼と顔をあわせる機会が最も多い、夜の酒場でも、そこに飾られた花の名をひとつひとつ、ていねいに教わったことがあった。

私は驚き、半ばあきれ、

「どうしてそんなに花の名に詳しいの」

訊ねたことがあった。

すると伊集院氏は、それが癖の、照れたような笑みを浮かべ、

「なんでやろうなあ」

とつぶやいたものだった。

子供たちが中心となる物語を書く場合、自然に恵まれた舞台設定は、不可欠なのかもしれない。私は本書に、そうつくづく感じさせられた。

無機質なアスファルトと、同じような造りの部屋ばかりの共同住宅、小動物はペットか動物園においてしか見られない環境とあっては、子供と大人の舞台とを分けへだてるものがあまりに少ない。

成功の二番めは、機関車先生こと吉岡誠吾の設定にある。

同じ書き手としていわせていただくなら、口をまったくきけない、しかし体も心も大きな大きな教師、という設定は、いささかズルいとすら感じる。例えてみれば、ど真ん中に直球ストライクを投げこむようなものだ。それを三球、ずばりずばりと投げこまれたら、打（読）者としては、そんな、ずるいよ……とぼやきのひとつもつぶやきたくもなる。

そんな先生が春の訪れとともに、生徒数わずか七名の小島の小学校に現われ、秋の到来とともに去っていく。

子供にとってだけでなく、大人にとっても、別離はつらい。しかし大人の世界にあって別離は日常のできごとである。つかのまの別離、永遠の別離、人は別離をくり返し、それに慣れることによって大人になっていくといっても過言ではない。この物語では、修平が父親との永遠の別離を経験するくだりもあるが、伊集院氏は、別離を、避けえないもの、受け入れねばならないものとして描くことによって、吉岡誠吾の人物造形を深く刻みこんだ。

一方で、これは本当に蛇足となる説明だが、少年時代が決して永遠にはつづかないことを、子供たちと誠吾の別離は象徴している。

私はふと、メアリー・ポピンズを思いだしたものだった。ある日突然、ベビーシッターとして子供たちの前に現われ、心を一瞬でつかみ、そしてまた突然「風向きがかわったから」という不思議な理由で姿を消してしまう、魔女と呼ぶにはあまりにも心やさしい人。サンタクロースの実在よりも、メアリー・ポピンズが我が家を訪れることを、子供の頃の私はどれほど夢想したろう。たとえ機嫌の悪いときのメアリー・ポピンズがどれほど意地悪くても。

成功の三番めは、子供たちを中心とした、島の人々の描写にある。

夢見がちで、誠吾に初恋の気持を抱く、少女洋子。きかん気でやんちゃ坊主だが、誠吾を心から慕う修平。さらには、島に棲息する豆狸をこよなく愛し、誠吾の気持を理解し、本人以上に適確な言葉で表現する校長の周一郎。

誠吾の下宿の主で、島で唯一の〝医師〟、よね。島の漁師の網元で、憎まれ役の重太郎。その子分の素平。洋子の祖母、るい婆さん。長老、兵右衛門。酒場「どら」の女主人、よし江。よし江が登場したときには、これは、と思われた大人の読者もいらしただろう。私も実は期待した。よし江が誠吾に実らぬ恋心を抱き、周一郎の娘、美重子がいて、さらに幼ない恋仇、洋子の存在がある、と……。

しかし伊集院氏は、あくまでも物語の焦点を、誠吾と子供たちの世界から外さなかった。

あるいは「機関車先生」の続篇が描かれるとき、その恋の行方も判明するかもしれない。なにせ、誠吾の母の生地としての葉名島と誠吾のかかわる部分が、本書では巧妙にぼかされている。

延々と理屈をこねてきたが、これには理由がある。実は私、最後のシーンで不覚にも目頭を熱くしてしまったのだ。

これはくやしい。伊集院氏の才能と筆力をもとより疑っているわけではない。だが、ゴルフの宿敵にして、酒場で出会える数少ない、同世代の同業者としては、いとも簡単に手をひねられたかのような感があり、何としてもその理由を分析し、こじつけなければ、気がすまなかったのだ。

だが、才能だの筆力だの、設定やらキャラクターなどという、小賢しい屁理屈をこねる前に、実は泣かされることは、本書を手にとった時点でわかっていたのだ。

伊集院静氏がときおり浮かべる、はにかんだような笑みの向こうにかいま見える、少年そのままの心を、私は知っている。

身を削るようなギャンブルにのめりこみ、生命を縮める深酒に浸る、伊集院静氏の姿を、我々は日常、目にするが、その人の心の中に、もうひとり、少年伊集院静が棲むことを、親しくさせていただいている者なら、誰でも知っている。

その、やさしい、まっすぐな目で描かれた物語には、どうしたって、かないっこないのだ。

本作品は、１９９７年に小社より刊行された文庫の新装版です。

|著者|伊集院 静　1950年山口県生まれ。'81年短編小説「皐月」でデビュー。'91年『乳房』で吉川英治文学新人賞、'92年『受け月』で直木賞、'94年『機関車先生』(本書)で柴田錬三郎賞、2002年『ごろごろ』で吉川英治文学賞、'14年『ノボさん　小説 正岡子規と夏目漱石』で司馬遼太郎賞をそれぞれ受賞。'16年紫綬褒章を受章。著書に『三年坂』『白秋』『海峡』『春雷』『ぼくのボールが君に届けば』『いねむり先生』『琥珀《こはく》の夢　小説 鳥井信治郎』『いとまの雪　新説忠臣蔵・ひとりの家老の生涯』『ミチクサ先生』、エッセイ集『大人のカタチを語ろう』「大人の流儀」シリーズなどがある。

機関車先生《きかんしゃせんせい》　新装版《しんそうばん》

伊集院《いじゅういん》 静《しずか》

2021年5月14日第1刷発行
2023年3月31日第2刷発行

発行者――鈴木章一
発行所――株式会社　講談社
東京都文京区音羽2-12-21　〒112-8001
電話　出版 (03) 5395-3510
　　　販売 (03) 5395-5817
　　　業務 (03) 5395-3615

Printed in Japan

講談社文庫
定価はカバーに
表示してあります

KODANSHA

デザイン―菊地信義
本文データ制作―講談社デジタル製作
印刷―――株式会社KPSプロダクツ
製本―――株式会社国宝社

ISBN978-4-06-523176-0

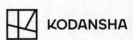

講談社文庫刊行の辞

二十一世紀の到来を目睫に望みながら、われわれはいま、人類史上かつて例を見ない巨大な転換期をむかえようとしている。

世界も、日本も、激動の予兆に対する期待とおののきを内に蔵して、未知の時代に歩み入ろうとしている。このときにあたり、創業の人野間清治の「ナショナル・エデュケイター」への志を現代に甦らせようと意図して、われわれはここに古今の文芸作品はいうまでもなく、ひろく人文・社会・自然の諸科学から東西の名著を網羅する、新しい綜合文庫の発刊を決意した。

激動の転換期はまた断絶の時代である。われわれは戦後二十五年間の出版文化のありかたへの深い反省をこめて、この断絶の時代にあえて人間的な持続を求めようとする。いたずらに浮薄な商業主義のあだ花を追い求めることなく、長期にわたって良書に生命をあたえようとつとめるところにしか、今後の出版文化の真の繁栄はあり得ないと信じるからである。

同時にわれわれはこの綜合文庫の刊行を通じて、人文・社会・自然の諸科学が、結局人間の学にほかならないことを立証しようと願っている。かつて知識とは、「汝自身を知る」ことにつきていた。現代社会の瑣末な情報の氾濫のなかから、力強い知識の源泉を掘り起し、技術文明のただなかに、生きた人間の姿を復活させること。それこそわれわれの切なる希求である。

われわれは権威に盲従せず、俗流に媚びることなく、渾然一体となって日本の「草の根」をかたちづくる若く新しい世代の人々に、心をこめてこの新しい綜合文庫をおくり届けたい。それは知識の泉であるとともに感受性のふるさとであり、もっとも有機的に組織され、社会に開かれた万人のための大学をめざしている。大方の支援と協力を衷心より切望してやまない。

一九七一年七月

野間省一

いわさきちひろ 絵本美術館編　ちひろ・子どもの情景〈文庫ギャラリー〉
いわさきちひろ 絵本美術館編　ちひろ・紫のメッセージ〈文庫ギャラリー〉
いわさきちひろ 絵本美術館編　ちひろの花ことば〈文庫ギャラリー〉
いわさきちひろ 絵本美術館編　ちひろのアンデルセン〈文庫ギャラリー〉
いわさきちひろ 絵本美術館編　ちひろ・平和への願い〈文庫ギャラリー〉
石野径一郎　新装版 ひめゆりの塔
今西錦司　生物の世界
井沢元彦　義経幻殺録
井沢元彦　光と影の武蔵〈切支丹秘録〉
井沢元彦　新装版 猿丸幻視行
伊集院　静　乳房
伊集院　静　遠い昨日
伊集院　静　夢は枯野を〈競輪躁鬱旅行〉
伊集院　静　野球で学んだこと ヒデキ君に教わったこと
伊集院　静　峠の声
伊集院　静　白秋
伊集院　静　潮流
伊集院　静　冬の蜻蛉《とんぼ》
伊集院　静　オルゴール
伊集院　静　昨日スケッチ
伊集院　静　あづま橋
伊集院　静　ぼくのボールが君に届けば
伊集院　静　駅までの道をおしえて
伊集院　静　受け月
伊集院　静　坂の上のμ〈野球小説アンソロジー〉
伊集院　静　ねむりねこ
伊集院　静　新装版 三年坂
伊集院　静　お父やんとオジさん(上)(下)
伊集院　静　ノボさん〈小説 正岡子規と夏目漱石〉(上)(下)
伊集院　静　機関車先生〈新装版〉
いとうせいこう　我々の恋愛
いとうせいこう　「国境なき医師団」を見に行く
井上夢人　ダレカガナカニイル…
井上夢人　プラスティック
井上夢人　オルファクトグラム(上)(下)
井上夢人　もつれっぱなし
井上夢人　あわせ鏡に飛び込んで
井上夢人　魔法使いの弟子たち(上)(下)
井上夢人　ラバー・ソウル
池井戸　潤　果つる底なき
池井戸　潤　架空通貨
池井戸　潤　銀行狐
池井戸　潤　仇敵
池井戸　潤　BT'63(上)(下)
池井戸　潤　空飛ぶタイヤ(上)(下)
池井戸　潤　鉄の骨
池井戸　潤　新装版 銀行総務特命
池井戸　潤　新装版 不祥事
池井戸　潤　ルーズヴェルト・ゲーム
池井戸　潤　半沢直樹 1〈オレたちバブル入行組〉
池井戸　潤　半沢直樹 2〈オレたち花のバブル組〉
池井戸　潤　半沢直樹 3〈ロスジェネの逆襲〉
池井戸　潤　半沢直樹 4〈銀翼のイカロス〉
池井戸　潤　花咲舞が黙ってない〈新装増補版〉
池井戸　潤　ノーサイド・ゲーム
石田衣良　LAST[ラスト]
石田衣良　東京DOLL

講談社文庫　目録

石田衣良　てのひらの迷路
石田衣良　40《フォーティ》　翼ふたたび
石田衣良　s e x
石田衣良　逆《さか》島《しま》断《たつ》雄《お》〈進駐官養成高校の決闘編1〉
石田衣良　逆島断雄〈進駐官養成高校の決闘編2〉
石田衣良　逆島断雄〈本土最終防衛決戦編1〉
石田衣良　逆島断雄〈本土最終防衛決戦編2〉
石田衣良　初めて彼を買った日
井上荒野　ひどい感じ―父・井上光晴
稲葉稔　椋鳥の影〈八丁堀手控え帖〉
伊坂幸太郎　チルドレン
伊坂幸太郎　魔王
伊坂幸太郎　モダンタイムス(上)(下)
伊坂幸太郎　PK
伊坂幸太郎　サブマリン
絲山秋子　袋小路の男
石黒耀　死都日本
石黒耀　忠臣蔵異聞〈家老 大野九郎兵衛の長い仇討ち〉
犬飼六岐　筋違い半介

犬飼六岐　吉岡清三郎貸腕帳
石川大我　ボクの彼氏はどこにいる？
石松宏章　マジでガチなボランティア
伊東潤　国を蹴った男
伊東潤　峠越え
伊東潤　黎明に起《た》つ
伊東潤　池田屋乱刃
石飛幸三　「平穏死」のすすめ〈口から食べられなくなったらどうしますか〉
伊藤理佐　女のはしょり道
伊藤理佐　また！女のはしょり道
伊藤理佐　みたび！女のはしょり道
石黒正数　外《げ》天《てん》楼《ろう》
伊与原新　ルカの方《はこ》舟《ぶね》
伊与原新　コンタミ　科学汚染
稲葉圭《よし》昭《あき》　恥さらし〈北海道警　悪徳刑事の告白〉
稲葉博《ひろ》一《いち》　忍者烈伝
稲葉博一　忍者烈伝ノ続
稲葉博一　忍者烈伝ノ乱〈天之巻〉〈地之巻〉
伊岡瞬　桜の花が散る前に

石川智健　エウレカの確率〈経済学捜査と殺人の効用〉
石川智健　60《ロクジュウ》〈誤判対策室〉
石川智健　20《ニジュウ》〈誤判対策室〉
石川智健　第三者隠蔽機関
石川智健　いたずらにモテる刑事の捜査報告書
井上真《ま》偽《ぎ》　その可能性はすでに考えた
井上真偽　聖女の毒杯〈その可能性はすでに考えた〉
井上真偽　恋と禁忌の述語論理《プレディケット》
泉ゆたか　お師匠さま、整いました！
泉ゆたか　お江戸けもの医　毛玉堂
泉ゆたか　玉《たま》の輿《こし》猫〈お江戸けもの医　毛玉堂〉
伊兼源太郎　地検のS
伊兼源太郎　Sが泣いた日〈地検のS〉
伊兼源太郎　Sの幕引き〈地検のS〉
伊兼源太郎　巨悪
伊兼源太郎　金庫番の娘
逸木裕　電気じかけのクジラは歌う
今村翔吾　イクサガミ　天
入月英一　信長と征《ゆ》く1・2〈転生商人の天下取り〉

2022年12月15日現在